SIGRID HUNOLD-REIME

Die Pension am Deich

IM UMBRUCH Tomke ist wieder allein. Paul hat sich nun doch für seine Frau entschieden. Tomke ist dementsprechend frustriert und würde am liebsten auf ihre Homepage schreiben: »Paare unerwünscht, Singles bevorzugt.« Sie hat ja ihre Frühstückspension wieder eröffnet, obwohl sie lieber Ferienwohnungen vermieten würde, aber dafür ist ihr Haus nicht geschnitten und für größere Umbaumaßnahmen fehlt ihr auch das Geld. Zu ihren Gästen gehört die verträumte Liebesromanautorin Anne, die gedrängt wird, endlich realitätsnahe Geschichten zu schreiben. Anne ist eine hoffnungslose Romantikerin und trauert seit Jahren ihrer ersten großen Liebe, dem holländischen Vater ihrer Tochter, hinterher. Außerdem ist da Monika, perfekt organisierte Ehefrau von Frank und Mutter von Zwillingen. Ihre Kinder entschließen sich überraschend fernab der Heimat zu studieren und plötzlich fehlt Monika eine Aufgabe. Auch sind Frank und Monika zum ersten Mal als Paar alleine und als Monika den charmanten Erik kennenlernt, beginnt es in der Ehe zu kriseln. Die Wege dieser unterschiedlichen Menschen kreuzen sich in der Pension am Deich.

Sigrid Hunold-Reime ist 1954 in Hameln geboren und lebt seit vielen Jahren in Hannover. Seit 1995 verfasst sie Lyrik und Kurzprosa, seit 2000 – inspiriert durch eine Ausschreibung – auch Kurzkrimis und Kriminalromane. »Die Pension am Deich« ist ihr erster Frauenroman nach drei Kriminalromanen im Gmeiner-Verlag.

Bisherige Veröffentlichungen im Gmeiner-Verlag:
Hab keine Angst, mein Mädchen (2013)
Janssenhaus (2011)
Schattenmorellen (2009)
Frühstückspension (2008)

SIGRID HUNOLD-REIME

Die Pension am Deich

Frauenroman

GMEINER *Original*

Ausgewählt von
Claudia Senghaas

Personen und Handlung sind frei erfunden.
Ähnlichkeiten mit lebenden oder toten Personen
sind rein zufällig und nicht beabsichtigt.

Besuchen Sie uns im Internet:
www.gmeiner-verlag.de

Im Ehnried 5, 88605 Meßkirch
Telefon 07575/2095-0
info@gmeiner-verlag.de

3. Auflage 2013

Lektorat: Claudia Senghaas, Kirchardt
Herstellung: Christoph Neubert
Umschlaggestaltung: U.O.R.G. Lutz Eberle, Stuttgart
unter Verwendung der Fotos von © tbel – Fotolia.com
Druck: CPI books GmbH, Leck
Printed in Germany
ISBN 978-3-8392-1274-5

»Alle müssen wir uns hüten, denen, die wir lieben, Mangel an Vertrauen vorzuwerfen, wenn sie uns nicht jederzeit in alle Ecken ihres Herzens einblicken lassen.«

Albert Schweitzer

»Dat du mien Leevsten büst, dat du wohl weest …«

Kapitel 1

Horumersiel, Ende April 2010
Tomke

»Bist du dir sicher?«

Gisa hält zweifelnd eine Strähne der rotbraunen Haarmähne hoch.

»Ganz sicher«, antwortet Tomke entschieden.

»Aber gleich raspelkurz? Nicht, dass du es hinterher bereust.«

»Ich neige nicht zur Reue. Nun schnack nicht lange. Fang an. Ich habe heute noch was anderes vor.«

Die hübsche Blondine wirft ihrer Kundin einen prüfenden Blick durch ihren asymmetrisch geschnittenen Pony zu.

»Also, Tomke, wenn du's nicht wärst«, jetzt muss sie kichern, »dann würde ich bei diesem Radikalschnitt auf Liebeskummer tippen.«

Sie reißt sich sichtlich zusammen, um nicht laut loszuprusten, und beginnt zu schneiden. Die ersten Strähnen werden leise knirschend Opfer ihrer Schere. Wie Federn segeln sie hinab auf den Fußboden. Tomke sieht ihnen ohne Trauer hinterher und denkt: Stell dir vor, liebe Gisa: Es ist Liebeskummer!

Nachmittags

»Und mit dir ist wirklich alles okay?«

Juliane ist im Türrahmen stehen geblieben und blickt skeptisch zu ihrer Mutter herunter. Die antwortet nicht und bearbeitet weiter auf allen Vieren kniend mit der Wurzelbürste den Teppichboden. Mit einer inbrünstigen Konzentration, als gelte es für sie, in der Disziplin einen Wettbewerb zu gewinnen.

»Mama! Hast du mich überhaupt gehört?"

Tomke hält in der kreisenden Bewegung inne und sieht zu ihrer Tochter hoch. »Ja, alles klar. Was soll denn sein?«

Juliane schüttelt verärgert den Kopf. Ja, alles klar, wiederholt sie in Gedanken. Natürlich. Deshalb hast du dir auch dein Haar auf Streichholzlänge schneiden lassen. Über solche Frisuren hast du bislang nur gelästert. Man müsse am Haarschnitt Frau und Mann unterscheiden können. Das war deine Einstellung, Tomke Heinrich. Seit ich denken kann, trägst du einen erste Sahne getönten und geföhnten Bobschnitt. Und nun diese grauen Stoppeln.

Die andere Merkwürdigkeit ist der schlabberige Trainingsanzug in undefinierbarer Farbe. Juliane hätte gewettet, dass ihre Mutter so ein Kleidungsstück überhaupt nicht im Schrank liegen hat. Geschweige denn, dass sie es jemals tragen würde. Nicht einmal beim Putzen. Ihre Mutter ist für ihren extravaganten Kleidungsstil bekannt. Äußerst farbenfroh, figurbetont und eigenwillig. Nicht gerade der gängigen Mode entsprechend. Und nun dieser Sinneswandel!

Von dem befremdenden Outfit ihrer Mutter abgesehen, irritiert auch ihr Verhalten. Wie eine Kehrtwende um einhundertachtzig Grad. Als hätte sie ihre sämtlichen Vorsätze über Bord geworfen. Angefangen mit der Frühstückspension. Die hat sie frisch renovieren lassen. In einer halsbrecherischen Geschwindigkeit. Wo auch immer sie auf die Schnelle die Handwerker aufgetrieben hat. Dabei hat sie noch vor kurzem herumposaunt: Nie wieder Pensionsbetrieb. Das Thema wäre für sie endgültig abgeschlossen.

Im letzten Jahr war Tomke äußerst reiselustig und strahlender Laune. Juliane war sich sicher: Ihre Mutter hat sich verliebt. Das hätte sie ihr von Herzen gegönnt. Ihr Vater ist seit knapp drei Jahren tot und die ganz große Liebe war es zwischen ihren Eltern nicht. Ihre Mutter kam ihr wie befreit vor. Und nun dieser Umschwung. Aber es ist ja alles in bester Ordnung. Juliane atmet tief durch. Gut, da kann man nichts machen. Ihre Mutter neigt dazu, sich zurückzuziehen, wenn es ihr schlecht geht. Doch so viel Vertrauen sollte sie mittlerweile zu ihrer Tochter haben. Sie ist schließlich kein kleines Kind mehr, dem man mit Pastelltönen das Leben schöner malen muss. Sie ist dreißig, hat selbst eine Tochter und würde ihrer Mutter gerne zur Seite stehen.

»Na gut, wie du meinst. Dann ist eben alles in Ordnung.« Juliane kann sich einen schnippischen Unterton nicht verkneifen. Sie geht und lässt die Haustür hinter sich eine Spur zu hart ins Schloss fallen.

Tomke schaut ihr hinterher und seufzt. Das hat ihr gerade noch gefehlt. Ihre Tochter ist beleidigt, weil sie sich nicht bei ihr ausweint. Ganz toll. Sie pfeffert die Bürste in die Ecke und steht mühsam auf. Die letzten zwei Wochen waren ein Härtetest. Ihr tut jeder Knochen einzeln weh.

Ungewollt schießen ihr Tränen in die Augen. Dabei ist sie absolut nicht der Typ, der dicht am Wasser gebaut hat. Aber dass Juliane nun auch noch Stress macht, ist der berühmte Tropfen, der das Fass zum Überlaufen bringt. Sie kramt ein Taschentuch aus ihrer Hosentasche und schnäuzt sich kräftig.

Dann biegt sie ihren Rücken durch und pendelt vorsichtig mit den Hüften. Alles verspannt. Sie muss dringend eine Pause machen. Erst einmal durchatmen und einen Tee trinken.

Es sind ja nur noch ein paar Handgriffe, und die Frühstückspension ist wieder einzugsbereit. »Kunststück, wenn man nachts durcharbeitet«, brummt sie zynisch und geht am Flurspiegel vorbei, ohne sich eines Blickes zu würdigen. Dabei hat sie zurzeit ihr absolutes Traumgewicht. Es interessiert sie nicht.

Die Küche ist schmal geschnitten. Ein großes Fenster, darunter ein Tisch und zwei Stühle. Alles angenehm frei gehalten. Kein unnötiger Tand. Bis vor drei Jahren war hier jedes Regal, jede mögliche Fläche vollgestellt gewesen. Ihre gesamte Wohnung hatte an einen gutsortierten Geschenkartikelladen erinnert. Herzen, Schleifen, Vasen, Tonfiguren und Teddys. Teddys in allen erdenklichen Größen. Nachdem Gerold gestorben war, hatte sie angefangen, aufzuräumen und wegzuwerfen. Tomke kann sich nicht mehr vorstellen, wie sie die ganzen Nippes staubfrei gehalten hat.

Sie setzt Wasser für Tee auf. Am liebsten würde sie einen Grog trinken. Sie schüttelt streng den Kopf. Nee, das lass mal lieber sein, Tomke. Alkohol hatte sie die ersten Tage in sich hineingeschüttet, um dun zu bleiben. Gott sei Dank haben sich in der Zeit weder Juliane noch ihr Sohn Torben blicken lassen. Dann hatte ihr Magen verrückt gespielt. Tomke musste sich zusammenreißen und den Rum weglassen. Bevor sie in dem schwarzen Loch verschwand, das ihr schon bedrohlich entgegengrinste, hatte sie sich in Arbeit gerettet. Sie beschloss: Die Frühstückspension wird renoviert. Sie würde wieder Gäste aufnehmen. Leben ins Haus holen. Ganz davon abgesehen braucht sie das Geld. Mit ihrer Witwenrente kann sie keine großen Sprünge machen und eine Berufsausbildung hat sie nun einmal nicht. Sich irgendwo einen Aushilfsjob suchen, dafür ist sie verdorben. Sie war immer selbstständig.

Tomke schaut aus dem Fenster. Juliane fährt den Wagen temperamentvoll aus der Einfahrt auf die Deichstraße. Sie sieht nicht mehr zur Seite. Tomke lächelt unfroh. Nee, mein Mädchen. Es ist absolut nicht alles in Ordnung. Aber was hätte sie ihrer Tochter erzählen sollen? Etwa: In ein paar Tagen beginnt der Wonnemonat Mai, und am zweiten wollte ich heiraten! Ganz romantisch im Pilsumer Leuchtturm. Es sollte eine Überraschung werden. Eine richtig große Feier. Ihr hättet mich schon verstanden, auch wenn euer Vater noch nicht so lange unter der Erde liegt. Da bin ich sicher.

Sie gießt das kochende Wasser in die Kanne und stellt sie auf das Stövchen.

Es ist gut, dass sie es geheim gehalten hat. Es ist gut. Es ist gut, wiederholt Tomke den Satz wie ein Mantra. Nur Teresa aus Hannover hat sie ins Vertrauen gezogen. Aber die wohnt weit genug weg und wird sie nicht mit unnötigen Fragen quälen. Auch nicht mit Vorwürfen. Sonst weiß niemand von Paul. Tomke schluckt hart gegen die neu aufkommenden Tränen an. Ja, das ist gut so. Niemand weiß von ihm, niemand fragt nach ihm. Als hätte es ihn nie gegeben.

Aber es gab ihn. Zehn Jahre lang. Sie war zehn Jahre lang mit einem verheirateten Mann zusammen. Hätte sie das ihrer Tochter erzählen können?

Nee, bestimmt nicht. Tomke kann sich gut vorstellen, was dann käme: Verheiratet? Aber Mama! Wie konntest du so naiv sein? Oder vielleicht: Wie konntest du so etwas seiner Frau antun? Und zehn Jahre? Du bist doch erst seit drei Jahren Witwe! Was ist mit Papa? Richtig gerechnet, liebe Tochter, müsste sie dann antworten. Paul und ich haben uns schon zu Gerolds Zeiten regelmäßig getroffen. Dein Vater war nämlich – wie soll ich mich da ausdrücken? Nun, ich will nicht um den heißen Brei herumreden: Er war impotent. Und er wollte über das Thema nicht sprechen. Auch nichts dagegen unternehmen. Wie ich damit klarkomme, hat ihn nicht interessiert. Irgendwann fiel mir eine Zeitungsanzeige in die Hände. Ein Mann suchte eine Frau, um Sex mit ihr zu haben. Nur Sex. Keinen bezahlten. Auf der Basis gegenseitigen Genusses ohne Verpflichtung. Ich weiß noch, wie ich die Zeitung mit der Annonce empört in den Papierkorb geschmissen habe. Nachmittags habe ich ihn wieder herausgesucht und die Nummer angerufen. So habe ich Paul kennengelernt. Er hatte ein Apartment in Wilhelmshaven. Dort haben wir uns einmal in der Woche getroffen. Wir wollten unser Privatleben draußen lassen. Jede Verantwortung. Das hat ein paar Jahre lang funktioniert. Erstaunlich gut. Aber wir sind uns immer näher gekommen. Vielleicht näher, als es in einer Ehe mit Routinegesprächen über den nächsten Tapetenwechsel oder die Zensuren der Kinder möglich gewesen wäre.

Dann ist Gerold gestorben, und ich dachte, dass ich mich von Paul auch trennen müsste. Unsere spezielle Beziehung basierte auf dem gegenseitigen Akzeptieren unserer Ehen und duldete keinerlei Grenzüberschreitungen. Unsere Gefühle hielten sich nur in Waage, solange jeder von uns verheiratet war, so habe ich gedacht. Ich wollte Schluss machen. Teresa war damals hier in der Pension der einzige Gast, und wir haben eine Nacht lang miteinander geredet. Sie war der erste Mensch, dem ich alles erzählt habe. Die ganze Wahrheit über meine Ehe. Tut mir leid, Juliane, mit dir kann ich das nicht. Fang jetzt keine Diskussion über mangelndes Vertrauen an. Es geht nicht. Du bist meine Tochter. Du hast selbst eine. Ihr würdest du auch nicht deine Beziehungsprobleme auftischen, oder?

Teresa fand meine Mittwochstreffen mit Paul faszinierend. Sie sagte, das hat so viele Jahre gehalten. Das kannst du nicht einfach so beenden. Das klingt wie Liebe.

Tomke schenkt sich die erste Tasse mit starkem, dunklem Tee ein. Sie trinkt ihn gern schwarz, ohne Kandis und Sahne.

Ich habe auf Teresa gehört und mit Paul gesprochen. Er reagierte anders als erwartet. Er hatte überhaupt keine Angst vor der veränderten Situation. Er wollte sich weiterhin mit mir treffen. Nicht nur einmal in der Woche, auch spontaner. Auch mal über Nacht. Das war das Schönste. Neben ihm aufzuwachen und mit ihm den Morgen zu erleben. Das hätte ich nie tun dürfen. Irgendwann fielen die Worte: für immer zusammen sein und ein gemeinsamer Neuanfang. Ich erinnere mich nicht, wer von uns beiden das laut ausgesprochen hat. Ich habe daran geglaubt. An eine gemeinsame Zukunft. Es gab auch keinen Grund, zu zweifeln. Dachte ich. Dabei habe ich geträumt. So sehr, dass ich die Realität einfach nicht mehr sehen konnte, nicht mehr sehen wollte. Ich habe die Zeichen stur übersehen. Paul hat zum Beispiel weiterhin die Feiertage und Sonntage bei seiner Frau verbracht. Auch seinen Urlaub. Wie konnte ich mir das nur schönreden? Ich habe so getan, als würde es die Andere gar nicht geben. Ich, die vernünftige Tomke! Warum bin ich nicht stutzig geworden, als er kurzfristig die Reise in die Krummhörn abgesagt hat? Wir wollten gemeinsam den Pilsumer Turm besichtigen. Wir wollten dort heiraten. Wir? Wahrscheinlich nur ich! Wie konnte ich eine Hochzeit mit einem noch verheirateten Mann planen? Wenn ich mir das bewusst mache, fühlt sich alles fremd und kitschig an. Ich kann mein eigenes Verhalten nicht mehr verstehen. Wie soll ich es dann dir erklären, Juliane. Unmöglich.

Vor drei Wochen hat Paul vor mir gestanden. Er sah blass aus. Ich wollte nicht, dass er anfängt zu reden. Ich habe versucht, ihm den Mund zuzuhalten. Denn als ich ihn sah, wusste ich, was er sagen wird. Paul wirkte so beängstigend entschlossen.

»Wir wollten uns immer die Wahrheit sagen«, fing er an. »Zwischen uns sollte es anders sein. Das haben wir uns vorgenommen, nicht wahr?«

Ich konnte nur stumm nicken.

»Aber jetzt ist es nur noch ein einziges Lügennest. Ich wollte dich nie belügen. Das musst du mir glauben. Als die erste Lüge ausgesprochen war, hat sie immer neue hinter sich hergezogen. Du hast dich auf unsere gemeinsame Zukunft gefreut. Das wollte ich nicht zerstören. Du warst so glücklich. Das hat mich auch glücklich gemacht und gleichzeitig traurig. Ich habe mir vor jedem Treffen vorgenommen, mit dir zu sprechen, mit dir reinen Tisch zu machen. Ich habe es immer wieder verschoben. Ich kann meine Frau nicht verlassen. Verstehst du, Tomke. Ich kann meine Frau nicht allein lassen. Sie würde ohne mich nicht zurechtkommen. Sie ist so hilflos. Sie wäre verloren. Deshalb könnte ich nie wirklich glücklich mit dir werden. Ich würde mich immer verantwortlich und schuldig fühlen. Aber ich möchte dich nicht verlieren. Können wir nicht weiter wie …«

Da habe ich angefangen zu schreien: »Nein! Nein! Nein!« und ihn rausgeschmissen.

Tomke fährt sich mit der Hand durchs Haar. Sie zuckt vor dem ungewohnt borstigen Gefühl zurück, als hätte sie einer Fremden über den Kopf gestrichen. Hilflos, denkt sie wütend. Wenn sie das schon hört. Sie fühlt sich gerade mehr als hilflos. Sie hat absolut keine Ahnung wie sie ohne ihn weiterleben soll. Aber Paul hat es sehr wohl geschafft, sie zu verlassen. Verantwortung! Was für ein feiges Gefasel! Er hat ihr gegenüber auch eine. Zehn Jahre sind kein Pappenstiel. Traurig! Paul hat es genossen, eine verliebte, glückliche Frau neben sich zu haben, die sich auf die gemeinsame Zukunft freut. Das wollte er nicht hergeben. Er wusste, Tomke wollte keinen unverbindlichen Sex mehr. Sie war frei. Sie hat Gefühle investiert und sie hat keinen Hehl daraus gemacht. Paul war derjenige, der angefangen hat zu lügen. Mit seinem zustimmenden Schweigen. So ist aus ihrer fairen Beziehung eine ganz gewöhnliche Ehebruchkiste geworden.

Heute Morgen hat sie einen Strich unter die Ära Paul gezogen. Sie hat sich ihr schönes Haar abschneiden lassen. Der kurze Putz steht ihr nicht. Das weiß sie. Genau aus dem Grund wollte sie ihn haben.

Tomke sieht zum Deich hoch. Badegäste spazieren munter darauf entlang. Nach dem langen, harten Winter sind sie dankbar für zehn Grad plus und trocken von oben. Es soll sogar fast auf zwanzig klettern. Richtig warm. Ein bisschen Frühling.

Aber pünktlich zum ersten Mai haben sie wieder nasses und kaltes Wetter angesagt. Von mir aus, denkt Tomke.

Sie hat für ihre Hausgäste einen Aufenthaltsraum eingerichtet. Gerade bei Schietwetter wichtig. Außerdem hat sie jetzt genug Platz, um das Frühstück als Büffet anzubieten. Dann können sich ihre Gäste selbst bedienen. Das ist einfach der Trend. Noch lieber hätte sie in der ersten Etage Apartments einbauen lassen. Aber dafür fehlt ihr das nötige Kleingeld.

Tomke lehnt sich auf die Fensterbank. Sie wird das schon schaffen. Und sie wird sich nicht so schnell wieder abhängig machen. Was heißt, nicht so schnell? Nie wieder!

Ein Mann geht an ihrem Haus vorbei. Er fällt ihr auf, weil sonst alle auf dem Deich langgehen, um den weiten Blick übers Meer zu genießen. Seiner sucht nicht den Himmel. Er schaut nach unten. Wahrscheinlich ein Mann mit Hund.

Kapitel 2

Hameln Ende April 2010
Anne

Anne lässt die Finger über der Tastatur ruhen und sieht aus dem Fenster. Gelbe Schlieren auf den Scheiben erschweren die Sicht. Blütenstaub, denkt sie und zieht grimmig ihre dunklen Augenbrauen zusammen. Auf der anderen Straßenseite stehen prächtige Birken. Ihre Kronen biegen sich gerade unter einem Windstoß. Jede Bewegung lässt Millionen Pollen frei. Diese fiesen, winzigkleinen Angreifer, die Anne zwingen, in der Wohnung hocken zu bleiben. Sie würde sowieso hier sitzen. Es ist ihre beste Schreibzeit. Aber im April ist ihrer Entscheidung jede Freiwilligkeit genommen. Dann ist es Hausarrest. Verschärfter. Sogar die Fenster müssen geschlossen bleiben. Dabei sehnt Anne sich nach Sonne, frischer Luft und einer weit geöffneten Balkontür. Der fühlbaren Verbindung zur Außenwelt, wenn sie hier auf ihrem Platz sitzt und schreibt. Das kann sie laut Pollenvorhersage vorerst streichen. Die letzten Tage des Aprils sollen noch einmal richtig schön werden, verkünden die Sprecher im Radio mit wachsender Begeisterung. Anne hat sich oft genug über die Pollenflugvorhersage hinweg gesetzt und gehofft, die Allergie würde sie vergessen, wenn sie nur nicht mehr an sie denkt. Einfach wie gewohnt weitergelebt und die blühende Invasion ignoriert. Fehlanzeige. Die Abfolge ist jedes Jahr die gleiche. Erst jucken die Augen, dann läuft die Nase. So massiv, dass ihr manchmal die Taschentücher nicht reichen und sie ein Handtuch braucht. Der Höhepunkt des Pollenangriffes ist die Eroberung ihrer Bronchien. Ihr Brustkorb wird immer enger, und jeder Atemzug verschlimmert die Umklammerung. Ein Asthmaanfall. Sie hat längst wirksame Medikamente dagegen zu Hause liegen. Aber die Bedrohung schwebt wie ein Damoklesschwert über Anne und bestimmt in diesem Monat ihr Handeln.

Sie schaut wieder auf den kleinen Bildschirm und probiert, sich zu konzentrieren. Ihre junge Heldin weilt gerade am Meer. Eine lauschige Sommernacht, nur ein sanfter Wind aus Westen. Neben ihr steht der Mann, den sie seit Wochen zu treffen versucht. Endlich ist es soweit. Der Showdown des Rendezvous läuft. Normalerweise fühlt Anne beim Schreiben ein Kribbeln, als stünde sie selbst kurz vor der ersten Berührung, dem ersten Kuss. Das intensive Riechen und Aufnehmen des anderen. Das scheinbare Einfrieren der Zeit. Diesen Augenblick lässt sie ihre Leserinnen – Anne ist klar, dass ihre Hauptklientel Frauen sind – so lange wie möglich auskosten. Doch heute spürt sie trotz geschlossener Fenster und arbeitender Pollenfilter nur ein Kribbeln in der Nase. Sie bemüht sich, ruhig dagegen anzuatmen, aber die befürchtete Niesattacke lässt sich nicht aufhalten. Anne hält schützend das erste Taschentuch zwischen Nase und Laptop und wird von einem Hatschi zum nächsten geschüttelt. Nach der Offensive hat sie einen Berg nasser Tücher vor sich liegen und fühlt sich schlagkaputt. Sie hasst diese blöde Übersensibilität.

Die Wohnungstür klappt. Anne schaut auf die Uhr. Schon nach eins und sie hat noch keinen brauchbaren Absatz geschrieben.

«Hi, Mum, wir hatten früher Schluss«, begrüßt Lisette sie gutgelaunt. Wie gewohnt visiert ihre Tochter als Erstes den Kühlschrank an, um den Inhalt zu überprüfen. Wie immer so lange, als wären die vorrätigen Lebensmittel für sie völlige Neuerscheinungen.

»Jetzt hat's dich aber wieder erwischt«, stellt sie mit einem abschätzenden Blick auf ihre tränende Mutter fest. Die nickt leidend und schnäuzt sich demonstrativ die Nase.

»Na ja, du würdest ja sowieso nur vorm Rechner sitzen«, tröstet Lisette sie leger. Dabei lehnt sie sich für einen Augenblick an die Küchenanrichte. Die Kühlschranktür lässt sie geöffnet. Anne bemüht sich, es zu übersehen. Sie hat keine Kraft für einen Vortrag über Energieverschwendung.

»Ja, ich sitze vor dem Rechner«, antwortet sie stattdessen. »Das ist absolut korrekt ausgedrückt. Mit der Betonung auf davor. Ich bekomme nämlich nichts geschrieben. Mein Kopf scheint nur aus Schleim zu bestehen. Dabei soll mir eine romantische Liebesszene gelingen. In einem Monat ist Abgabetermin und es fehlen noch 100.000 Zeichen. Ich hasse den Frühling und ich hasse Liebesromane!«

Ihre Tochter wirft lachend ihre langen, braunen Locken nach hinten. Ein Erbe ihrer Mutter. Beide haben die gleiche Haarpracht.

»Bleib locker, Mum. Du bekommst die Story schon hin. Du liebst deine Schnulzen. Dafür brauchst du ja nicht viel Hirn. Probier es mal mit Heilfasten. Das hat Maries Mum auch geholfen. Ihre Allergie ist seitdem wie weggezaubert.«

Lisette wendet sich wieder dem gekühlten Angebot zu, schnappt sich einen Joghurt und klappt endlich die Kühlschranktür schwungvoll zu. Bevor Anne eine passende Antwort auf die Lebensweisheiten ihrer Tochter einfällt, ist sie in ihrem Zimmer verschwunden.

Anne lässt ihr Taschentuch sinken. Vielen Dank auch, denkt sie ärgerlich. Nicht das Hirn gebrauchen! Was denn sonst? Sie kann nicht aus einem reichhaltigen Liebesrepertoire schöpfen. Dafür ist sie schon zu lange alleinlebend. Und alleinerziehend, ergänzt sie. Ihre Geschichten sind fiktiv. Frei erfunden, unterstreicht Anne trotzig und verdrängt, dass sie selbst eine dieser, ach, so realitätsfernen Liebesgeschichten erlebt hat. Allerdings ohne das Happy End, das sie ihren Protagonistinnen stets vergönnt. Anne weigert sich auch, ihre Sehnsucht einzugestehen. Sehnsucht, ihre eigene, ganz große Lovestory noch einmal zu erleben. Dieser Herzenswunsch ist ihre eigentliche Triebfeder, um solche Romane zu schreiben.

Nach dem Germanistikstudium vor siebzehn Jahren hat Anne nicht ihr Referendariat als Deutschlehrerin angetreten. Nein, sie ist Hals über Kopf einem charmanten Niederländer auf sein Hausboot nach Amsterdam gefolgt. Da war sie sechsundzwanzig. Nach drei Jahren ist sie mit der damals einjährigen Lisette nach Deutschland zurückgekehrt.

»Du liebst doch deine Schnulzen«, äfft sie ihre Tochter nach und steht auf, um sich ein Glas Wasser einzuschenken. Worüber regt sie sich auf? Lisette nimmt sie als Schriftstellerin nicht ernst. Das ist nichts Neues. Lisette findet es sogar peinlich, dass ihre Mutter Liebesromane schreibt. Peinlich. Was Lisette peinlich findet, finanziert schlicht und einfach ihren Lebensunterhalt.

Das einzig Tröstliche ist nach Meinung ihrer Tochter, dass sie unter einem Pseudonym schreibt: Linda Loretta.

»Wenn du wenigstens ansatzweise Gesellschaftskritik mit einbringen würdest, einen gewissen Realismus«, hört Anne sie im Geiste referieren. »Deine Frauen haben immer genug Knete und absolut keine Probleme, außer ihren Mister Right zu finden.«

Realismus. Als würde ihre fünfzehnjährige Tochter den kennen. Sie kennt nur die abgehobenen Literaturbesprechungen ihres Deutschlehrers. Den sie ganz nebenbei gnadenlos anhimmelt.

Eine erneute Niesattacke lenkt Anne von ihren immer wütenderen Gedankengängen ab. Sie flüchtet ins Badezimmer und schaufelt sich mit beiden Händen Wasser in das glühende Gesicht. Das kühlende Nass tut gut. Danach vergräbt sie es in einem Frotteehandtuch. Am liebsten, bis der Pollenflug vorbei ist.

Als sie das Tuch zögernd herunterlässt, begegnet sie sich im Spiegel. Kein aufbauender Anblick. Ihre Nase ist rot und doppelt so groß wie gewöhnlich. Ihre schönen braunen Augen sind unter den geschwollenen Lidfalten fast verschwunden. Anne sieht aus, als hätte sie jemand gewürgt, und mindestens zehn Jahre älter, als sie ist. Genauso fühlt sie sich. Da können auch die langen, prachtvollen Locken nichts mehr herausreißen.

Heilfasten, denkt sie bitter. Wie sie diese Ratschläge leid ist. Sie braucht in dieser Hinsicht keine. Anne hat bereits alle erdenklichen ausprobiert. Die Allergie ist geblieben. Entschlossen öffnet sie das Badezimmerfenster einen Spalt. Scheißegal. Ihr geht es so oder so schlecht. Gierig atmet sie den frischen

Luftzug ein. Elstern fliegen laut streitend am Fenster vorbei. Anne mag ihr zänkisches Gehabe nicht. Es scheint jedes Jahr mehr von ihnen zu geben. Irgendwann gibt es nur noch Elstern. Die Klanghölzer ihres Nachbarn werden vom Wind bewegt. Anne mag ihre Melodie. Sie klingt fernöstlich und erinnert an buddhistische Mönche. Bei der Vorstellung muss sie in sich hineingrinsen. Gelassenheit passt so gar nicht zu ihren Nachbarn. Sie sind beide ungeheuer fleißig. Emsige Bienen, immer beschäftigt. Ohne den Honig jemals zu genießen. Sollen sie, denkt Anne. Solange sie sich nicht über ihre Ökowiese aufregen. Das tun sie nicht. Sie kämpfen stillschweigend gegen die herüberfliegenden Samen an und stechen Gänseblümchen und Löwenzahn aus. Sie vertikutieren ihren Rasen fast bis zur Grasnarbe, um Wiesenklee und Hahnenfuß auszumerzen. Zweimal haben sie sogar schon den Garten komplett umgegraben und neu ausgesät. Ohne Erfolg. Ihr erhoffter englischer Rasen wird regelmäßig wieder bunt besamt und zur Wiese degradiert.

Die Überlegungen haben Anne abgelenkt und stimmen sie sanfter. Sie geht zurück, schenkt sich noch ein Glas Wasser ein und setzt sich wieder vor den kleinen Rechner. Sie liebt es, in der Küche zu arbeiten.

Bevor sie sich wieder zu Mareile und Leonard in die lauschige Sommernacht an den Strand gesellt, schaut sie routinemäßig in den Posteingang. Werbung. Sie will sie schon löschen, als sie die Überschrift liest: »*Taschentücher versandkostenfrei!*«

Unwillkürlich starrt Anne aus dem Fenster. Woher wissen die von ihrem erhöhten Taschentuchverbrauch? Sie sieht noch einmal auf den Bildschirm und liest: *Taschenbücher versandkostenfrei!* Sie muss über ihre Halluzination laut lachen.

»Na, deine Laune ist ja wieder gestiegen«, kommt der prompte Kommentar. Lisette ist unbemerkt in die Küche gekommen. Dieses Mal, um sich ein Brot zu schmieren und dick mit Käse zu überbacken.

»Ja«, erwidert Anne trocken. »Ich habe gerade meinen Roman zu Ende geschrieben.«

»Super!«, lobt Lisette, während sie sich den Gouda großzügig zurechtschneidet. Ja, das wäre in der Tat super, denkt Anne. 100.000 Zeichen in einer halben Stunde. Warum rede ich überhaupt noch über meine Arbeit?

Lisette befördert ihre präparierte Schnitte in die Mikrowelle und setzt sich für einen Augenblick mit an den Küchentisch.

»Marie ist eine Woche ganz allein. Ihre Eltern sind kurzfristig verreist. Und du weißt ja, Marie hat Schiss nachts im leeren Haus. Ich habe ihr versprochen, dass ich in der Zeit bei ihr schlafe. Das ist doch okay, oder?«

Anne nickt resigniert. Soll sie für eine Woche zu ihrer Freundin ziehen. Sie kann Lisette nicht festhalten und ihr vorjammern, dass sie auch nicht gern allein ist. Schon gar nicht im April.

Die Locken ihrer Tochter umarmen für einen Augenblick ihre, dann schnappt sie sich ihr überbackenes Brot und wirbelt zurück in ihr Zimmer.

Anne stellt sich ein Schälchen mit Schokostückchen neben den Laptop. Vielleicht bringt sie ein wenig Nascherei bei der Liebesszene weiter. Genussvoll lässt sie ein Stückchen Schokolade im Mund zergehen. Aber statt auf ihren Text schaut sie wieder aus dem Fenster. Der Wind hat zugenommen. Zarte Wolkenschleier werden rasend schnell weitergeschoben. Dahinter liegen Schäfchenwolken. Unzählig viele. Zwei Himmel hintereinander, denkt Anne fasziniert und gibt *Impressionen an der Nordsee* in die Suchmaschine ein. Die könnten sie in die richtige Stimmung bringen. Sie schiebt sich das nächste Stückchen Schokolade in den Mund. *Wangerland. Tomkes Frühstückspension. Gemütlich und zentral am Meer gelegen. Ich hole meine Gäste gern vom Bahnhof ab.*

Kapitel 3

Hannover Ende April 2010
Monika und Frank

Monika schenkt sich einen frischen Kaffee ein. Bevor sie sich wieder an den Tisch setzt, schaut sie aus reiner Gewohnheit aus dem Fenster. Mittwoch, denkt sie. Wir haben Mittwoch. Die Nachbarin schräg gegenüber bearbeitet gerade ihre Haustür mit einem Tuch. Gleich wird sie genauso intensiv den Briefkasten reinigen und zum Schluss die beiden Stufen der Außentreppe. Das macht sie jeden Mittwoch. Komme da, was wolle. Ob sie einen Kalender hat und ihre Hausputzaktionen akribisch abhakt? Wahrscheinlich braucht sie den nicht mehr. Sie hat diesen Rhythmus längst verinnerlicht. Sie weiß schon beim Aufwachen, ob heute die Fenster, der Garten, die Küche oder die Tür mit Putzen an der Reihe sind. Vielleicht fällt ihr das sogar früher ein als der Name des Wochentages. Schon verrückt. Monika ist erst durch die zwanghafte Regelmäßigkeit ihrer Arbeitsvorgänge auf sie aufmerksam geworden. Ohne es zu wollen, hat sie manchmal über ihre Nachbarin nachgedacht. Sie ist nicht berufstätig und hat keine Kinder. Zu ihr gehört ein Mann, der genauso zuverlässig funktioniert. Ziemlich sicher arbeitet er im Schichtdienst. Wenn er mit dem Auto aus der Garage fährt, steht sie in der Haustür. Freundlich lächelnd. Wie fast immer. Kein breites, strahlendes Lächeln. Es ist nur wie auf ihr Gesicht gehaucht.

Sie steht in der Tür und winkt ihm mädchenhaft scheu hinterher, bis er und sein Auto außer Sichtweite sind. Danach zieht sie sich sofort ins Haus zurück. Dieses Bild erinnert Monika immer an Filme aus den fünfziger Jahren.

Was fühlt diese Frau? Wie füllt sie überhaupt ihr Leben? Reichen ihr diese starr strukturierten Abläufe in Heim und Garten?

Monika verlässt ihren Beobachtungsposten und setzt sich. Sie greift nach der Tageszeitung. Was zerbricht sie sich den Kopf über eine Fremde, von der sie gerade mal den Nachnamen kennt? Außer ein paar höflichen Wetterkommentaren hat sie sich nie mit ihr unterhalten. Also, warum fantasiert sie sich deren Lebenseinstellung zusammen? Nichts ist, wie es scheint. Das hat sie gerade selbst schmerzhaft erfahren müssen. Niemals hätte sie damit gerechnet, dass sie sich in einen anderen Mann verlieben könnte. Niemals. Der Gedanke erscheint ihr immer noch fremd, wie nicht zu ihr gehörend. Und er beschämt sie. Vor allem, wenn sie an das Ende dieser Gefühlsverirrung denkt. Das war mehr als geschmacklos. Wie hat sie sich so täuschen können? Fehlen ihr für Männer jegliche Instinkte? Ist sie mit ihren vierundvierzig Jahren naiver als ein junges, unerfahrenes Mädchen?

Die Gefühle für Erik haben sie wie ein Blitz aus dem sogenannten heiteren Himmel getroffen. Monika ist sich nicht mehr sicher, ob er wirklich heiter war. Sie weiß überhaupt nichts mehr. Wie soll sie auch? Sie ist über zwei Jahrzehnte in einem ruhig dahinfließenden Wasser geschwommen. Ihr Leben ist übersichtlich verlaufen. Durchgeplant. Anders hätte es gar nicht funktioniert. Da braucht sie sich keine Vorwürfe zu machen.

Sie war dreiundzwanzig, als sie schwanger wurde. Zwillinge. Und das nach ein paar Monaten Zusammensein mit Frank. Sie hatte nicht im Traum daran gedacht zu heiraten oder schon Kinder zu bekommen. Monika hatte gerade angefangen, als Erzieherin zu arbeiten und wollte studieren. Sozialpädagogin. Schlagartig war alles anders. Die Zukunftspläne mussten neu sortiert werden. Hatte Frank ähnlich empfunden? Hatte er auch ganz andere Träume für seine Zukunft und musste sich neu zurechtfinden? Diese Fragen stellt Monika sich zum ersten Mal. Warum haben sie nie darüber gesprochen? Frank erschien wie ein Fels in der Brandung. Damals schon. Falls er Zweifel oder Ängste hatte, dann hat er sie gut verborgen. Im Verbergen ist er ein Meister. Monika hatte ihre Furcht laut ausgesprochen. Immerhin war sie Erzieherin und sozusagen vom Fach. Eine Beziehung musste intakt sein, um

Nachwuchs aufzunehmen. Nicht umgekehrt. Den Denkfehler hatte sie oft genug bei Eltern beobachten müssen. Frank hatte sie beschwichtigt. Völlig ruhig, als wäre er Herr der Lage, hatte er sie heruntergefahren wie einen überdrehten Motor. Auch darin war er schon immer gut. Kinder passen nie, hatte er gesagt. Sie würden das schaffen. Schaffen. Ja, geschafft haben sie es. Sie sind gute Eltern geworden. Glaubt sie jedenfalls. Jana und Jonas scheinen auf der richtigen Spur gelandet zu sein. Soziale Kontakte, keine Drogen. Verdammt, wenn sie wenigstens eine anständige Pubertät gehabt hätten. Dann wäre es vielleicht leichter gewesen, sich abzunabeln. Dafür ist diese Zeit der Auseinandersetzung doch gedacht.

Ach Monika, es haben dich alle um euren Frieden, um deine netten Kinder beneidet. Jetzt schieb ihnen nicht den Schwarzen Peter in die Schuhe. Will sie auch nicht. Sie möchte einfach nur verstehen, was passiert ist.

Im letzten Sommer sind Jana und Jonas nach Marburg gezogen. Knall auf Fall. Dass sie nicht an der Uni in Hannover studieren wollten, kam völlig überraschend. Sie waren so häuslich, so anhänglich. Vielleicht mussten sie exakt aus dem Grund in eine andere Stadt ziehen. Aber das war wie eine abrupte Windstille, ein Sonnenuntergang ohne Dämmerung. Plötzlich bestand das Haus aus zu vielen Zimmern. Zimmer, die leer standen und warteten. Genau wie sie. Dabei hatte sie sich auf diese Zeit ohne Kinder gefreut. Früher. Wenn sie vom vielen Organisieren müde war. Dann hatte sie die Jahre gezählt und ausgerechnet, wie alt sie sein würde, wenn die Zwillinge mit der Schule fertig wären. Dreiundvierzig. Die Zahl hatte sie beruhigt. Das war noch nicht so alt. Und sie stellte sich vor, was sie alles unternehmen könnte. Vielleicht sogar studieren. Oder den ganzen Jahresurlaub nehmen und mit Frank verreisen. Mit einem Wohnwagen, immer der Nase nach.

Aber als die beiden ohne Vorwarnung aus dem Haus gingen, hinterließen sie keine Aufbruchstimmung. Monika fühlte sich wie gelähmt. Frank war ihr keine Hilfe. Er verweigerte Gespräche über die veränderte Situation. Gespräche hatte es auch vorher wenig gegeben. Das war ihr nur nie so aufgefallen.

Der Kaffee ist kalt geworden. Monika gießt ihn in den Ausguss und schenkt sich einen frischen ein. Erneut wandert ihr Blick aus dem Fenster. Ihre Nachbarin ist gerade mit dem Briefkasten beschäftigt. Ihre Bewegungen sind traumwandlerisch sicher. Sie lässt sich nicht ablenken und weiß immer den nächsten Handgriff in Voraus. Monika ertappt sich dabei, sie zu beneiden. Ein Leben ohne Höhen und Tiefen und ohne Verletzungen.

Da unterbricht ihre Nachbarin für einen Augenblick ihren gewohnten Arbeitsrhythmus. Sie lässt den Lappen in den Eimer sinken und zupft ein paar vertrocknete Blätter aus einer Staude. Sie bleibt stehen und blinzelt in die Sonne. Dann greift sie wieder nach dem Putztuch und beginnt, die Stufen zu wischen.

Das Telefon klingelt. Monika wendet den Kopf zum Flur und lauscht. Als müsste sie erst orten, woher das Geräusch kommt und verstehen, was es zu bedeuten hat. Beim vierten Klingeln setzt sie sich schwerfällig in Bewegung und nimmt den Hörer ab.

»Hallo, hier ist Frank.«

Wann hat er sie das letzte Mal aus dem Büro angerufen? Das war vor einem Jahr, als Jana und Jonas in den Abiturprüfungen steckten. Frank hatte es bis zum Feierabend nicht ausgehalten und zwischendurch nachgefragt. Besorgte Eltern, beide auf dem gleichen Gleis. Das war eine schöne Zeit, denkt Monika.

Im nächsten Augenblick überfällt sie ein Anflug von Panik. Warum ruft er mich an? Das muss einen Grund haben. Frank meldet sich nicht einfach so zwischendurch. Das passt nicht zu ihm. Ist er misstrauisch geworden? Unsinn, bleib ruhig, mahnt sie sich streng. Wer sollte ihm etwas erzählt haben? Und wenn schon. Was sollten das für Geschichten sein? Sie braucht kein schlechtes Gewissen zu haben. Sie hat sich nichts vorzuwerfen. Es hat alles nur in ihrem Kopf stattgefunden. Fast alles. Aber ihre Beschwichtigungsformeln wirken nicht. Sie ist angespannt, als hätte sie eine Affäre gehabt.

»Ich habe eine Überraschung für dich. Morgen fahren wir in eine kleine Pension. An die Nordsee. Na, was sagst du?«, hört sie Franks Stimme in einem unverfänglichen Plauderton. Monika ist sich nicht sicher, ob sie ihn richtig verstanden hat. Sie ist in den vergangenen Wochen zu oft in Gedanken gewesen.

»Du wolltest doch mal an die Nordsee«, setzt Frank nach, weil sie nicht reagiert. »Und ich konnte spontan ein paar Tage Urlaub nehmen.«

Spontan, klingt es in Monikas Kopf nach. Er will also wirklich mit ihr an die See fahren. Im April. Spontan. Wenn sie ihr häusliches Leben geplant hatte, dann nur aus der Notwendigkeit heraus. Frank ist von Natur aus ein Planungsfreak. Und nun lädt er sie zu ein paar Urlaubstagen ein. Einfach so. Ausgerechnet zwei Tage später.

Zu spät, denkt Monika verzweifelt. Warum jetzt? Weiß er Bescheid und gibt sich Mühe? Ist diese Einladung so etwas wie eine Werbung, weil er Angst hat, sie zu verlieren?

Sie zwingt sich, obwohl er sie nicht sehen kann, zu einem dünnen Lächeln. »Ja, dort wollte ich gern hinfahren. Aber das kommt jetzt doch – sehr überraschend.«

»Das sollte es auch sein«, stimmt er ihr betont fröhlich zu. Das verunsichert sie noch mehr.

Monika hatte sich zwei Wochen Urlaub genommen. Vor allem, um wieder zur Besinnung zu kommen. Nur weg von hier. Flüchten. Weil sie Angst vor ihren unberechenbaren Gefühlen hatte. Frank reagierte verständnislos. Sie wollten doch erst im Juni gemeinsam Urlaub nehmen. Und wohin sollte man in dieser Jahreszeit verreisen? Lass uns die Koffer packen und zum Flughafen fahren, hatte Monika mit dem Mut der Verzweiflung vorgeschlagen. Ihr Mann hatte sie angesehen, als hätte sie den Verstand verloren. Wenn er geahnt hätte, wie nah die Vermutung der Wahrheit kam, er wäre mitgekommen. Aber er war nicht zu bewegen. Wer weiß, wo wir landen, wehrte er die Idee ab. Ein kleiner Nordseeurlaub. Einfach so, hatte sie weiter gebettelt. Er hatte den Kopf geschüttelt und zu bedenken gegeben, dass jetzt der Garten Vorrang hatte. Ende April. Das wäre durch den ungewöhnlich langen Winter bereits spät genug. Diese wichtige Zeit ist im Garten das ganze Jahr nicht wieder aufzuholen. Und überhaupt Nordsee. Auf die Langsamkeit eines nordischen Küstenurlaubs im Frühjahr wollte er sich nicht einlassen. Schon gar nicht auf die Kälte. Das hatte Frank noch vor einer Woche geantwortet. Und nun dieser Anruf.

»Das muss ich erst mal verdauen«, presst Monika hervor.

»Gut, aber vergiss dabei nicht, zu packen. Morgen geht es los!«

Der Kaffee ist schon wieder kalt. Monika lässt ihn stehen. Ihr ist der Appetit vergangen.

Sie sieht wieder nach draußen. Ihre Nachbarin ist fertig mit ihrem Mittwochsritual und im Haus verschwunden. Eine junge Frau aus der Reihenhaussiedlung hastet mit einer Tortenplatte in den Händen und einer Tasche am angewinkelten Arm hängend, zu ihrem Auto. Ihre beiden Töchter laufen neben ihr her. Die eine ist im letzten Sommer eingeschult worden. Nele. Sie ist in Monikas Igelgruppe gegangen. Ein aufgewecktes, nettes Kind. Die jüngere Schwester ist knapp drei und bei ihnen angemeldet. Die Bepackte öffnet die Wagentür mit dem Ellenbogen. Das sieht abenteuerlich aus und Monika befürchtet schon, dass ihr die Torte entgleitet. Die Mädchen kabbeln und schubsen sich. Nele stolpert und fällt hin. Ihre Mutter schreit sie genervt an und treibt ihre eingeschüchterten Töchter auf die Autositze.

Monika muss hart schlucken, um die aufsteigenden Tränen zu unterdrücken. Sie kann sich selbst sehen. Ständig in Eile, um zum Ziel zu kommen. Ein Ziel, das sie nie definieren konnte, außer, dass es mit Ruhe und Erholung zu tun hatte, dem Gefühl und der Sehnsucht, Zeit für sich zu haben.

Die hat sie jetzt. Und sie hat einen Kurzurlaub mit ihrem Mann vor sich. Allein. Das hat sie sich immer gewünscht und nun kann sie nichts damit anfangen. Das ist so verdammt gemein. Sie hätte noch ein wenig Abstand gebraucht. Gelegenheit, das Erlebte zu verarbeiten. Ohne Worte für verkrampfte Gespräche zu suchen und nicht auf ihre Gesichtszüge achten zu müssen. Einfach nur die Gedanken zu ordnen. Aber wie sollte sie ihm den plötzlichen Sinneswandel erklären? Vor ein paar Tagen hat sie ihn noch um eine gemeinsame Reise angebettelt. Frank hörte sich richtig übermütig an. Es erscheint ihr hundert Jahre her, dass sie ihn so lachen gehört hat. Sie möchte ihn nicht enttäuschen. Sie wird sich zusammenreißen, und vielleicht wird dieser ungeplante Urlaub das Beste, was ihnen beiden passieren kann.

Kapitel 4

Anne reist mit dem Zug von Hameln an die Nordsee

Sie ist zu früh am Bahnhof. Wie immer. Sie kann es einfach nicht leiden. auf den letzten Drücker anzukommen. Womöglich die Treppen hoch zu hetzen, um knapp vor dem Signalpfiff den Zug zu erwischen. Auf diese Art von Erfolgserlebnis kann sie gut und gerne verzichten.

Anne setzt sich auf eine Bank in die Frühlingssonne. Dabei ist ihr klar: für diesen Genuss wird sie zahlen müssen. Gerade in Verbindung mit Sonnenstrahlen reagiert sie auf die Pollenbelastung besonders aggressiv. Anne hebt ihr Kinn. Was soll's. Sie will endlich Wärme und frische Luft. Instinktiv prüft sie noch einmal den Inhalt ihrer Jackentasche. Ja, sie hat das Cortison eingesteckt. Vielleicht wird sie es gar nicht brauchen. Aber diese Sicherheit, es jederzeit nehmen zu können, ist für sie wichtig. Lebenswichtig, seit sie ihren ersten Asthmaanfall hatte.

Am Meer wird sie keine Luftnot bekommen, das weiß sie aus Erfahrung. Spätestens nach einem Tag geht es ihr dort oben besser. Wie dumm von ihr, dass sie nicht jedes Jahr den kompletten April an der See verbringt. Warum eigentlich nicht? Anne schüttelt über die Naivität ihrer eigenen Fragestellung den Kopf. Warum wohl nicht? Weil sie alleinerziehende Mutter ist und eine Fünfzehnjährige sich zwar erwachsen fühlt, es aber nun einmal nicht ist. Vielleicht kann ich im nächsten Jahr länger wegfahren, überlegt Anne. Dann ist Lisette schon sechzehneinhalb. Im gleichen Augenblick, in dem sie das denkt, überkommen sie Zweifel. Unvorstellbar, ihre Tochter einen ganzen Monat allein zu lassen. Doch wer weiß? Ein Jahr ist lang. Bis dahin findet sie sich vielleicht mit der Tatsache ab, bald eine erwachsene Tochter zu haben. Hier am Bahnhof zwischen lauter Reisenden erscheint ihr eine Trennung leicht. Viel leichter als zu Hause, wenn sie vor der Entscheidung steht: Fahre ich oder fahre ich nicht? Sie muss nur erst einmal loskommen, die Haustür hinter sich schließen. Dann fühlt sie sich unbelastet und frei. Anne lächelt. Mit so einem klaren Kopf würde sie wunderbar schreiben können.

Daheim hat sie immer, ob sie will oder nicht, organisatorische Gedanken im Hinterkopf. Angefangen mit der öden Überlegung: Was koche ich heute Mittag? Anne kocht ausgesprochen gern, wenn sie neue Rezepte mit besonderen Zutaten ausprobieren kann. Aber diese regelmäßigen Routinemahlzeiten gehen ihr auf die Nerven. Dazu kommt der Schwierigkeitsgrad, dass Lisette vieles nicht mag. Diese fehlende Experimentierfreude in ihren Essgewohnheiten passt eigentlich gar nicht zu ihrer Tochter. Sie ist ansonsten das Gegenteil von eintönig. Aber es sind höchstens zehn Gerichte, von denen Anne ausgehen kann, dass Lisette sie mag. Wenn sie ihr etwas anderes vorsetzt, mault sie zwar nicht. Sie isst klaglos ihr langweiliges Käsebrot. Es wäre einen Test wert zu beobachten, wann es ihr zum Hals herauskommt. Leider kann Anne das nie länger als zwei Tage mit ansehen, ohne sich als Rabenmutter zu fühlen. Und es gibt wieder ein Lisette-Leibgericht.

Anne hat Glück. Ein Waggon der S-Bahn nach Hannover ist fast leer. Die freien Sitzreihen verbreiten eine leise Melancholie. Anne mag das Gefühl. In diesen Augenblicken trauert sie keinem Führerschein hinterher.

Wenn es Bindfäden regnet, ihr kalter Schnee ins Gesicht fällt oder der Bus vollgestopft ist mit Menschen und ihren Aggressionen, dann schon. Dann wünscht sie sich, unabhängig zu sein und einen eigenen Kleinwagen zu besitzen.

Um sich sofort wieder zu trösten, dass sie durch die öffentlichen Verkehrsmittel nah am Geschehen bleibt. Deshalb liest sie auch während der Fahrt nichts. Sie sitzt still da und saugt die Stimmungen um sich herum auf. Hört fremden Gesprächen zu. Dabei denkt sie sich oft eine Hintergrundgeschichte aus und überlegt, in welcher Beziehung diese Menschen wohl zueinander stehen könnten. Oder welchen Beruf sie ausüben, in was für einem Leben sie stecken.

In Springe steigen einige Fahrgäste zu, und die Sitzreihen füllen sich. Schade. Heute wäre Anne liebend gerne allein geblieben. Sie schaut aus dem Fenster. Die weichen Höhenzüge des Deisters und die breiten Felder leuchten in einem frischen Grün. Die Natur holt den verspäteten Frühlingsanfang in Riesenschritten auf. Anne hinkt ihm trotz Ausbruch ihrer alljährlichen Allergie, ein ganz offensichtliches Frühlingssignal, hinterher. Dieses Jahr ist die graue Zeit zwischen den klaren Farben des Winters und den zarten Pastelltönen des Frühlings übersprungen worden. Es fehlt dieses langsame Hinpendeln zu milderen Temperaturen. Es ist einfach warm geworden, als hätte jemand einen Schalter angeknipst. Anne hätte nie geglaubt, dass ihr die triste Übergangszeit fehlen könnte.

In Weetzen steigt nur eine Frau zu. Sie ist genau wie Anne schwarz gekleidet. Dennoch trennen sie Welten voneinander: Während Anne mit ihrer legeren Hose, dem schlichten Pullover und ihrer offenen Lockenpracht eine mädchenhaft anmutende Ausstrahlung hat, umgibt die Zugestiegene die Aura einer Grande Dame. Sie steckt in einem schmal geschnittenen, perfekt sitzenden Kostüm.

Ihr dunkles Haar ist straff zurückgebunden. Sie wirkt sehr elegant und stolz. Wie eine Spanierin, denkt Anne, und ihr Blick fällt auf die gediegene Aktentasche. Nein, eine Geschäftsfrau, korrigiert sie sich. Vielleicht eine spanische, lächelt sie in sich hinein.

Die Frau setzt sich auf die äußerste Kante eines Sitzes. Angespannt. Wie zum Sprung bereit. Dann zieht sie ein zierliches Handy aus der Jackentasche und klappt es auf. Anne verdreht die Augen. Gleich wird sie das übliche Geschäftskauderwelsch über sich ergehen lassen müssen. Die Dame sieht nicht aus, als würde sie ihren Liebhaber anrufen. Das passt nicht zu ihrem Aussehen und nicht zu ihrer Pose.

Wie Anne vermutet hat, klingt die Stimme der Frau kräftig und dunkel. Allerdings ohne spanischen Akzent. Sie spricht lupenreines hochdeutsch. Und sie regelt keine Aktienan- oder verkäufe. Sie erklärt ihrem Gesprächspartner haargenau, wo im Haus die Sporttaschen ihrer Kinder parat stehen. Fertig gepackt für das abendliche Handballtraining. Daneben noch eine andere Tasche mit Wechselwäsche, denn sie sollen für diese Nacht außerhäusig schlafen. Am nächsten Nachmittag müssen die Kinder zum Schwimmunterricht gebracht werden. Dafür sind ebenfalls Rucksäcke vorbereitet. Die Frau zögert. Dann entschuldigt sie sich. Im Erdgeschoss sei alles tipp topp, aber oben in den Schlafräumen ... Dort habe sie es nicht mehr geschafft, Ordnung zu machen. Also, man sollte sich nicht wundern. Sie bedankt sich in Voraus für die Betreuung und verabschiedet sich.

Danach telefoniert sie noch einmal. Bei demjenigen vergewissert sie sich, ob die Abholzeiten ihrer Sprösslinge richtig aufgeschrieben wurden.

Anne sieht wieder aus dem Fenster. Hat sie schon jemals einen Mann auf einer Geschäftsreise die Unterbringung und Versorgung seiner Kinder delegieren gehört?

Nein.

Hätte sie dieser Frau zugetraut, dass sie sich für nicht geputzte Räume entschuldigt?

Nein.

Und hat sie jemals so eine in ihren Romanen beschrieben?

Nein.

Ihre Heldinnen sind jünger. Zu jung. Anne kann ihnen mittlerweile nicht mehr authentisch hinterherfühlen. Das weiß sie und hält doch mit stiller Verbissenheit an ihnen fest. Nein, nicht verbissen. Verzweifelt ignorierend. Das sieht leider nicht nur Lisette so. Auch Charlotte, ihre Lektorin, versucht ihr neuerdings liebevoll klar zu machen, dass sie ihre Bücher schon zu lange nach dem gleichen Muster schreibt. »Schau dich mal nach lebensnahen Frauenfiguren in deiner Umgebung um. Sonst ist es eine Frage der Zeit, dass Linda Loretta tot ist.«

Anne stöhnt leise auf und betrachtet die fremde Mitreisende aus den Augenwinkeln. Sie hat ihr Handy weggesteckt und lehnt sich kaum merklich zurück. Ihr Blick geht ins Leere. Sie wirkt konzentriert. Ob sie auch keinen Partner hat und deshalb alles allein organisieren muss? Oder ist sie gerade wieder ins Berufsleben eingestiegen und hat ihre Lieben bislang zu sehr verwöhnt?

Anne hatte nur für kurze Zeit so etwas wie eine Familie. Mutter, Vater, Kind. Drei Jahre hat sie mit Kees-Jan zusammengelebt, ihrem niederländischen Maler. Sie hat mit ihm auf seinem Hausboot im Herzen von Amsterdam gewohnt. Mein Gott, war sie damals verliebt in Kees-Jans ansteckende Leichtigkeit, das Leben zu nehmen, es zu einer einzigen großen Feier zu machen. Sie war süchtig nach seinem charmanten Akzent und seinem Lachen. Sie liebte ihn und Amsterdam. Das jugendliche Flair dieser Stadt, die kein Alter kennt. Einfach unbeschwert und jung ist und bleiben will. Überall lebten Künstler. Lebenskünstler. Als Kees-Jan fragte, ob sie zu ihm ziehen wollte, zögerte sie keinen Augenblick und ließ zu Hause alles stehen und liegen.

Ihre Eltern hatten ihr das sehr übel genommen. Mittlerweile kann Anne sie sogar verstehen. Sie kam aus kleinen Verhältnissen, und es war ihnen nicht leicht gefallen, ihr das Studium zu ermöglichen. Danach hatten sie gehofft, eine Lehrerin in der Familie zu haben.

Nach zwei Jahren wurde Lisette geboren. Kees-Jans Zauber, seine Kunst, den Augenblick zu genießen, ohne an die Zukunft zu denken, verlor auf Anne seine magische Wirkung. Sie fühlte sich mit der Verantwortung für ihr Baby alleingelassen. Kees-Jan war einfach nicht zu greifen. Sie wusste nie, was er plante oder ob er sich überhaupt irgendwelche Gedanken machte. Wenn sie ihn festnageln wollte, ihn zwingen, mit ihr die nächste Zukunft ein wenig zu besprechen, wurde er wütend. Ihr Strukturverlangen ersticke seine Kreativität. Seine nordische Elfe, seine bezaubernde Muse, würde sich zusehends in eine Spießerin verwandeln, warf er ihr vor.

Aber finanziell und emotional von der Hand in den Mund zu leben, damit konnte sich Anne nicht mehr arrangieren. Die Ungewissheit machte ihr Angst. Die Angst war schließlich größer als ihre Liebe zu Kees-Jan, und sie zog die Konsequenzen. Sie packte ihre Koffer und kehrte mit ihrer kleinen Tochter nach Deutschland zurück.

Lisette war ein Jahr alt, und Anne stand im Grunde ohne einen Beruf da. Um ihr Anerkennungsjahr nachzuholen, hätte sie bei ihren Eltern zu Kreuze kriechen und bei ihnen einziehen müssen. Es reichte schon, im Gesicht ihrer Mutter zu lesen: Das hätte ich dir vorher sagen können. Anne wollte und konnte nicht bei ihnen leben und sich die tägliche Litanei anhören. Dazu war sie zu tief verletzt.

Anne mietete sich eine winzige Wohnung in der Deisterstraße in Hameln und lebte von Heimarbeit und vom Sozialamt. Der Ehrlichkeit halber, auch von Kees-Jan. Er hat den Unterhalt immer gezahlt, das muss sie ihm lassen. Einmal im Jahr lädt er Lisette zu sich in die Ferien ein. Seit drei Jahren ist er verheiratet und hat noch ein Kind. Als Lisette ihr das berichtete, hat es Anne zum zweiten Mal fast das Herz gebrochen. Warum war er plötzlich bindungsfähig? Warum tötete eine juristisch beurkundete Beziehung nicht mehr seine Kreativität? Denn seiner Künstlerseele hat die eheliche Bindung offensichtlich nicht geschadet. Kees-Jans Bilder sind mittlerweile bekannt, und seine Vernissagen Highlights in der Szene.

Ausgerechnet beim Zahnarzt fiel Anne die Stellenausschreibung einer Frauenzeitung in die Hände. Sie suchten jemanden, der Leserbriefe beantwortet. Nichts Berauschendes, aber alles war besser, als Ringreiter für Waagen zu drehen. Eine Sisyphusarbeit. Anne bekam die Stelle und wurde mit Hingabe die Zeitungskummertante Linda Loretta. Als plötzlich zu wenige Briefe in der Redaktion eintrudelten, sah Anne ihren Job in Gefahr. Sie ergriff die Initiative und schrieb sich die Fragen einfach selbst. Das kam richtig gut an, und die Kolumne war recht erfolgreich. Sie gaben ihr die Möglichkeit, einmal im Monat »Die wahre Geschichte aus dem Leben« zu schreiben. Kleine Liebesgeschichten. Die flossen Anne nur so aus der Feder. Da bekam sie einen Anruf von einem Verlag. Charlotte, ihre jetzige Lektorin, motivierte sie, einen Roman im Stil ihrer Kurzgeschichten zu verfassen. Anne machte sich an die Arbeit. Ihr erster Roman »Der neue Nachbar« erreichte sofort das Verkaufszahllimit, und seitdem gibt es die Reihe Linda Loretta. Und nun soll alles vorbei sein? »Nicht vorbei«, hatte Charlotte über ihre Ängste gelacht. »Nur anders. Lass dich doch einfach drauf ein.«

Der Zug rollt im Hauptbahnhof Hannover ein. Anne und die Frau stehen gleichzeitig auf. Überrascht stellt sie fest, dass sie fast gleich groß sind. Das passiert Anne bei ihrem Gardemaß von Einsvierundachtzig selten. Sie lächelt die Fremde an, sie erwidert es nicht. Ihre konzentrierten Gesichtszüge wirken abweisend streng. Vielleicht stimmt sie sich auf eine wichtige Besprechung oder einen Vortrag ein. Dafür muss sie sich zwingen, alle störenden Gedanken abzuschütteln. Ihre Sorge vergessen, ob ihre Kinder pünktlich nach dem Sport abgeholt werden. Ob sie ihre Wechselwäsche dabei haben, sich nach dem Schwimmen duschen, richtig abtrocknen und genug trinken. Das ist jetzt alles unwichtig. Gleich hat sie beruflich zu funktionieren.

Anne bleibt für einen kleinen Moment zwischen den eilig wegstrebenden Reisenden stehen und sieht der Frau hinterher. Vielleicht bist du ein guter Anfang für eine Geschichte. Warum nicht eine über Liebe?

Kapitel 5

Monika und Frank reisen mit dem Auto von Hannover ins Wangerland an die Nordsee.

Hinter dem Walsroder Kreuz lichtet sich der Verkehr. Obwohl Frank am Steuer sitzt und nicht zu riskanten Manövern neigt, atmet Monika auf. Sie hasst es, in einer dreispurigen Blechlawine zu stecken und dem unberechenbaren Verhalten anderer ausgeliefert zu sein. Dieses waghalsige Wechseln der Spuren, diese Jagd nach einer Lücke, die fast immer schlicht und einfach der Sicherheitsabstand umsichtig Fahrender ist. Monikas Erleichterung währt nur kurz, denn mit der Entspannung wird die Stille im Auto greifbar. Zum Glück läuft das Radio.

»Du bist so schweigsam«, kommentiert Frank blöderweise die Situation. Warum sie? Wir sind beide schweigsam, denkt Monika.

»Ich habe super schlecht geschlafen«, weicht sie dennoch schwach lächelnd einer ehrlichen Antwort aus. Fast im gleichen Augenblick ärgert sie sich. Warum übernimmt sie wie selbstverständlich die Verantwortung für die fehlende Unterhaltung?

»Du schläfst vor jeder Reise schlecht«, lacht Frank leise. Die Erklärung scheint ihn zu beruhigen. Monika betrachtet ihn aus den Augenwinkeln.

Frank wirkt so ungewohnt empfindsam. Oder bildet sie sich das nur ein? Ist es ihre eigene Verwirrtheit? Sind es ihre diffusen Schuldgefühle, die ständig zu Irritationen führen?

Frank. Gerade Ende vierzig. Er sieht jünger aus, wenn sie ihn mag. Sein Gesicht ist straff, wie seine Figur. Er joggt regelmäßig und geht diszipliniert in die Muckibude. Seine frühzeitige Glatze hat er gelassen hingenommen und das Resthaar extrem geschoren. Eine Notlösung, die ihm ausgezeichnet steht.

Er ist ein attraktiver Mann, stellt Monika verwundert fest, als sehe sie ihn zum ersten Mal. Was, wenn es in Franks Leben auch eine andere Frau geben würde? Eine, zu der er sich unwiderstehlich hingezogen fühlt. So wie sie für kurze Zeit zu Erik. Eine Frau, in deren Gegenwart Frank spielend leicht Worte fände. Eine, mit der er über Gott und die Welt philosophieren könnte. Mit der er sich noch einmal jung und unbesiegbar empfindet. Der Gedanke gibt ihr einen heftigen Stich durch den Brustkorb. Sie könnte es nicht ertragen.

Und Frank, wie ginge er damit um? Was wäre in ihm vorgegangen, wenn er sie zusammen mit Erik am Steg beobachtet hätte. Oder ihre Gespräche mitangehört. Ganz zu schweigen von den Szenen, die sich in ihrer Fantasie abgespielt haben.

»Wir fahren das erste Mal ohne die Kinder in den Urlaub. Letztes Jahr konnten wir uns einfach nicht entscheiden, wo wir hinfahren wollten«, redet Monika konfus drauflos.

Frank wirft ihr einen erstaunten Blick zu. »Wieso nicht entscheiden? Du wolltest doch zu Hause bleiben und unbedingt renovieren.«

Monika schweigt betreten. War sie das, die nicht wegfahren wollte? Sie erinnert sich nur vage. Ja, sie wollte die Mansardenwohnung in Schuss bringen. Das erschien ihr plötzlich dringend notwendig. Und eilig. Als wären Jonas und Jana nur kurz verreist, und man müsste ihre Abwesenheit nutzen, um ihre Zimmer herzurichten. Stimmt, das war ihr wichtig. Aber das ist nicht der einzige Grund, aus dem sie zu Hause geblieben sind. Das macht Frank sich rückwirkend zu einfach.

»Was heißt, unbedingt renovieren«, wehrt sie sich. »Du warst auch nicht wegzubewegen. Du wolltest sparen. Erst einmal schauen, wie die Kosten für das Studium in einer anderen Stadt ausfallen. Das waren genau deine Worte.«

»Stimmt, das waren meine Worte. Aber das habe ich nicht so ernst gemeint. Keine Veranlassung, gar nicht in den Urlaub zu fahren.«

Monika presst ihre Lippen zusammen und antwortet nicht mehr. Nicht ernst gemeint, denkt sie ärgerlich. Das hat sich letztes Jahr ganz und gar anders angehört. Dass sich jeder die Vergangenheit immer so zurechtzimmert, wie es ihm gerade passt.

Sie fahren durch die Heidelandschaft kurz vor Bremen. Die Pflanzen sehen farblos und vertrocknet aus. Das blasse Bild täuscht. Im Sommer leuchtet hier ein lilafarbenes Blütenmeer. Monika atmet tief durch. Sie will keinen Streit anfangen. Schon gar nicht, aus welchem Grund sie im letzten Jahr nicht in den Urlaub gefahren sind. Fakt ist: Sie sind zu Hause geblieben. Sie sind sich mit viel Arbeit und Grilleinladungen gut aus dem Weg gegangen. Und wahr ist auch: Sie waren beide geschockt, plötzlich allein zu sein. Vielleicht für immer. Damit konnten weder sie noch Frank im Crashkurs umgehen.

Nach den Nachrichten wird wieder Musik gespielt. Die Stille zwischen ihnen ist nun noch präsenter, da Frank sie zum Thema gemacht hat. Worüber haben sie sich früher während einer Autofahrt eigentlich unterhalten?

Als die Kinder klein waren, haben sie sich über jeden Augenblick gefreut, in dem sie nicht reden mussten. Sie haben die kostbaren Momente genossen, in denen jeder seinen Gedanken nachhängen durfte. Meistens lief eine der Kinderkassetten im Auto. Die konnte sie gut ausblenden und sich dabei entspannen. Wenn den Zwillingen die zu langweilig wurden, waren Spiele angesagt. Berufe raten. Sehr beliebt war das Zusammensetzen von Wörtern. Hausmeister – Meisterschule – Schulklasse – Klassenlehrer – Lehrerhaus – Hausmeister – Stopp! Hatten wir schon!

Monika lächelt wehmütig. Kurz vor dem Reiseziel kippte die Stimmung meistens. Die Kinder bekamen entweder einen unerträglich albernen Lachanfall oder sie begannen sich zu streiten. Wenn sie Glück hatten, schliefen sie ein. Dann war die Ruhe einfach himmlisch. Wie eine Hoffnung auf etwas. Manchmal hatte sich Monika bei dem Gedanken ertappt, andere Pärchen ohne Nachwuchs im Auto zu beneiden. Die brauchten niemanden zu bespaßen. Die konnten einfach ruhig sein oder reden, ganz wie und wann sie es wollten.

Später waren Jana und Jonas wunderbare Antriebsfedern für lebhafte Diskussionen. Es gab immer ein Thema. Sicher war es auch einmal ruhig. Zum Beispiel, wenn die beiden mit ihren Walkmen an den Ohren vor sich hindösten. Aber diese Stille tat nicht weh, sie trennte nicht. Oft hatten Frank und sie sich dann einen verstehenden Blick zugeworfen. Manchmal zärtlich verstohlen dem anderen über die Hand gestrichen.

Warum sind Jana und Jonas eigentlich bis zum Schluss mit ihnen in die Ferien gefahren? Sie hat nie ernsthaft darüber nachgedacht. Obwohl ihre Freundinnen sie darauf angesprochen haben und erzählten, dass sich ihre Kinder längst abgesetzt hätten. Das wäre nun einmal der Lauf der Dinge.

»Unsere gehen auch eigene Wege im Urlaub«, hatte Monika sich gerechtfertigt. »Wir kleben nicht die ganze Zeit zusammen. Sie werden schon losziehen, wenn es soweit ist.«

Sie hatte sich geärgert, dass es anscheinend für alles einen Zeitfahrplan gab. Einen, der für jeden passen muss. Sonst ist man auffällig. Wie zum Beispiel: Ab einem bestimmten Alter fahren Kinder nicht mehr mit den Eltern in den Urlaub. Basta! Ihre Freundinnen hatten letztes Jahr mit einer gewissen Genugtuung den Auszug der Zwillinge registriert. Ihr Weltbild passte wieder, dafür war Monikas in Wanken geraten.

Was soll das mit den Kindern, unterbricht sie ihre Gedankengänge. Sie sind nicht schuld, dass sie ein Problem hat, neben Frank im Auto zu sitzen und keine Worte zu finden. Alles nur Ablenkung von dem Eigentlichen. Ablenkung von ihrer jüngsten Vergangenheit. Sie würde die Erinnerung an die letzten Wochen am liebsten löschen. Das versucht sie so energisch, dass sie durch ihre Verdrängung zu wachsen scheint. Immer gefährlicher wird. Die gespeicherten Bilder warten gnadenlos auf den Augenblick, in dem sie nicht aufpasst, um dann über sie herzufallen.

Nein, es geht nicht um die Kinder. Sie hat aus einem anderen Grund Angst, mit Frank allein zu sein. Sie hätte noch ein paar Tage Abstand gebraucht, um wieder mit sich ins Reine zu kommen. Zeit, um ihre Fast-Affäre zu verdauen. Vor allem ihr Ende. Ein Ende von etwas, was gar nicht richtig angefangen hat. Zum Glück. Nicht auszudenken, wenn sie mit Erik im Bett gelandet wäre. Vor dem Finale haben sie allerdings nicht ihre Charakterstärke, sondern lediglich die fehlenden Umstände geschützt. Wäre es möglich gewesen, ohne Vorplanung, wie in einem kitschigen Film: allein mit ihm – ein Zimmer – leise Musik – ein Bett – eine Nacht aus ihrem Leben schleichen – am nächsten Tag zurückgehen und zurückfinden. Ohne ein schlechtes Gewissen zu haben. Sich einfach kurz mal verstecken, wie Kinder in ihrer selbst gebauten Bettenburg. Keine Frage: wenn das möglich gewesen wäre, sie hätte sich in seine Arme geworfen. Nur die Angst vor dem Tag danach hat sie davor bewahrt. Da braucht sie sich nichts vorzumachen.

Nun ist es vorbei. Aus. Schluss. Keine Nische mehr für ihre romantischen Tagträume. Das weiß ihr Verstand, ihr Gefühl hinkt ihm noch hinterher. Dafür war das Ende zu abrupt und zu befremdend.

Sie hatte mit Erik die Segel eingeholt. Er hatte kaum merklich ihre Hand berührt und gefragt: »Ich habe heute Zeit. Wie viel nimmst du für eine ganze Nacht?«

Genauso hatte Monika diese Szene sich immer und immer wieder hergeträumt. Sie hatte sie in allen erdenklichen Variationen durchlebt. Und nun? Monika sah die untergehende Sonne über dem Wasser. Sie sah sein Lächeln. Sie roch seinen

Körper. Alles stimmte. Nur der Text war falsch. Warum nahm er nicht einfach wortlos ihre Hand und entführte sie?

»Unbezahlbar«, lachte sie verlegen.

Erik sah sie an. Er wartete wirklich auf eine Antwort. Widerstrebend begriff sie: Er meint seine Frage ernst. Er will Sex mit mir und er will dafür bezahlen.

Monikas Wangen brennen bei der Erinnerung. Wie hatte sie sich so täuschen können? Weil sie bis über beide Ohren verliebt war, wie ein junges Mädchen. Für kurze Zeit hat ihre vertraute Welt auf dem Kopf gestanden und nichts, aber auch rein gar nichts hat ihr Halt geben können. Sie hat nur wie in Trance von einem Treffen mit Erik zum nächsten gelebt. Hinter seiner einfühlsamen Art hätte sie niemals eine so perverse Neigung vermutet. Warum hat er sich überhaupt so viel Mühe mit ihr gemacht? Vielleicht gehört das alles zu seinem – Vorspiel. Vielleicht muss er sich vorher so lange aufgeilen und kann nur, wenn er dafür bezahlt. Im Grunde muss sie dankbar sein, dass er sie vorher gefragt hat. Nicht auszudenken, wenn sie mit ihm im Bett gelandet wäre und morgens beim Aufwachen ein paar Scheine auf dem Nachttisch gefunden hätte.

Sie sieht Frank liebevoll an. Meine Güte, um ein Haar hätte sie ihn mit diesem abartig tickendenden Typen betrogen. Warum fühlt es sich so an, als hätte sie es getan? Beschämt denkt sie daran, wie oft sie sich in Gedanken mit Erik über die Laken gewälzt hat. Untreue beginnt im Kopf.

Franks Hand berührt sanft ihren Oberarm. Monika fährt zusammen.

»Ist dir schlecht?«, fragt er besorgt.

Monika schüttelt den Kopf. Seine Stimme klang lange nicht so liebvoll. Verdammt noch mal, wo hat er denn in der letzten Zeit gesteckt? Warum hat er sie allein gelassen? Erik hätte nie eine Chance gehabt.

»Eine kurze Pause wäre trotzdem gut. Einen Moment die Beine vertreten«, sagt Monika. Vor allem möchte sie Franks fürsorglichem Blick entkommen.

Der Parkplatz ist angenehm leer. Sie essen ihr Brot und trinken Tee. Für unterwegs nimmt Monika immer Tee mit. Sie hat noch keine Thermoskanne gefunden, in der Kaffee so heiß bleibt, wie sie ihn mag. Sie sitzen auf einer Bank und halten ihre Gesichter in die Sonne.

»Die hat uns gefehlt«, sagt Frank mit geschlossenen Augen. »Vitamin D kann ohne Sonne nicht umgesetzt werden. Habe ich gestern erst gelesen. Der Winter war einfach zu lang.«

»Ja, das ist wahr«, stimmt Monika ihm zu und ist froh, dass er sie nicht ansieht. Er hätte sonst bemerkt, wie irritiert sie ist. Er beginnt eine Unterhaltung. Oder hat er das immer gemacht, und ihr ist das nur nicht aufgefallen?

»Es soll auch viel mehr Depressionen in diesem Frühjahr gegeben haben«, erzählt er weiter. »Ich habe mir selbst schon eingebildet, dass ich eine habe«, fügt er halb scherzhaft hinzu und Monika blinzelt ihn überrascht an. Meint er das ernst? Hat sie nicht bemerkt, dass er gelitten hat? Hat nicht er sie, sondern sie ihn allein gelassen? Monika schüttelt den Kopf. Diese quälenden Gedanken sind sinnlos. Sie hat schlicht und einfach ein schlechtes Gewissen und legt jetzt jedes Wort auf die Goldwaage. Frank hätte jederzeit mit ihr reden können, denkt sie trotzig. Sie hätte sicher nicht weggehört. Aber er hat gemauert und geschwiegen. Da kann man niemandem helfen.

Frank schlägt sich unternehmungslustig auf die Oberschenkel: »Komm, lass uns weiterkutschieren! Das Wetter soll nicht so schön bleiben. Pünktlich zum ersten Mai ist es wieder kühl und nass angesagt. Also: nutzen wir den Augenblick und vor allem die Sonne!«

Er bietet an, auch die restliche Fahrt am Steuer zu bleiben. Monika lässt ihn. Normalerweise wechseln sie sich in regelmäßigen Abständen ab. Heute ist sie für sein Angebot dankbar. Sie ist viel zu unkonzentriert, um Auto zu fahren. Die Wetterlage interessiert sie nicht. Die ist in den letzten Wochen unbemerkt an ihr vorbeigezogen. Selbst beim Segeln war es ihr gleichgültig, ob sie nass wird. Das Einzige, was gezählt hat: Wann sehe ich

Erik wieder? Wie kann ich ihn öfter treffen, ohne dass es auffällt? Sie wurde von einem längst vergessenen federleichten Gefühl getragen. Jedes Liebeslied im Radio schien speziell für sie geschrieben zu sein. Sie war wirklich meilenweit von einer Depression entfernt.

Frank nimmt sich ein Pfefferminzbonbon und bietet ihr auch eines an. Monika lehnt ab. Sie sind ihr zu scharf.

Vor Wilhelmshaven fahren sie von der Autobahn ab. Die Küstenstraße mit den windschiefen Bäumen macht deutlich, wo sie sich befinden. Im Norden, ganz nah am Meer. Der Himmel ist weiter, und Monika sieht ihm sehnsüchtig entgegen. Vielleicht ist es gut, dass sie hierher gefahren sind. Dass sie nicht länger ausweichen konnte.

Frank hat in Horumersiel ein Zimmer gebucht. Monika will nicht mehr darüber nachdenken, was ihn dazu getrieben hat. Warum soll sie sich diese paar Urlaubstage mit Misstrauen verderben? Aber so sehr sie sich dagegen auch sträubt: Es bleibt in ihr wie ein lauerndes Tier.

Obwohl in keinem Bundesland mehr Osterferien sind, herrscht in dem Küstenort lebhafter Betrieb. Vor kleinen Cafés und Gaststätten sitzen sonnenhungrige Touristen. Monika ist froh, dass ihre Unterkunft abseits des Trubels liegt. Rechts der Deich und links die üblichen blitzsauberen

Backsteinhäuser. Akribisch gepflegte Vorgärten, in denen schon Strandkörbe stehen. Überall einladende Bänke, von Primeln und Osterglocken umrahmt. Die sind eindeutig für die Gäste gedacht. Niemand, der Haus und Garten so in Schuss hält, hat Zeit und Muße, selbst in der Sonne zu sitzen.

Die Pension Heinrich wirkt dagegen eher schlicht. Es ist das einzige Haus, dessen Fenster keine Gardinen haben. Dafür schützen prächtige Grünpflanzen auf den Fensterbänken vor neugierigen Blicken.

Bevor sie klingeln können, wird die Haustür geöffnet.

»Moin, willkommen in Horumersiel. Ich bin Tomke Heinrich.«

Mit professioneller Freundlichkeit reicht sie ihnen nacheinander die Hand. Ihr Händedruck ist angenehm fest. Monika schätzt sie auf Ende fünfzig. In ihrem ultrakurz geschnittenen Haar schimmern noch Reste einer roten Tönung. Ansonsten ist es grau, fast weiß. Sie trägt Jeans und ein unkleidsames Oberteil. Sie scheint nicht viel Wert auf ihre äußere Erscheinung zu legen.

»Guten Tag, Frank Habermann und Frau aus Hannover«, grüßt Frank jovial zurück. Seine Fröhlichkeit wirkt befremdend aufgesetzt und lässt Monika zusammenzucken. Sie bringt kein Wort über die Lippen.

Frau Heinrich nickt ihr nur kurz zu und wendet sich an Frank: »Kommen Sie herein. Ich zeige Ihnen eben Ihr Zimmer.«

Während sie das sagt, nimmt sie schon die ersten Stufen der Treppe. Die beiden folgen ihr. Monika muss dabei unwillkürlich auf Tomke Heinrichs Hintern starren. Die Aufmachung ihrer Vermieterin mag zwar neutral, fast abweisend wirken, ihre Hüftbewegungen sind verwirrend weiblich.

Der Flur in der ersten Etage ist hell gestrichen, der Fußboden mit Laminat belegt. Die hereinfallenden Sonnenstrahlen untermalen die freundliche Helligkeit. Frank streicht Monika zärtlich über den Rücken. Die Intimität seiner Berührung macht ihr bewusst, dass er sich auf die Tage mit ihr freut. Ein Gefühl, das sie nicht mit ihm teilen kann – so leid es ihr auch tut.

Das Zimmer ist großzügig geschnitten. Genug Platz, um gemütlich in zwei Sesseln zu sitzen und über den Deich zu blicken, fast bis zum Meer. Sie werden es nachts bei geöffnetem Fenster hören können.

Frau Heinrich bleibt in der Tür stehen.

»Der Schlüssel passt für Zimmer und Haustür. Wenn Sie einen zweiten benötigen …?«

»Brauchen wir nicht«, verkündet Frank zuversichtlich, und Monika lächelt verkrampft.

»Ach, trinken Sie Tee oder Kaffee zum Frühstück?«

»Kaffee, wenn möglich mit Kuhmilch«, antwortet Monika. Es ist das erste Mal, dass sie sich einbringt. Frau Heinrich wirft ihr einen erstaunten Blick zu, als hätte sie nicht erwartet, dass sie sprechen könnte. Dann lacht sie unvermittelt auf. Ihr Lachen klingt nicht fröhlich. Frank und Monika wechseln einen verstohlenen Blick miteinander.

»Entschuldigung«, versucht Tomke zu erklären. »Ihre Antwort hat mich nur gerade an einen Gast erinnert. Ist eine Zeitlang her und der kam auch aus Hannover.«

Die Habermanns nicken nur höflich.

»Ich muss gleich einen Gast aus Wilhelmshaven abholen. Wenn Sie noch Fragen haben, …«

»Nein, alles paletti«, winkt Frank ab, und Tomke zieht flink die Tür hinter sich zu.

»Leicht verhuscht, die Gute«, kichert Frank. »Dafür aber nicht so geschwätzig. Pluspunkt. Weißt du noch, die vom Schwalbennest auf Norderney? Die hat sich sogar mit an den Frühstückstisch gesetzt. Und wenn sie weg war, kam ihr Mann. Kaum zu glauben, die haben beide ihre Gäste als Gesprächspartner ausgenutzt.«

Monika durchströmt ein warmes Gefühl. Weißt du noch, klingt es in ihr nach.

Sie gehen nach unten zum Auto und tragen ihre Taschen hoch. Monika hat völlig konfus gepackt. Das Wetter war überhaupt nicht einzuschätzen, und sie selbst schon gar nicht. Nun hofft sie, dass sie an das Wichtigste gedacht hat.

Sie sortieren einträchtig ihre Sachen in den Schrank. Ganz ordentlich, als bezögen sie eine neue Wohnung. Total bescheuert, für die paar Tage alles aus den Taschen zu nehmen. Aber die Handgriffe beruhigen sie. Frank scheint es ähnlich zu gehen.

Und nun?«, fragt er, als sie fertig sind. »Päuschen oder ein wenig die Gegend erkunden?«

Monika starrt wie hypnotisiert auf das breite Bett. Nein, keine Pause. Raus hier!

»Ich will das Meer sehen«, sagt sie und bemüht sich, mit fliegenden Händen ihr buntes Tuch kunstgerecht um den Kopf zu binden.

Kapitel 6

Tomke holt Anne in Wilhelmshaven vom Bahnhof ab

Genau so ein Pärchen hat Tomke gefehlt, um sich noch beschissener zu fühlen. Sie – mädchenhaft zart mit feinem, blondem Babyhaar und scheuen Rehaugen. Er – durchtrainiert und gut einen Kopf größer als seine Frau. Er hat freundliche, warme Augen und eine offene Art. Dafür lächelt seine Gattin so unterkühlt, dass man sich kaum traut, ihr die Hand zu geben. Kein Hauch von Vorfreude. Dabei hat Herr Habermann am Telefon verraten, dieser Kurzurlaub soll eine besondere Überraschung für seine Frau werden. Solche Bonbons scheint sie gewohnt zu sein. Ebenso, dass er alles für sie regelt. Frauchen braucht nur mitzukommen. Hat nur gefehlt, dass er sie über die Türschwelle trägt.

Die können noch nicht lange zusammen sein, urteilt Tomke schlecht gelaunt. Dabei hätte sie was für ein alteingespieltes Ehepaar gegeben. Gerne eines, das sich hemmungslos angiftet. Das hätte ihr gut getan und daran erinnert, Alleinsein hat durchaus seine Vorteile. Tomke öffnet mit einer heftigen Bewegung das Garagentor. Es gibt so viele nette Paare, die sich anöden. Aber ausgerechnet sie muss ihre absolute Hasskonstellation abkriegen: Er ein »Ich-mache-alles-für-dich-mein-Schatz-Mann« und sie ein »Huch-wie-lieb-von-dir-Frauchen«. Tomke stampft mit weit ausholenden Schritten in den Garten. Die da oben braucht garantiert keine Gartenabfälle zum Wertstoffhof zu bringen. Sie wirft im Gehen einen mürrischen Blick auf das Fenster in der ersten Etage. Die haben im Eiltempo ihre Klamotten aus dem Auto geholt und sich gleich wieder in ihrem Zimmer verschanzt. Vergebens wehrt sich Tomke gegen wild aufkommendende Fantasien über das aktuelle Treiben der beiden. Es ist wie verhext. Das komplette Wangerland scheint plötzlich aus frisch verliebten Pärchen zu bestehen. Wo sind nur die vielen Singles geblieben, die normalerweise durch den Ort promenieren? Die allein vor ihrem Pott Tee oder einem Bier hocken und sich vorher oft ein Buch kaufen, um Unterhaltung zu haben. Wo sind die ganzen Typen, die gern mal einen freundlichen Blick riskieren und die man nicht ermutigen darf, sonst sitzen sie neben einem? Weg. Wie von einer Riesenwelle vom Strand gefegt und in trauter Zweisamkeit wieder angespült.

Tomke pfeffert einen Container mit Gartenschnitt in den Laderaum ihres Wagens. Was macht sie sich für saublöde Gedanken. Die beiden da oben, das sind ihre Gäste. Ob sie nun verliebt sind oder nicht. Es geht sie nichts an. Ende! Schluss!

Aus! Sie kann schließlich nicht auf ihre Homepage schreiben: Alleinreisende bevorzugt oder Paare unerwünscht oder Frühstückspension für Singles. Erstens bekäme sie dann mit Sicherheit zweideutige Angebote. Und zweitens kann sie sich solche Extravaganzen nicht leisten. Die Pension war fast drei Jahre lang geschlossen, und ihre Stammgäste mussten sich eine andere Urlaubsbleibe suchen. Klar, bei einigen brauchte sie sich nur zu melden. Die würden sofort wiederkommen. Aber erst zur nächsten Saison. Stammgäste buchen immer weit in Voraus.

Außerdem bezweifelt sie, ob die alten Badegäste »ihre« Frühstückspension noch mögen würden. Das Haus hat sich komplett verändert und Tomke ebenfalls. Aber Stammgäste lieben die Vertrautheit. Sie wollen ihr altes Urlaubsgefühl immer wieder neu erleben und auf Veränderungen reagieren sie empfindlich. Vielleicht ist es wirklich das Beste, sie fängt mit Fremden von vorne an. Das bewahrt sie selbst auch vor unliebsamen Erinnerungen. Die Szene eben hat ihr schon gereicht. »Trinken Sie Tee oder Kaffee?«

»Kaffee«, hat die Piepsmaus das erste Mal geantwortet, »wenn möglich mit Kuhmilch.«

Das war ein heftiges Déjà-vu. Vor drei Jahren stand Teresa vor ihrer Haustür. Auch aus Hannover. Sie hatte nur eine Tasche dabei und wusste nicht, wie lange sie bleiben wollte. Tomke hatte ihr wie in Trance ein Zimmer gegeben, obwohl sie zu der Zeit keine Fremde im Haus gebrauchen konnte. Sie hatte ganz andere Sorgen. Dass Teresa die Lösung sein sollte, darauf wäre sie nie gekommen. Ebenso wenig, dass diese unentschlossen wirkende, zarte Frau einmal ihre Freundin sein sollte.

Tomke wuchtet den letzten Grüncontainer in die Einfahrt. Die Hortensien haben durch den langen, ungewöhnlich harten Winter übel gelitten. Sie mussten radikal runtergeschnitten werden. Die Rosen ebenfalls. Aber sie hat schon neue Triebe erspäht. Die Pflanzen werden sich rappeln. Tomke hebt den Behälter an und verfrachtet ihn mit Schwung ins Auto. Geschafft, denkt sie und sieht gerade noch, wie ein kleines, hellbraunes Etwas hastig unter einem Sitz verschwindet.

»Schiet, eine Maus!«, ruft Tomke laut. Die muss sich am Rand eines Containers festgekrallt haben. Vielleicht hatte sie im Schutz des Grünschnitts einen kuscheligen Nestbau in Planung. »Einen blöderen Platz kannst du dir wohl nicht aussuchen!«, schimpft Tomke und klopft energisch auf die Sitze.

»Los, raus hier! Ich hab' keine Zeit!«

Nichts. Keine Maus in Sicht. Tomke schaut auf die Uhr. Um 15.40 kommt der Zug mit ihrem Gast an. Eine alleinreisende Frau. Ein Lichtblick. Tomke will die Tour nutzen und vorher zum Wertstoffhof in Wilhelmshaven fahren. Wird knapp, denkt sie genervt und rennt in die Küche. Sie sieht sich um und entscheidet sich für ihren längsten Holzkochlöffel. Zurück am Wagen reißt sie alle Türen auf und stochert wild mit dem Löffel unter alle Sitze.

»Sieh zu, dass du Land gewinnst!«

Nichts rührt sich. Tomke kniet sich hin und linst in den dunklen Fußraum. Keine Spur von der Maus zu sehen.

»Okay«, murmelt Tomke und rappelt sich hoch. »Entweder du hast schon längst das Weite gesucht, oder du fährst mit nach Wilhelmshaven. Eins sag' ich dir: Krabbel mir nicht ins Hosenbein. Dann ist Schluss mit unserem Burgfrieden.«

Sie pfeffert den Holzlöffel Richtung Garage und setzt sich ans Steuer. Es ist schon ein eigenartiges Gefühl, die vollgepackten Säcke hinter sich zu wissen und irgendwo in dem alten Schnitt hockt ein kleines, freches Felltier. Das sich ruhig verhält. Tomke erreicht ohne Zwischenfall den Wertstoffhof und hat auch hier Glück. Es sind ausnahmsweise nur wenige Kunden auf dem Platz, und sie kann ganz nah am Grünschnittcontainer halten. Wieder im Wagen sucht Tomke auf die Schnelle noch einmal alle Ecken nach ihrem blinden Passagier ab. Nichts zu entdecken. Also, weiter.

Es ist schon zehn vor vier als sie einen Parkplatz vor dem Bahnhof ergattert. Ihr neuer Gast konnte ihr keine Handynummer geben. Sie hätte keines, hat sie knapp erklärt. Aber sie hat meine, tröstet sich Tomke, und die Dame ist hoffentlich so schlau, auf dem Bahnsteig stehen zu bleiben.

Eilig greift Tomke nach ihrer Jacke, die auf dem Beifahrersitz liegt. Im gleichen Augenblick springt ihr das Mäuschen über die Hand und verschwindet wie ein geölter Blitz wieder im Fußraum. Tomke stößt einen spitzen Schrei aus. Sie ekelt sich nicht vor Mäusen, aber die unerwartete Berührung schüttelt sie nachträglich. Was jetzt? Keine Zeit mehr, um auf Mäusejagd zu gehen. Sie muss erst einmal ihren Gast abholen. Der Zug ist längst eingefahren. Andere Fahrgäste rollen bereits ihre Koffer zu den wartenden Taxen.

Tomke rennt los. Sie hätten einen festen Treffpunkt ausmachen sollen oder so eine Art Notprogramm für alle Fälle. Soweit hat sie gar nicht gedacht. Den Abholservice hat sie ganz neu auf der Homepage stehen. Dazu hat Juliane ihr geraten. Dass er gleich in Anspruch genommen wird, damit hat Tomke im Leben nicht gerechnet. Irgendwie hat doch jeder ein Auto, es sei denn, man ist schon uralt. Aber diese Anne Wilkens hat sich nicht wie eine Greisin angehört.

Als Tomke atemlos den Bahnsteig erreicht, steht dort nur noch eine Frau. Eindeutig keine Seniorin. Zwar schwarz gekleidet, doch ihre üppige Lockenpracht glänzt leuchtend braun in der Sonne. Eine große Frau. Eine sehr große. Wie sie da neben ihrem Koffer steht und ihr entgegenblickt, das hat etwas Erhabenes. Wie eine Szene aus einem Mafiafilm, muss Tomke unwillkürlich denken. Fehlt nur noch die richtige Musikuntermalung und sie würde sich nicht wundern, wenn diese Lady in Black ganz langsam ihren offenen Mantel zur Seite schöbe, um einen Revolver zu ziehen. Tomke eilt auf sie zu. Aus der Nähe wirkt sie noch imposanter. Allerdings nur, was ihre Körpergröße betrifft. Ansonsten hat sie ihre Perfektion verloren. Ihr Gesicht ist stark verquollen, die Nase knallrot. Sie muss geweint haben. Nicht mal ebenso, sondern richtig lange und heftig. Und das während einer Zugfahrt! Solche ungenierten Gefühlsausbrüche rühren Tomke, ob sie nun will oder nicht. Sie lächelt sie betont herzlich an: »Moin, Sie sind Frau Wilkens, nehme ich mal an?«

Die Angesprochene nickt erleichtert. Wahrscheinlich hat sie schon befürchtet, vergessen worden zu sein.

»Ich bin Tomke Heinrich, tut mir echt leid, aber ich habe mich mit der Zeit verkalkuliert.«

»Nicht der Rede wert«, schwächt Anne freundlich ab.

Sie will nach ihrem Koffer greifen, als sie eine Niesattacke schüttelt. Hektisch sucht sie nach einem Taschentuch in ihrer Manteltasche und zerrt gleich eine ganze Sammlung gebrauchter mit heraus. Sie bleiben wie Riesenschneeflocken auf dem Bahnsteig liegen. Immer wieder niesend geht sie in die Hocke und versucht gleichzeitig ihre tropfende Nase zu versorgen.

»Lassen Sie mal! Ich helfe Ihnen«, bestimmt Tomke resolut. Ohne eine Zustimmung abzuwarten, sammelt sie die Papiertücher mit ein paar raschen Handbewegungen zusammen.

»Sie haben anscheinend keine Angst, sich anzustecken?«, stellt Anne halb erleichtert, halb peinlich berührt, fest.

»Nee, habe ich nicht«, gibt Tomke zu.

Die beiden Frauen verharren noch immer in der Hockstellung. So auf gleicher Höhe, kann Tomke nicht anders. Sie fragt: »Hatten Sie, ich meine, haben Sie einen Trauerfall?«

Anne muss niesen und vergräbt ihr Gesicht in einem Taschentuch.

»Tut mir leid, ich wollte nicht, aber Ihre Kleidung, und …«, stammelt Tomke und ärgert sich, dass sie nicht einfach ihre Klappe halten konnte.

»Ist schon gut«, hört sie da ihren Gast antworten. »Ich bin nicht in Trauer. Das ist eine schreckliche Frühblüherallergie, und Schwarz mag ich als Farbe.«

»Ach so«, sagt Tomke und denkt: Was ein Glück. Auf frische Witwen kann ich verzichten. Aber dass man Schwarz als Farbe bezeichnen kann, auf die Idee wäre ich im Leben nicht gekommen.

Wieder am Auto angekommen, erinnert sich Tomke an ihren ungebetenen Beifahrer. Sie wirft

Anne einen schrägen Blick zu. Soll sie ihr die Wahrheit sagen? Das würde die Rückfahrt entspannen. Oder auch nicht. Wer weiß, wie sie reagiert. Vielleicht hat sie einen Riesenschiss vor Mäusen und wird hysterisch. Das hätte ihr gerade noch gefehlt. Außerdem hat es sich Frau Wilkens schon auf dem Beifahrersitz bequem gemacht. Sie scheint schlagkaputt zu sein.

Okay, denkt Tomke und startet den Motor. Verhalt dich bloß weiter still, du dumme Maus!

Kapitel 7

Der erste Abend für Anne im Wangerland

Sie lässt sich in die Autopolster zurücksinken und hält ein Papiertaschentuch unter die tropfende Nase. Die brennt wie Feuer. Nicht mehr daran zu denken, sie richtig auszuschnauben. Was auch vergebliche Liebesmühe wäre. Es würde die Überreizung nur noch anstacheln.

Die Bahnfahrt war anstrengend. Das war vorauszusehen gewesen. Sonne und Pollen in Höchstform und dazu immer wieder Wolken aus Parfüm, Deodorant und Rasierwasser. Manchmal unerträglich penetrant. Anne hatte die Auswirkungen auf ihr Immunsystem in ihrer euphorischen Wegfahrlaune bagatellisiert. Umso erleichterter ist sie jetzt, neben Tomke Heinrich im klimatisierten Wagen zu sitzen. Zum Glück verströmt ihre Frühstückspensionswirtin keinen künstlich aufgelegten Duft und sie ist angenehm schweigsam. Sie hat das Radio angestellt, anstatt ihrem Gast einen Smalltalk aufzudrücken. Nur gleich am Anfang ihrer Begegnung hatte sie sich zu einer besorgten Nachfrage hinreißen lassen. Anne hatte erst gar nicht gewusst, was sie meinte. Sicher, ihr verweintes Aussehen erntet häufig prüfende Blicke. Das ist sie gewohnt. Selten wird die Frage laut ausgesprochen. Aber ihre schwarze Garderobe hat noch nie jemand mit einem Trauerfall in Verbindung gebracht. Farben und ihre Wirkung.

Anne betrachtet Tomke verstohlen von der Seite. Die hat sie sich nach ihrem Telefongespräch auch anders vorstellt. Ihre Stimme klang so angenehm weiblich. Zu ihr passen weiche, warme Töne. Vielleicht ein Touch ins Verspielte. Mit der Vision liege ich knapp daneben, lächelt Anne still in sich hinein. Ihre Vollblutfrau steckt in Jeans und einer farblosen Windjacke. Outfit und der ultrakurze Haarschnitt erinnern an einen großen Jungen. Einen in die Jahre gekommenen. Die Stoppeln auf ihrem Kopf sind fast weiß. Nur an den äußersten Spitzen sind Spuren einer rötlichen Haartönung zu erahnen.

Lange kann sie diesen Herrenschnitt noch nicht haben. Dafür fährt sie sich zu häufig mit der Hand an den Scheitel, hält irritiert inne und legt sie unverrichteter Dinge wieder auf ihrem Oberschenkel ab. Als wollte sie sich eine imaginäre Haarsträhne aus der Stirn streichen. Das wirkt rührend hilflos.

Warum hat sie sich ihr Haar so kurz schneiden lassen? Vielleicht hatte sie schlicht und einfach keine Lust mehr, es regelmäßig zu färben. Und um sich den zähen Farbübergang zu ersparen, hat sie es radikal kürzen lassen. Wie alt mag sie sein? Mindestens fünfzig. Oder eine Krankheit? Sie bekommt Chemotherapie und hat sich, bevor sie ihr Haar auf der Erde zusammensammeln muss, entschieden, vorher die Schere walten zu lassen. Um schneller eine Perücke tragen zu können.

Anne unterbricht ihre Überlegungen. Tomke verbreitet durch ihr Schweigen keine Ruhe mehr. Irgendetwas stimmt nicht, desto länger sie im Auto sitzen. Auf dem Bahnsteig wirkte sie gelassener. Fasziniert erinnert sich Anne daran, wie selbstverständlich Tomke ihre gebrauchten Taschentücher eingesammelt hat. Diese Frau kann so schnell nichts erschüttern, war ihre Einschätzung. Aber nun ist sie eindeutig verspannt. Ihr Blick durchkämmt immer wieder fahrig den Fußraum. Als würde sie etwas Wichtiges vermissen oder erwarten, gleich durch den Unterboden der Karosserie zu treten.

»Kann ich Ihnen helfen?«, fragt Anne beunruhigt. Immerhin wäre sie als Beifahrerin besser für Suchaktionen geeignet. So breit ist die Küstenstraße nicht und auch nicht schnurgerade. Sie weist beachtliche Kurven auf.

»Nein, nein! Alles klar!«, wehrt Tomke hastig ab. Sie setzt sich kerzengerade auf und starrt nun übertrieben konzentriert auf die Fahrbahn. Anne bohrt nicht weiter nach. Aber ohne den Grund zu kennen, zieht sie ihre langen Beine näher an sich heran und behält den Fußraum im Auge.

Die auf Tomke Heinrichs Homepage angepriesene Meeresnähe stimmt wirklich. Die Frühstückspension liegt direkt hinter dem Deich. Dazwischen eine schmale Straße, die sinnigerweise Deichstraße heißt. Kaum ausgestiegen, wird Anne schon wieder von einer heftigen Niesattacke geschüttelt. Sie nimmt sich vor, nicht zögerlich zu sein. Gleich auf dem Zimmer wird sie eine Tablette schlucken. Sie hat keine Geduld mehr zu warten, bis die Salzluft ihre Heilkraft entfaltet hat.

»Mögen Sie einen Begrüßungstee?«, hört sie Tomke fragen. Anne blinzelt sie überrascht an. Während der Fahrt hatte sie das Gefühl, dass ihre Wirtin sie so schnell wie möglich abliefern will. Aber jetzt erscheint sie regelrecht erleichtert und wieder so locker, wie Annes erster Eindruck von ihr war. Hatte sie Angst vor der Autofahrt? Vielleicht übernimmt sonst ihr Mann das Abholen der Feriengäste und heute musste sie einspringen, obwohl sie wenig Fahrpraxis hat.

Sie spürt Tomkes fragenden Blick auf sich gerichtet und schüttelt höflich den Kopf: »Nein, danke. Ich brauche erst einmal Ruhe.« Sie tippt sich vielsagend auf die Nase.

Tomke nickt verstehend und schnappt sich unaufgefordert den Koffer.

»Dann kommen Sie mal herein!«

Annes Zimmer ist ein Doppelzimmer und dementsprechend geräumig. Hell und freundlich und das beste: es hat keinen Teppichboden, der alte Gerüche oder feindliche Milben speichern könnte. Die beiden Fenster sind groß und ohne Gardinen. Man hat freien Blick über den Deich auf einen Zipfel Meer am Horizont unter dem weiten Himmel.

»Wenn Sie etwas brauchen, ich bin zu Hause. Sie können jederzeit runterkommen. Es gibt einen Gemeinschaftsraum, und die Terrasse können Sie auch benutzen. Ach, wann wollen Sie frühstücken?«

»Um neun«, antwortet Anne entschieden. »Ich werde gründlich ausschlafen.«

Tomke zögert. Sie will unverkennbar noch eine Frage stellen. Was fällt ihr daran so schwer? Sie vermietet doch nicht erst seit heute, und diese Situation muss für sie längst Routine sein.

»Welches Getränk nehmen Sie zum Frühstück?«, rückt sie endlich heraus.

Anne sieht sie konsterniert an. Was für eine gestelzte Satzstellung? Die passt überhaupt nicht zu dieser Frau. Warum fragt sie nicht: Trinken Sie Tee oder Kaffee? Oder einfach: Tee oder Kaffee?

»Kaffee«, antwortet Anne betont schlicht. Tomke nickt und schließt die Tür hinter sich.

Anne bleibt in der Mitte stehen und beginnt sich langsam wie ein kleines Mädchen im Kreis herumzudrehen. Sie breitet ihre Arme aus. Alles für mich! Ein Zimmer ganz für mich allein.

Ganz außer Atem lässt sie sich in den Sessel fallen und schenkt sich ein Glas Wasser ein. Frau Heinrich hat vorsorglich eine Flasche und ein Glas auf dem zierlichen Tisch bereitgestellt. Anne zieht sich den zweiten Sessel heran und legt ihre Beine hoch. Dann schluckt sie ihr Medikament. Richtig feierlich. Gleich wird sie ein erholsames Nickerchen machen. Der Wirkstoff macht müde, das weiß sie aus Erfahrung. Aber schon nach dem Aufwachen wird der Wasserhahn unter ihrer Nase nicht mehr so tropfen und ihr Kopf sich nicht wie ein aufgedunsener Schleimpfropf anfühlen.

»Auf ein paar rotzfreie Tage«, prostet sie sich selbst zu und schließt ihre Augen. Sie hat es gewusst. Jetzt lassen sich die Bilder nicht mehr zurückdrängen. Seit sie das Zimmer betreten hat, fühlt sie seine Gegenwart. Er hat sich ungebeten mit durch die Tür geschlichen. Kees-Jan. Verdammt, er soll in seinem geliebten Amsterdam bleiben und sie in Frieden lassen. Tut er aber nicht.

In Hannover hat sie sich mit ihm immer in einem Doppelzimmer getroffen. Außerhalb der Stadt. In einem kleinen Hotel in der Wedemark. Völlig verrückt. Sie waren beide ungebunden und hatten nichts zu verbergen. Doch Kees-Jan wollte es so. Es hat ihm diebische Freude bereitet, dass man an der Rezeption glaubte, sie hätten eine verbotene Affäre. Die kleine Theatervorstellung hat ihn belebt. In dem Augenblick hätte Anne spätestens ein Licht aufgehen müssen. Kees-Jan war ein Reisender und würde auch in ihrem Leben nur einer sein. Aber um diese Einsicht an sich herankommen zu lassen war es zu spät. Sie war viel zu verliebt und dem kribbelnden Reiz, sich mit ihm zu verstecken, längst erlegen.

Bis dahin war ihr Lebenslauf gradlinig. In Hameln geboren und in einem Reihenhaus Richtung Ohrberg aufgewachsen. Nie umgezogen. Kein Scheidungskind. Super Abitur. Studium ohne Wartezeit. Männer: Keine unter die Haut gehende Begegnung. So erschien es ihr jedenfalls, nachdem sie Kees-Jan kennengelernt hatte.

Sie wollte ihre Freundin und Kommilitonin Eva abends von der Volkshochschule abholen. Eva leitete einen Kurs über romantische Lyrik. Kees-Jan war dort auch Dozent. Niederländisch für Anfänger. Sie trafen sich auf dem Flur. Als er sie erblickte, blieb er wie vom Donner gerührt stehen. Mit einer faszinierenden Selbstverständlichkeit kam er langsam auf sie zu und stellte sich förmlich, mit einer angedeuteten Verbeugung vor: »Kees-Jan.«

Anne konnte sich das Lachen nicht verkneifen. Sein Name hörte sich so komisch an. Wie Käse-Jan. Herr Antje aus Holland, dachte sie albern. Er lachte nicht. Er betrachtete sie völlig ungeniert, als wäre sie ein kostbares Gemälde. Sein Blick ruhte mit einer so großen Ernsthaftigkeit auf ihrem Gesicht, dass sie errötete.

»Ich möchte dich malen«, bat er in seiner direkten Art. Wobei es nicht wie eine Bitte klang, der man sich widersetzen konnte. Anne schluckte den nächsten nervösen Lachanfall hinunter, ohne Chance, sich seinem Blick zu entziehen. Seinen wundervollen graublaugrünen, manchmal sogar braunen Augen. Als könnten sie sich für keine Farbe entscheiden. Anne war längst von ihrem Zauber gefangen. Er durfte sie malen. Er liebte ihr Haar, ihre Haut und ihren Mund. Ihre Ernsthaftigkeit. Ihre Tiefe. Anne liebte es, von ihm als etwas ganz Besonderes gesehen zu werden. Sie liebte seine ansteckende Begeisterungsfähigkeit. Er malte sie sehr oft. Aber sie hatte sich auf keinem seiner Bilder wiedererkannt.

Anne öffnet die Augen, um die Erinnerungen zu verscheuchen. Sie starrt aus dem Fenster und konzentriert sich auf die vorüberziehenden Wolken.

Als sie aufwacht, ist es dunkel. Ihre Schultern schmerzen und sie friert. Sie hat eindeutig mehr als eine kleine Nickerchen-Zeit geschlafen. Leise stöhnend rappelt sie sich auf und knipst die Stehlampe an. Noch immer schlaftrunken tapst sie zu ihrem Koffer und wühlt einen wärmeren Pullover hervor. Sie zieht ihn bibbernd über. Ein heißes Getränk wäre gut. Aber an einen Wasserkocher hat sie beim Packen nicht gedacht. Sie hat an überhaupt nichts gedacht, so kommt es ihr jetzt vor. Sie ist einfach losgefahren.

Der Blick in den Badezimmerspiegel lässt ihre Stimmung ein wenig ansteigen. Ihre Nase ist zwar noch geschwollen, doch sie tropft nicht mehr. Es hat sich schon eine heilende Kruste gebildet. Ein gutes Zeichen. Dick einfetten, eine Nacht schlafen, und sie sieht wieder wie ein normaler Mensch aus. Viel wichtiger ist: sie wird sich auch so fühlen. Sie hätte sich früher die Medizin gönnen sollen und nicht so lange die Tapfere spielen. Aber sie hofft jedes Jahr aufs Neue, dass die Allergie nicht so heftig ausfällt und sie ohne Chemiekeule davonkommt.

Lisette. Meine Güte, ihre Tochter hat sie völlig vergessen. Hastig greift Anne nach dem Hörer des Zimmertelefons. Sie hat Lisette versprochen, sich zu melden. Dabei ist Anne bewusst, dass Lisette trotz ihres Versprechens nicht auf ihren Anruf wartet. Ihre Tochter mag dieses routinierte An- und Abmelden nicht. Diese ihrer Meinung nach hirnlosen, stereotypen Sätze: »Hallo! Ich bin gut angekommen. Alles in Ordnung. Nettes Zimmer. Das Wetter hält sich. Nein, hier oben regnet es auch nicht. Bis dann.« Mögen oder nicht mögen, spricht Anne sich Mut zu, an ihrer Einstellung festzuhalten. Sie tippt Lisettes Handynummer ein. Das sind einfache Regeln des Zusammenlebens, und die muss Lisette akzeptieren. Anne wird da unbeirrt mit gutem Beispiel vorangehen. Vielleicht übernimmt Lisette irgendwann ihre Verhaltensweise, ohne sich dabei in die Pflicht genommen zu fühlen. Dann ist sie erwachsen.

Das Handy ist ausgeschaltet. Anne stöhnt resigniert auf. In der Hinsicht kann sie ihrer Tochter noch nicht einmal Vorwürfe machen. Sie ist selbst ein Handymuffel. Wird Zeit, dass ich mir auch eins anschaffe. Dann könnte ich ihr schreiben. Geschrieben wäre der Telegrammstil einer »Ich-bin-gut-angekommen-Meldung« sicher besser anzunehmen als gesprochen. Immerhin heißt es Kurznachricht, und die Zeichen sind begrenzt.

Anne zögert, bevor sie Maries Festnetznummer wählt. Es springt nur der Anrufbeantworter an. Sie hasst es, auf ein Band zu sprechen, aber sie überwindet sich nach dem Piep.

»Hallo, das ist eine Nachricht für Lisette. Ich bin gut in Horumersiel gelandet und unter der Telefonnummer 04426/904274 zu erreichen. Liebe Grüße.«

Anne atmet erleichtert durch, als hätte sie einen längeren Vortrag gehalten. Und jetzt? Ihr Magen knurrt und erinnert sie daran, dass sie bislang nur gefrühstückt hat. Essen wäre gut. Aber wo? Sie hat keine Lust, so wie sie aussieht, zwischen fremden Menschen zu sitzen. Auf mitleidige Blicke kann sie gut verzichten. Davon abgesehen, kennt sie sich in Horumersiel nicht aus und müsste erst eine passende Gaststätte suchen. Dafür fehlt ihr heute die Energie. Sie fühlt sich erschlagen, als hätte sie einen Marathonlauf hinter sich. Sattessen und früh wieder ins Bett. Nichts lesen und schon gar nichts schreiben. Nur schlafen. Guter Plan. Leider nicht durchzuführen. Sie findet in ihrer Tasche nur eine angebrochene Rolle Pfefferminz und einen plattgedrückten Müsliriegel. Das wäre ihr mit Lisette unterwegs nie passiert. Da war sie immer gewappnet. Kinder bekommen zu den unmöglichsten Zeiten Hunger oder Durst. Erwachsene auch, denkt Anne, ärgerlich über sich selbst.

Frau Heinrich. Sie ist den ganzen Abend zu Hause. Und sie hat im Falle eines Falles ihre Hilfe angeboten. Ob es sehr vermessen ist, sich von ihr eine Schnitte Brot zu erbitten? Oder zwei? Annes knurrender Magen wird bei den Überlegungen immer fordernder, und sie wischt letzte Hemmungen beiseite.

Sie steht gerade auf dem Flur, als andere Gäste durch die Haustür hereinkommen. Ein Pärchen. Sie lachen miteinander.

Auf halber Treppe begegnen sie sich. Die Frau geht voran und bleibt für einen Augenblick auf der gleichen Stufe wie Anne stehen. Eine zierliche Frau mit hellblauen Augen. Sie blickt eingeschüchtert zu ihr hoch. Die Situation ist Anne vertraut. Frauen sowie Männer gehen meistens einen Schritt zurück, um die Perspektive aufzulockern.

»Guten Abend oder Moin, wie man hier oben

sagt«, grüßt der Mann leutselig und schiebt seine Frau sanft weiter.

»Guten Abend«, erwidert Anne flüchtig und geht an ihnen vorbei nach unten. Vor dem Privatbereich ihrer Vermieter bleibt sie stehen. Soll sie wirklich? Sicher war das »Allzeit-für-Sie-bereit-Angebot« eine Begrüßungsfloskel und wird selten, wenn überhaupt in Anspruch genommen. Hinter der ersten Tür hört sie einen Fernseher laufen. Die Heinrichs sitzen wahrscheinlich gemütlich vor dem Abendprogramm. Egal, sie will ja keine abendfüllende Unterhaltung, sondern lediglich eine Kleinigkeit zum Essen. Entschlossen geht sie auf die Tür zu, bereit zum Anklopfen. In dem Augenblick wird sie von innen geöffnet. Erschrocken zieht Anne ihre ausgestreckte Hand zurück. Vor ihr steht Tomke Heinrich.

Anne lächelt verlegen: »Ich möchte Sie nicht stören, aber ... ich sterbe gleich vor Hunger und ich habe dummerweise nichts eingekauft. In ein Restaurant mag ich heute nicht mehr gehen. Ich möchte so früh wie möglich schlafen. Wenn Sie eine Schnitte Brot und ein bisschen Belag hätten, das wäre meine Rettung.«

Während Annes Gestammel zieht sich ein breites Grinsen über Tomkes Gesicht.

»Kein Problem. Ich rette gerne, wenn Rettung so einfach geht. Kommen Sie mit, nächste Tür links ist die Küche.«

Anne lächelt erleichtert, ohne sich vom Fleck zu rühren. »Das ist wirklich sehr nett von Ihnen. Ich bin gleich wieder verschwunden. Schließlich haben Sie und Ihr Mann Feierabend.«

»Nee, ist schon gut. Sie stören nicht.«

Nach kurzem Zögern fügt Tomke hinzu: »Ich bin Witwe.«

Kapitel 8

Ein langer Spaziergang und der erste Abend im Wangerland für Monika und Frank

Die beiden erklimmen, ohne nach einer bequemen Treppe zu suchen, gleich vor der Pension den Deich. Dahinter haben sie Strand und Meer vermutet. Stattdessen blicken sie auf einen erstaunlich breiten Saum aus Rasen. Ein paar Strandkörbe sind hier und da aufgestellt und geben dem Grün Farbtupfer wie erste Blumen im Frühling. Monika und Frank laufen auf der Deichkrone entlang, bis sie eine Pforte und einen Pfad nach unten finden. Er führt weiter über die Wiese bis an das Wasser. Dort ist der Deichfuß mit Steinen und Beton befestigt und bietet Schutz gegen die heranrollenden Wellen. Es ist Flut. Monika bleibt für einen Augenblick stehen und atmet den herben Geruch des Salzwassers ein. Das rhythmische Rauschen seiner Bewegung tröstet sie wie eine sanfte Umarmung. Am Horizont erkennt man Schiffe. Scheinbar so nah, als könne man sie mit der Hand greifen. Und doch sind sie in unerreichbarer Weite. Wasserentfernungen lassen sich schlecht einschätzen, das hat sie im Segelunterricht gelernt. Beim Kentern immer am Bootskörper bleiben, haben die Ausbilder ihnen eingetrichtert. Nicht auf den größenwahnsinnigen Einfall kommen, allein zum Ufer zu schwimmen. Erstens überschätzt ihr dabei eure Kräfte, und zweitens seid ihr am Boot für Rettungskräfte besser zu sichten.

Frank greift nach Monikas Arm und zieht sie weiter. Sie gehen nebeneinander, Hand in Hand. Sie sind ein Paar. Eines von vielen. Dieser Weg zwischen Horumersiel und Schillig wird rege zum Spazierengehen genutzt. Verbotenerweise auch von einigen Radfahrern. Frank sieht ihnen sehnsüchtig hinterher.

»Morgen leihen wir uns Räder!«, kündigt er an, und Monika nickt bereitwillig. Es ist ihr egal. Sie fährt ebenso gerne Rad, wie sie zu Fuß geht. Aber sie ist dankbar, dass Frank bereits die Programmgestaltung für den nächsten Urlaubstag übernimmt. Sie trudelt noch viel zu sehr, um eigene Ideen zu entwickeln.

Der Deichfuß führt in einem großen Bogen um eine Landzunge. Sie gehört schon zu Schillig. Gleich zu Anfang, geschützt in der Bucht, liegt ein Campingplatz. Die weißen Wohnwagen glitzern wie Silber in der Sonne. Hier sieht das Deichvorland so aus, wie sie es sich vorgestellt hatten. Überall heller, feiner Sand. Im Hintergrund eine bizarr zusammengewehte Dünenlandschaft, die von verblasstem Schilfgras aus dem Vorjahr gehalten wird. In seinem Ansatz kann man schon das frische Grün erkennen. Die jungen Triebe recken sich nach oben und werden in kurzer Zeit das Vertrocknete verdrängt haben.

Monika und Frank setzen sich dicht nebeneinander auf eine Bank und genießen die vorabendliche Stimmung, das langsame Zusammenfließen der Farben. Weiter draußen auf dem Naturstrand werden Drachenflieger gestartet. Sie ziehen mit leisem Surren ihre Luftpirouetten. Hier braucht man nicht nach Worten zu suchen. Das Schweigen hat nichts Künstliches. Monika hätte ewig so sitzen bleiben können.

»Fehlt nur noch ein Shantychor«, unterbricht Frank die verbindende Stille und zieht seine Frau fest an sich heran. Sie lehnt sich an seine Schulter. Riecht das Salz auf seiner Jacke und spürt die Wärme seines Körpers darunter.

»Wie kitschig«, lacht Monika. »Ein Shantychor.«

»Nein, überhaupt nicht«, widerspricht Frank. »Leider waren die Jungens nicht zu überreden, an den Strand zu kommen. Lass uns zurückgehen. Ich habe Hunger wie ein Bär.«

»Ich auch«, willigt Monika ein.

»Du auch?«, fragt er gespielt streng. »Aber dann nur wie eine Bärin.«

Er reibt zärtlich seine Nase an ihrem Hals. Monika mag sonst diese Berührung. Jetzt erscheint sie ihr fremd. Wie nicht zu ihr gehörend. Als hätte ihre

Haut die Sensoren verloren. Es ist alles zu schnell gegangen, versucht sie sich zu trösten. Was erwarte ich? Das Chaos in meinem Kopf braucht Zeit, um sich zu sortieren. Zeit, um mein altes, vertrautes Leben wieder zu erkennen. Zu mögen. Zu lieben. Es wird wieder, wie es war. Ganz sicher.

Sie wählen den gleichen Weg für den Rückweg und gehen erst in Höhe von Horumersiel in den Ort hinein. Dort landen sie in der »Galerie«. Das Restaurant trägt seinen Namen zu Recht. An den Wänden hängen unzählige Fotografien. Jahrzehnte Küstengeschichte sind hier auf Zelluloid gebannt. Die rustikale, raumeinnehmende Theke, aufgelockert platzierte Tische und gedämpftes Licht geben der Gaststätte einen nostalgischen Touch. Schade. Es ist kein freier Platz mehr zu entdecken. Sie bleiben unschlüssig stehen. Sie haben beide wenig Lust, wieder nach draußen zu gehen. Dazu riecht es zu köstlich nach Bratkartoffeln. Monika kann Franks Magen knurren hören.

Hinten am Fenster richtet sich ein älterer Mann auf. Er winkt ihnen freundlich zu und weist auf die leeren Stühle neben sich und seiner Frau. Warum nicht, entscheidet Monika und marschiert los. Frank folgt ihr. Er ist sichtlich irritiert. Sie setzt sich gewöhnlich nicht so bereitwillig zu Fremden an den Tisch. Aber heute ist ihr das sogar willkommen, nicht nur, weil auch ihr der Magen in den Kniekehlen hängt. Noch eine Galgenfrist, denkt sie und schämt sich gleichzeitig für den Gedanken. Gewonnene Zeit, um sich auszuweichen und nicht krampfhaft nach Gesprächsstoff zu suchen. Das fällt ihr so schwer, als wäre ihr Gehirn blockiert. Es hat nur ein Thema parat: Frank, ich hätte dich fast verloren. Hilf mir wieder zurück. Ich will zu dir. Ich habe keine Ahung, wie ich mich so weit von dir entfernen konnte. Jetzt habe ich mich verirrt, aber ich liebe dich. Ich hatte es nur kurz vergessen. Jetzt habe ich Angst, weil du dich für mich vertraut und gleichzeitig so entsetzlich fremd anfühlst. Ähnlich, als hätte man mitten in einem guten Buch aufgehört zu lesen und ein anderes angefangen. Eines, das einem zufällig in die Hand gefallen ist und durch seine ersten Zeilen fasziniert hat. Aber nach wenigen Seiten hat der Autor sein Pulver verschossen und lässt den entflammten Leser ernüchtert zurück. Man greift wieder nach dem alten Buch. Möchte nahtlos an der Stelle in den Text eintauchen, an der man es liegen gelassen hat. Das funktioniert nicht immer. Um den Einstieg zu finden, muss man vielleicht ein ganzes Kapitel zurückblättern.

Das würde Monika Frank am liebsten erzählen. Mit dem kindlichen Wunsch, verstanden zu werden. Dem Bedürfnis nachzugeben wäre dumm. Jedes ausgesprochene Wort würde sie weiter voneinander entfernen, vor allem Frank unnötig verletzten. Sie braucht einfach nur Zeit. Die erlebten Gefühle beginnen bereits zu verblassen. Wie ein diffuser Traum, der sich nach dem Aufwachen auflöst und kaum eine Erinnerung hinterlässt. Hoffentlich.

Das Ehepaar ist um die Sechzig und äußerst redselig. Sie kommen aus Nordrhein-Westfalen und sind schon seit zwanzig Jahren Stammgäste in Horumersiel. Immer in der gleichen Pension. Mit den Vermietern verbindet sie mittlerweile Freundschaft. Sie kämen zu jeder Jahreszeit, betonen sie stolz. Hier gibt es kein schlechtes Wetter. Angefangen hat die Liebe zum Wangerland für sie mit einer Mutter-Kind-Kur. Von da ab sind sie mit der Familie hierher in den Urlaub gefahren. Es war ein bisschen, wie nach Hause kommen. Und jetzt fahren sie zu zweit, sagen sie und schenken sich ein vertrautes Lächeln.

Monika sieht die Frau nachdenklich an. Sie wirkt ausgeglichen, wie eine, die nichts so schnell aus der Fassung bringen kann. Die ihr Leben gut im Griff hat. Aber sie hat Hilfe gebraucht – und in Anspruch genommen. Eine Mutter-Kind-Kur.

Warum war sie selbst nur immer so zielstrebig und eisern darauf bedacht, alles allein zu schaffen. Eine Kur zu beantragen, das wäre ihr nie in den Sinn gekommen. Das hätte mir unser Hausarzt ruhig einmal vorschlagen können, denkt Monika und weiß, dass der Gedanke unfair ist. Sie hätte den Ratschlag nicht angenommen. Nicht zu dem Zeitpunkt.

Die beiden Rheinländer überbieten sich gegenseitig, ihnen Ausflugstipps zu präsentieren. Man bräuchte auf jeden Fall ein Fahrrad, erklären sie. Man könnte hier wunderbare Touren machen. Zum Beispiel zum Außenhafen von Hooksiel. Der Fischstand dort wäre einsame Spitze. Lecker, oberlecker. Und auf dem Rückweg beim Wasserskilift vorbeischauen. Das darf man auf keinen Fall versäumen! Da gäbe es immer etwas zum Gucken. Auch zum Lachen, denn manche Fahrer landeten gleich hinter der Absprungschanze im Wasser.

Zur anderen Seite ginge die Route über Schillig, weiter am Deich entlang bis nach Minsen. Ein süßer Ort. Gleich neben Förrie. Dort finden sie den Deichgrafen. Hausgemachte Friesentorte. Erste Sahne.

Monika und Frank lassen sich von ihnen widerstandslos berieseln. Ihre ehrliche Begeisterung passt zu Bratkartoffeln mit Matjesheringen wie eine maritime Hintergrundmusik.

Sie verlassen gemeinsam die »Galerie«. Auf der Straße ist selbst den beiden Frohnaturen klar, dass ihr Abendmahl-Intermezzo keine Zukunft hat. Das ist angenehm.

Der Mann legt den Arm um seine Frau und sagt: »Wundern Sie sich nicht, wenn Sie müde sind wie ein Sack Mehl. Das macht die Salzluft. Aber nach ein paar Tagen bewirkt sie das Gegenteil.«

Er zwinkert Frank verhalten zu. Monika spürt,

wie sie rot wird. Als wäre sie ein Teenager, der zum ersten Mal mit seinem Freund verreist ist. Und nicht mit dem Mann, mit dem sie seit über zwanzig Jahren verheiratet ist und zwei erwachsene Kinder hat.

In der Pension ist nur ein Fenster im Erdgeschoss beleuchtet. Das Licht flackert diffus, wie das einer Kerze. Als sie nah genug am Haus sind, geht die Lampe eines Bewegungsmelders an. Frank schließt die Haustür auf und verbeugt sich übertrieben tief vor Monika. »Bitte sehr.«

Sie stößt ihm kichernd gegen die Brust: »Du Spinner!«

Das Flurlicht wird angeschaltet. Jemand kommt die Treppe herunter. Eine Frau, schwarz gekleidet. Eine elegante Erscheinung mit wundervollen dichten Locken. Das registriert Monika immer sofort. Ihr eigener Schwachpunkt. Sie hat ganz feines Haar. Es braucht in großen Abständen eine leichte Dauerwelle. Nur die künstliche Fülle verhindert, dass man die Kopfhaut durchschimmern sieht. Monika bleibt für einen Augenblick mit der Anderen auf gleicher Stufe stehen. Sie kann ihr gerade mal auf den Busen schauen. Verwirrt hebt sie den Kopf und sieht ihr ins Gesicht. Das völlig verquollen ist. Sie hat geweint, denkt Monika. Das berührt sie irgendwie. Vielleicht, weil Tränen nicht zu der imposanten Statur dieser Frau passen.

»Guten Abend oder Moin, wie man hier oben sagt«, grüßt Frank die Fremde gut gelaunt. Dabei schiebt er Monika sanft weiter die Stufen hinauf.

»Sie hat geweint. Ob sie in Trauer ist? Immerhin trägt sie Schwarz.« Monika flüstert, obwohl sie sich längst in ihrem Zimmer befinden.

»Meinst du?« Frank zieht skeptisch seine Stirn in Falten. »Und dann macht sie gleich Urlaub?«

»Vielleicht eine Seebestattung?«, überlegt Monika.

»Du hast zu viel Fantasie. Wahrscheinlich ist sie nur erkältet, und schwarz ist ihre Lieblingsfarbe. Die Dame in Schwarz«, witzelt Frank.

»Sie ist eine sehr schöne Frau«, sinniert Monika weiter. Sie ist froh, dass sie einen ungefährlichen Gesprächsstoff gefunden hat.

»Also, mir wäre sie zu groß. Da hätte ich Angst, dass sie mich über die Schulter wirft und in ihre Hütte schleppt«, gibt Frank zu. Monika muss lachen. Das tut gut. Doch dieser Ansatz von Leichtigkeit verfliegt schnell, und sie stehen sich ohne Worte gegenüber. Wann haben sie sich das letzte Mal im gleichen Raum ausgezogen? Zu Hause machen sie sich vorher in getrennten Zimmern bettfertig. In der Woche sogar zu unterschiedlichen Zeiten. Sie können sich wirklich gut aus dem Weg gehen.

Angespannt beginnen sie sich auszuziehen. Jeder auf seiner Seite. Schweigend, als müssten sie sich auf jeden einzelnen Handgriff konzentrieren. Monika ordnet ihre Kleidungsstücke sorgsam. Man könnte meinen, sie hätte keine Wechselwäsche im Gepäck und wäre darauf angewiesen, ihre Garderobe knitterfrei zu halten. Die angestaute Energie im Zimmer hat nichts Erotisches. Sie ist unerträglich beklemmend.

»Willst du als Erste ins Bad?«, fragt Frank.

»Nein, geh du ruhig zuerst«, bietet ihm Monika hastig an. Dabei gesteht sie sich die stille Hoffnung ein, dass er schon eingeschlafen ist, wenn sie aus dem Bad zurückkommt.

Er ist schnell fertig. Monika lässt sich Zeit. Sie bleibt im Schlafanzug mit geputzten Zähnen auf der Toilette sitzen. Tränen kribbeln ungeweint an ihren Augenrändern. Endlich rafft sie sich auf und geht zu ihm.

Im Zimmer brennen beide Nachttischlampen. Frank sitzt im Bett und hat ein Buch aufgeschlagen. Sonst liest er doch abends nicht mehr, denkt Monika gereizt. Warum schläft er nicht einfach? Frank schaut ihr entgegen und legt sein Buch auf den Nachttisch.

»Lies ruhig weiter. Ich will auch noch unbedingt ein Kapitel zu Ende lesen«, sagt sie, ohne ihn dabei anzuschauen. Sie setzt sich auf ihre Seite an das Kopfende. Die Decke fest um sich gewickelt, schlägt sie ihr Buch auf. Franks Hand sucht ihre, umschließt sie warm. Dabei liest er weiter. Beim nächsten Seitenwechsel lässt er sie los. Monika starrt in ihr Buch und kann keine Zeile lesen. Sie kann sich und Frank hier sitzen sehen. Jeder unter seiner eigenen Decke, jeder hinter einem Buch versteckt. Nur wenige Zentimeter voneinander getrennt und doch meilenweit entfernt. Allein.

Monika lächelt bitter. Das ist einfach gemein. Wie glücklich waren sie vor nicht allzu langer Zeit über einen ungestörten Abend. Im Urlaub hatten sie selten einen für sich. Manchmal haben sie sogar abgeschlossen, damit nicht einer der Zwillinge hereinplatzen konnte. Denn: »Eltern machen das nicht«, haben sie gealbert und sich umarmt. Und nun? Nun trauen sie sich noch nicht einmal zu schmusen. Schon gar nicht, Sex miteinander zu haben. Ihn eigentlich haben zu müssen, weil sie im Urlaub sind. Weil sie allein sind. Diese unausgesprochene Forderung schwebt wie ein Damoklesschwert über ihnen. Ja, über ihnen. Nicht nur Monika ist verkrampft. Sie kennt ihre Gründe. Aber welche hat Frank? Warum bleibt er so abgegrenzt auf seiner Seite liegen? Müdigkeit? Dann bräuchte er kein Buch. Er würde längst schlafen. Warum versucht er nicht wenigstens, zu ihr zu kommen? Sie kann sich nicht entscheiden, ob sie darüber erleichtert sein soll oder besorgt. Dabei weiß sie, dass sie froh sein sollte. So braucht sie ihn nicht unnötig abzuweisen.

Diese konfusen Gefühle erinnern sie an die Zeit,

als sie Temperatur gemessen hat, um zu verhüten. An den fruchtbaren Tagen um den Eisprung, wäre sie gerne mit Frank zusammen gewesen. Waren sie manchmal auch. Aber meistens haben sie es verschoben, weil sie keine Lust auf Kondome und vor allem Angst vor einer Schwangerschaft hatten. Sie wollten lieber auf die sichere Phase warten. Dieses Warten war das Genussvollste. Sie schürten ihre Vorfreude und malten sich mit erotischen Geschichten aus, wie sie sich lieben wollten. Das war unglaublich erregend.

Die ersehnte Zeit kam, und die Begierde hatte sich verflüchtigt. Bei Frank nicht so sehr, und Monika beneidete ihn. Er konnte sie anscheinend speichern. Wenn sie miteinander schliefen, trauerte sie ihrer verflogenen Lust hinterher. Und sie ärgerte sich, sie nicht im richtigen Augenblick genossen zu haben.

Genau wie in den vergangenen zwei Wochen. Ihre fantasierten, erotischen Begegnungen mit Erik hatten ihr Blut mit Hormonen überschwemmt. Sie wollte die angestaute Leidenschaft mit Frank ausleben. Sie versuchte ihn zu verführen. Er hatte sie zurückgewiesen. Ja, und das nicht mit einer zärtlichen Geste, sondern schroff. Das fällt ihr jetzt erst richtig auf. Warum? Hat er geahnt, dass nicht er der Impuls ihrer Lust war? Aber woher sollte er das wissen? Intuitiv? Oder war ihm ihre Wollust schlicht und einfach nicht geheuer gewesen? Kann sein. Vielleicht hat er wesentlich bessere Instinkte, als sie ihm zutraut.

Frank löscht das Licht auf seiner Seite. Er kuschelt sich laut gähnend in seinem Bett zurecht. Seine Hand fährt unter ihre Decke und findet ihren Schenkel. Er lässt sie dort liegen.

»Schlaf gut, meine Liebste und mach nicht mehr zu lange.«

Monika nickt und legt eine Hand in seinen Nacken.

Auf der Terrasse werden Stühle gerückt. Kein Wunder, die Luft ist ungewöhnlich mild. Der richtige Abend, um warm eingepackt mit einem Windlicht draußen zu sitzen. Leise Stimmen. Sicher die Frau in Schwarz und ihre Wirtin. Andere Gäste hat Monika im Haus noch nicht gesehen. Vielleicht ist sie ein Stammgast und klönt ein bisschen mit Frau Heinrich. Monika beneidet die beiden und schläft mit dem Buch auf dem Bauch ein.

Kapitel 9

Tomke – und seit langem ihr erster Abend mit Gästen im Haus

Tomke steht in ihrem Wohnzimmer und begutachtet die Renovierungsarbeiten der letzten Wochen. Ja, es hat sich gelohnt. Das Zimmer ist kaum wiederzuerkennen. Es ist in zwei Ebenen aufgeteilt. Auf der einen Seite lädt eine großzügige Sofalandschaft zum Lesen oder Fernsehen ein. Die andere Seite ist für das Frühstück gedacht. Juliane hat sie überredet, morgens endlich auch ein Büfett anzubieten. Das würde ihr viel Arbeit ersparen. Sie könnte alles auf einer Anrichte bereitstellen und bräuchte nur noch für frischen Tee und Kaffee zu sorgen. Die Eier wird Tomke allerdings wie bisher nach gewünschter Konsistenz zeitnah kochen. Es gibt nichts Schlimmeres als knapp lauwarme, harte Eier. Die werden immer mehr im Mund.

Frühstücksbüfett und ein Gemeinschaftsraum. Das ist Neuland für Tomke. Sie ist gespannt, wie es angenommen wird. Sie hat sogar einen kleinen Kühlschrank aufgestellt und Gläser und Tassen samt Heißwasserkocher.

Um sich zurückziehen zu können, hat Tomke Gerolds altes Fernsehzimmer neu eingerichtet.

Seine klobigen Möbel, vor allem der raumeinnehmende Fernsehsessel, sind allesamt auf dem Sperrmüll gelandet. Das Zimmer ist gemütlich geworden. Ein Sofa, ein zierlicher Schreibtisch, zwei Stühle, ein Couchtisch und ein ausgedehntes Bücherregal. Stoffe und Tapete sind in warmen Sonnentönen gehalten. Aber so richtig wohl fühlt sie sich dort immer noch nicht. Sie geht in die Küche. Ein paar Häppchen schmieren und dann ab vor die Glotze. Als sie sich eine Scheibe Käse abschneidet, fällt ihr ein, wen sie vergessen hat: Die Maus ohne Fahrausweis. Mist, um die muss sie sich dringend kümmern. Sie kann schlecht warten, bis sie sie dem Geruch nach findet.

Tomke schiebt das Brot in die Lade zurück und maschiert in die Garage. Hier muss irgendwo eine Mausefalle herumliegen. So eine, die einen kleinen Käfig hat, um das Tierchen lebend zu fangen. Die haben sie auf Julianes Wunsch hin angeschafft. Da war sie zehn Jahre alt. Sie hatte einen Riesenaufstand gemacht, als sie die erste Maus mit Genickbruch neben dem angeknabberten Stück Käse gefunden hatte. Ihre Eltern als Tiermörder beschimpft und auf einem Begräbnis im Garten bestanden. Um sie zu beruhigen und nicht einen Mäusefriedhof zu eröffnen, kauften sie eine sogenannte Lebendfalle.

Tomke stöbert durch die Kisten. Was für ein Schrott überall. Das war Gerolds Bereich und er hat jeden Faden aufgehoben. Hier müsste wirklich einmal aufräumt werden. Wo ist bloß diese blöde Falle? Sie hatten lange keine Maus mehr. Die Katzen in der Nachbarschaft sind tüchtig. Und nun gleich eine im Auto. Nur gut, dass Frau Wilkens nichts gemerkt hat. Die wollte ihr sogar beim Suchen helfen. Wenn die gewusst hätte, nach wem sie Ausschau gehalten hat. Tomke muss ein wenig in sich hineingrinsen. Man gut so. Die hat so schon genug Last mit ihrer allergischen Rüsselpest und muss nicht zusätzlich geschockt werden.

Getreu Murphys Gesetz, findet Tomke die Falle in der untersten Kiste. Gerold hat auch die ganz normalen aufgehoben. Aber die zu benutzen, bringt Tomke nicht mehr übers Herz. Entschlossen zerrt sie die mit dem Käfig hervor.

Sie eilt in die Küche zurück und kreiert ein appetitliches Minibüfett. Ein Stückchen Brot dick mit Schokoladencreme beschmiert, eins mit Salami und eins mit Käse. Dieses Spezial-Arrangement stellt sie mit Käfigfalle im Fußraum vor dem Beifahrersitz ab.

»Hör zu Maus, hier ist was für jede Geschmacksrichtung. Sieh zu und lass dich fangen. Das ist deine einzige Chance auf Freiheit. Sonst verhungerst du. Alles klar?«

Sie bleibt noch einen Augenblick stehen, als erwarte sie wenigstens ein höfliches Piep als Antwort. Dann schließt sie die Wagentür. Unwillkürlich wandert ihr Blick über die Fensterreihe in der ersten Etage. Alles dunkel. Gut so. Muss ja niemand beobachten.

Wieder im Haus, macht sie sich selbst einen Schnittchenteller und setzt sich damit vor den Fernseher. Sie schaltet die Sender durch, aber keiner weckt ihr Interesse. Entweder wilde Schießereien, chaotische Verfolgungsszenen oder stereotyp dargestellte Beischlafstellungen, bei denen man ins Gähnen kommt. Tomke schnappt sich die Tageszeitung. Sie hätte Lust auf einen netten Film, den sie kennt und lange nicht mehr gesehen hat. Während sie die Programme nach einem Lichtblick durchforstet, läuft im Werbeblock ein Spot über Beerdigungen. Tomke kneift ihre Augen zusammen, als müsste sie eine visuelle Täuschung ausschließen. Aber tatsächlich. Die werben gerade für individuell gestaltete Grabstätten. Erst wird eine Szene mit dem angeblich Verstorbenen eingeblendet. In diesem Fall einem passionierten Angler. Dann sein Grab mit einem idyllisch angelegten kleinen Teich. Botschaft: Bestattet werden, wie man gelebt hat. Eine Wohlfühlbestattung. Fast wie nicht gestorben. Tomke schüttelt missbilligend den Kopf. Für was man alles Reklame machen kann.

Die Haustür wird aufgeschlossen. Das Flurlicht geht an. Die Habermanns kommen nach Hause. Sie lachen. Die waren lange unterwegs. Hoffentlich bekommt sie von denen kein Bettgeflüster zu hören. Wie gut, dass sie nicht nur neue Matratzen gekauft hat, sondern auch auf die Qualität der Lattenroste geachtet hat. Schon wieder so blöde Gedankengänge. Dazu neigt sie sonst überhaupt nicht. Was interessiert es sie, ob ihre Gäste Sex haben oder nicht. Darüber hat sie nie nachgedacht. Selbst nicht zu Gerolds Zeiten, der sie in der Hinsicht nicht gerade verwöhnt hat. Aber da gab es Lösungen und irgendwann Paul.

Sofort schießen Tomke Tränen in die Augen. Scheiße, nein. Sie wird nicht heulen. Aus. Vorbei. Paul hat sich entschieden. Und wenn er es sich noch einmal anders überlegt und es vor Sehnsucht nach dir nicht aushält, fragt in ihr eine fiese, scheinheilige Stimme. Wenn er seinen Schritt bereut und wieder vor deiner Tür steht? Dann knalle ich sie ihm vor der Nase zu! Paul ist leider Gottes ein Feigling. Er würde nie ganz bei mir sein. Auf einen zerrissenen Mann, der meinen Busen nur zum Ausweinen braucht, kann ich verzichten. Tomke fummelt ihr Taschentuch aus der Hosentasche und schnieft herzhaft hinein. Nee, das hat sie nicht nötig. Nicht mehr. Sie wird sich noch einen Tee kochen und eine DVD von Harry Potter einlegen. Das wird ihr gut tun.

Als sie die Tür öffnet, steht Anne vor ihr. Ihre Hand ausgestreckt. Anscheinend wollte sie gerade klopfen. Tomke sieht irritiert an ihr hoch. Anne lächelt verlegen.

»Ich will Sie nicht lange stören, aber ...«

Danach stammelt diese schwindelerregend große Frau wild drauflos. Sie würde vor Hunger gleich sterben, aber hätte nichts Essbares dabei und wolle heute Abend nicht mehr in eine Gastwirtschaft.

Tomke muss lächeln. Wenn sie das verbeulte Gesicht von Anne betrachtet, kann sie verstehen, warum sie nicht mehr nach draußen will. Außerdem kommt es ihr gerade recht, einen Augenblick Gesellschaft zu haben. Sie war kurz davor, richtig sentimental zu werden.

»Kein Problem. Ich rette gerne, wenn Rettung so einfach geht. Kommen Sie mit, nächste Tür links ist die Küche.«

Anne bleibt unschlüssig stehen. Warum ziert sie sich noch? Hat sie nun Hunger oder hat sie keinen? So ein Getue ist nicht gerade Tomkes Wellenlänge.

»Das ist wirklich sehr nett. Ich bin auch sofort wieder verschwunden. Schließlich haben Sie und Ihr Mann Feierabend«, haspelt Anne entschuldigend.

Daher weht der Wind. Tomke beginnt zu begreifen.

»Nee, ist schon gut. Sie stören nicht.«

Nach kurzem Zögern fügt sie hinzu: »Ich bin Witwe!«

Endlich bewegt sich Anne und folgt ihr in die Küche.

»Ich habe sogar etwas ganz Feines auf Lager. Jedenfalls für eine, die aus Hannover kommt«, verkündet Tomke.

»Hameln«, korrigiert ihr Gast freundlich. »Ich komme aus Hameln an der Weser.«

Als sie die Krabben sieht, huscht ein ungläubiges Lächeln über ihr Gesicht. »Hui, das ist wirklich etwas ganz Besonderes. Ich wäre aber auch mit einem Käsebrot zufrieden.«

»Schnick-Schnack«, fegt Tomke den halbherzigen Einwand beiseite. Resolut beginnt sie, Schwarzbrot, Butter und Krabben auf ein Tablett packen.

»Sie brauchen das nicht nach drüben zu tragen. Wir können gerne hier bleiben. Ich bin ein absoluter Küchenfan.«

Tomke sieht sie überrascht an. Sie hätte diese Frau irgendwie vornehmer eingeschätzt. Jedenfalls nicht als eine, die es vorzieht, in einer winzigen Küche zu sitzen, obwohl eine Tür weiter ein großzügiger Esstisch bereitsteht. Aber gut. Sie muss zugeben, die Neigung gefällt ihr. Sie sitzt hier auch am liebsten.

Tomke zündet die Kerze auf der Fensterbank an. Sie steht in einem rotmarmorierten Glas. Bei Kerzen und Windlichtern kann sie sich schwer zurückhalten und muss aufpassen, nicht in ihre alte Sammelleidenschaft zu verfallen. Einmal Sammlerin, immer Sammlerin, hat Torben schon gelacht. Aber es hat ihm eindeutig gefallen, die altvertraute Schwäche an seiner Mutter wiederzuentdecken.

Anne setzt sich auf einen der beiden Stühle. Der Anblick von Essbarem lässt ihr regelrecht das Wasser im Mund zusammenlaufen.

»Mögen Sie dazu ein Bier?«

»Ich würde lieber einen Tee trinken, einen Kräutertee. Sonst kann ich nicht schlafen.«

»Igitt!«, schüttelt sich Tomke. »Was ekelig. Doch nicht zu einem Krabbenbrot.«

Anne lächelt ergeben. »In Ordnung, dann ein Bier. Aber wenn Sie Ihr ›friesisch Herbes‹ haben, bitte mit Limo oder Wasser.«

»Hört sich auch nicht gerade lecker an.« Die beiden müssen lachen.

Tomke stellt Bier und Brause auf den Tisch: »Nun legen Sie mal los. Ich dachte, Sie sind kurz vorm Verhungern.«

Das lässt sich Anne nicht zweimal sagen. Sie bereitet sich ein Brot mit Butter und Krabben zu und isst es in einer atemberaubenden Geschwindigkeit. Das ist kein gewöhnliches In-sich-hinein-Schlingen. Das ist präzises Abbeißen, Kauen, Schlucken. Als hätte man einen Film auf Zeitraffer gestellt.

»Keine Hemmungen, bedienen Sie sich weiter«, ermutigt sie Tomke. Sie sieht deutlich, dass Anne noch nicht satt ist. Die schmiert sich sofort eine zweite Scheibe und verputzt sie in dem gleichen rasanten Tempo wie die erste. Tomke sitzt ihr staunend gegenüber und trinkt ihr Bier – ohne Brause, versteht sich. Sie hat noch nie jemanden so schnell und konzentriert essen sehen. Es macht ihr Spaß, das zu beobachten.

»Sie hätten die Stelle als Dienstmagd bekommen«, stellt sie grinsend fest. Anne schaut sie irritiert an.

»Na ja, früher haben die Dienstherren, vor allem die Bauern, die vorstelligen Mägde oder Knechte zu einer Mahlzeit eingeladen. Da war man echt der Meinung, man arbeitet, wie man isst.«

Anne lächelt verstehend. »Ach so. Ja, schön wär's, wenn das wahr wäre. Ich bin leider ein Langsamarbeiter.«

Tomke steht auf und räumt ab. Dann wischt sie fix über die Tischfläche, in der einen Hand das feuchte Tuch, in der anderen eines zum Trocknen. Das geht so blitzschnell, dass Anne gar nicht in Versuchung kommt, ihr Hilfe anzubieten.

»Wenn ich Ihre flinken Bewegungen sehe, stellt sich die Frage: Essen Sie nun schnell oder langsam?«

»Bingo«, lacht Tomke. »Recht langsam, aber sehr gerne.«

Sie bleibt an der Spüle stehen und sieht nach draußen.

»Was meinen Sie, wollen wir uns noch einen Augenblick auf die Terrasse setzen? Oder können Sie die frische Luft nicht ab, wegen der Allergie?«

Sie sieht Anne prüfend an: »Die ist schon etwas besser geworden, nicht wahr? Na ja, eben gesunde Nordseeluft.«

»Leider nicht nur. Ich habe mir die Unterstützung der Chemiekeule gegönnt. Ich wollte einfach nicht warten, immerhin bin ich nur vier Tage hier.«

»Schade, Sie sollten bleiben, solange die Bäume blühen. Es kommen viele Kurgäste deswegen hierher.«

»Das habe ich bald vor. Meine Tochter wird in diesem Herbst sechzehn. Im nächsten Frühjahr kann ich ihr zumuten, eine Zeitlang allein zu bleiben.«

»Wenn sie ein vernünftiges Mädchen ist, auf jeden Fall«, stimmt Tomke ihr zu. Ihr Gast gefällt ihr immer besser. Das hört sich ganz danach an, dass sie auch keinen Mann zu Hause hat.

»Das ist sie schon, ich meine: vernünftig. Dabei fällt mir ein, dass ich Ihre Telefonnummer als Verbindung angegeben habe. Ich besitze kein Handy, und Lisette übernachtet bei ihrer Freundin. Ich will mir Kontrollanrufe verkneifen, aber sie sollte mich im Falle eines Falles erreichen können.«

»Sehr schlau. So diplomatisch war ich nie«, gibt Tomke offen zu.

»Na ja, Diplomatie ist nur so lange eine gute Strategie, so lange sie nicht durchschaut wird.«

Die beiden Frauen gehen auf die Terrasse und rücken sich Stühle zurecht. Tomke holt noch Sitzkissen und leichte Wolldecken. Sie zündet die Petroleumlampe auf dem Tisch an. Die Luft ist wirklich ganz sanft. Kaum Wind. Das haben sie selten.

»Lisette hört sich irgendwie französisch oder niederländisch an«, knüpft sie an das Gespräch an.

»Ja, Lisette ist in Amsterdam geboren.« Und nach einem kurzen Zögern fügt Anne hinzu: »Ihr Vater ist Niederländer.«

Kapitel 10

Der erste Morgen in der Pension für Frank und Monika

Jana und Jonas laufen auf den Steg. Viel zu dicht am Rand. Monika schreit ihnen hinterher, aber sie ist zu weit entfernt. Ihre Stimme wird vom Wind zerrissen und weggetragen, bevor sie die beiden erreichen kann. Warum toben sie nur so leichtsinnig nah am Wasser? Sie hat es ihnen ausdrücklich verboten. Wo ist überhaupt Frank? Hatte er nicht versprochen, auf sie zu achten? Monika fängt an zu rennen, erkennend, dass sie es nicht rechtzeitig schaffen wird. Das ist das Schlimmste. Das Bewusstsein, ihre ganze Energie in diesen Lauf, ihre persönliche Bestleistung zu geben. Und zu wissen, es wird nicht reichen. Sie wird nicht früh genug bei ihnen sein, um sie zu beschützen. Sie muss hilflos mit ansehen, was sie befürchtet hat. Ihre Kinder rutschen von dem schlüpfrigen Holz ab und fallen ins Wasser. Wie in Zeitlupe und doch unaufhaltsam werden sie von dem dunkel glänzenden Nass geschluckt. Monika kennt diesen Traum. Er verfolgt sie schon einige Zeit. Aber sie kann und kann ihm keine positive Wende geben. Sie schreit und weint gleichzeitig, aber zu spät. Sie kommt wie immer erst am Steg an, wenn auf der Wasseroberfläche müde Kreise ziehen und nur noch ein paar Luftblasen zu sehen sind. Monika springt hinterher und wacht auf.

Sie hält die Augen geschlossen. Versucht, sich zu entspannen. Sie atmet tief ein und konzentriert aus. Bemüht sich, den Kloß aus Angst loszuwerden. Warum quält sie dieser elende Traum immer wieder? Und wieso ist sie ihm ohnmächtig ausgeliefert, nicht in der Lage, seinen Verlauf zu verändern? Sie hat gelesen, dass man im Traum sein Bewusstsein einsetzen muss. In dem Augenblick, in dem sie denkt, sie schafft es nicht, ist es schon zu spät. Mit ihrer vorausschauenden Befürchtung liefert sie sich dem Geschehen aus. Sie muss versuchen, positiv zu denken. Sich einen anderen Ausgang vorstellen. Zum Beispiel, ihre Kinder fallen, aber auf dem Wasser schwimmt eine riesige Luftmatratze, die sie auffängt. Das verändert ihr Traumerlebnis. Nicht nur das. Es wird sich auch auf ihre Realität auswirken.

Monika öffnet vorsichtig die Augen. Sie hofft, die Nacht ist zu Ende. Nach diesem Traum schläft sie ungern weiter, weil sie Angst vor dem nächsten hat.

Weiches Dämmerlicht kündigt den Morgen an. Das ist gut. Aber warum ist das Fenster plötzlich auf der linken Seite? Monika braucht Sekunden, bis sie begreift, wo sie sich befindet. Sie ist nicht zu Hause. Sie ist in einer Pension an der Nordsee. Frank liegt neben ihr. Sie sind verreist. Einfach so.

Monika dreht sich zum Fenster. Dieser Verlusttraum ist wieder präsent, seit Erik ihre Gefühle durcheinandergewirbelt hat. Dieser Steg-Albtraum ist ihr nicht unbekannt. Aus einer anderen, längst vergangenen Zeit, als die Zwillinge noch klein waren. Da hat er in unregelmäßigen Abständen zu ihren Nächten gehört und jedes Mal panische Angst in ihr zurückgelassen. Manchmal war sie aufgestanden und ist zu ihren Kinder gelaufen. Sie hat einen Moment an ihren Betten gestanden und glücklich ihren friedlichen Schlaf beobachtet. Sie waren in Sicherheit. Geschützt in der Geborgenheit ihrer Kissen und Kuscheltiere.

Monika dreht sich zu Frank und betrachtet ihn. Er schläft. Seine Atmung geht ruhig und regelmäßig. Wie gewohnt liegt er auf dem Rücken. Das vertraute Bild berührt sie. Er lässt mich nicht allein und schon gar nicht ins Wasser fallen. Er vertraut mir, und ich kann ihm auch vertrauen.

Frank öffnet unter ihrem intensiven Blick die Augen und sieht sie so hellwach an, als hätte er nicht gerade eben noch fest geschlafen.

Er streckt seine Hand aus und streichelt ihren Arm. Monika lächelt. Es ist lange her, dass sie zusammen aufgewacht sind. Ohne Zeitdruck zu haben, der nur einen flüchtigen Kuss nach dem Aufwachen zulässt. Wie ferngesteuert durch die Morgenroutine zu tapsen und schnell aus dem Haus. Jeder zu seiner Arbeitsstelle. Frank in seine Bank und sie in die Kindertagesstätte. An den Wochenenden haben sie sich auch keine Muße gegönnt. Es staut sich immer so viel in der Woche an. Arbeiten im Haus und Garten oder überfällige Verabredungen.

»Na, hast du was Schönes geträumt?«, fragt Frank sie liebevoll.

»Nichts Schönes und nichts, was in Erfüllung gehen sollte. Und du?«

»Leider wie immer nichts. Dabei würde ich auch gerne nachts mal was erleben und zum Erzählen haben.«

»Jeder Mensch träumt.«

»Ich nicht«, behauptet er überzeugt und macht ein aufgesetzt wehleidiges Gesicht.

Monika muss lachen: »Unsinn, du kannst dich nur nicht daran erinnern. Das kann man übrigens trainieren.«

»Wozu?«

»Na ja, zum Beispiel, um mir morgens deinen Traum erzählen zu können.«

»Du erzählst mir deinen doch auch nicht.«

Monika muss betroffen schlucken. Er hat recht. Aber er hat auch lange nicht mehr danach gefragt.

»Jonas und Jana sind vor meinen Augen ertrunken, und ich konnte sie nicht retten«, sagt sie leise.

Frank rutscht dicht an sie heran und massiert ihr sanft die Kopfhaut. Sein schlafwarmer Körper legt sich eng an ihren.

Monika lässt die Berührung zu. Kommt ihr sogar entgegen. Dabei ist sie noch nicht so weit. Sie würde gerne warten, mehr Nähe zu ihm aufbauen, dass sich die Lust entwickeln kann. Aber sie hat Sehnsucht nach ihm. Die Nähe wird nachrücken. Hoffentlich.

Auf dem Flur weht eine Fahne aus frischem Kaffeegeruch. Herrlich. Monika hat richtigen Hunger und freut sich auf ein anständiges Frühstück. Kein Wunder. Es ist bereits neun Uhr. So spät hat sie seit Ewigkeiten nicht den ersten Kaffee getrunken.

Der Tagesraum ist leer. Aber auf einer Anrichte stehen appetitliche Käseteller und Schälchen mit Frischkäse und Marmelade, Obst und ein großzügig gefüllter Brötchenkorb.

»Moin«, ertönt Tomkes freundliche Stimme. Sie steht blitzschnell hinter ihnen. Anscheinend hat sie schon auf sie gewartet.

»Haben Sie gut geschlafen?«

»Wie die Babys!«, verkündet Frank gut gelaunt für beide.

Tomke nickt, als hätte sie keine andere Antwort erwartet. Sie trägt heute Morgen ein wesentlich vorteilhafteres Oberteil. Sein leuchtendes Türkis unterstreicht die Farbe ihrer Augen. Sie hat sehr schöne, denkt Monika. Das intensive Grün habe ich gestern gar nicht wahrgenommen. Dabei ist es kaum zu übersehen. Und ihre Pensionswirtin ist höchstens Ende vierzig, korrigiert sie ihre Einschätzung vom Vortag. Schade, dass sie ihr Haar so extrem kurz hat und nicht tönt. Dann würde man ihre Attraktivität sofort erkennen. Aber vielleicht ist ihr das einfach nicht wichtig.

Tomke stellt eine Thermoskanne mit frisch aufgebrühtem Kaffee auf den Tisch und macht eine einladende Handbewegung in Richtung Büffet.

»Bedienen Sie sich ordentlich. Nach Ihnen kommt niemand mehr. Wie essen Sie Ihr Frühstücksei?«

»Das Weiße hart und das Gelbe weich«, sagt Monika schnell, bevor wieder Frank die Antwort für beide übernimmt. Tomke nickt und verschwindet in der Küche.

Als sie allein im Wohnzimmer sind, drückt Frank Monika auf einen Stuhl und sagt näselnd: »Setzen Sie sich! Ich werde Ihnen jetzt ein Top-Frühstück zusammenstellen, Gnädigste.«

Sie lässt sich willig bedienen. Während Frank geschäftig um sie herumwieselt, genießt sie die ersten Schlucke Kaffee und schaut nach draußen. Auf der Terrasse sitzt eine Frau. Es ist die von gestern, der sie im Treppenhaus begegnet sind. Monika erkennt sie sofort an ihrem prächtigen Haar, und sie trägt wieder Schwarz. Die Morgensonne scheint auf die Lockenpracht. Ein wunderschönes Haselnussbraun. Ob das echt ist?

Frank hat sich gerade hingesetzt und schneidet ein Brötchen auf, als Tomke die Eier hereinbringt.

»Perfektes Timing«, lobt er sie. Er köpft schwungvoll sein Ei mit dem Messer. »Ach, Frau Heinrich, Sie hatten doch Fahrräder im Angebot, nicht wahr? Wir würden sie heute gerne ausleihen. Wäre das in Ordnung?«

Tomke fährt sich erschrocken durch ihre grauen Haarstoppeln. Sie bleiben kreuz und quer stehen. Das gibt ihr ein verwegenes Aussehen.

»Oh nee, Herr Habermann, jetzt haben Sie mich erwischt. So ein Ärger. Ich hatte länger keine Gäste und an alles habe ich gedacht, nur die Räder habe ich vergessen. Ich weiß echt nicht, in welchem Zustand die sind.«

Frank zeigt sich unerschrocken und verkündet: »Keine Sorge. Das werde ich nach dem Frühstück herausfinden. Ich habe meine Werkzeugtasche dabei.«

»Das wäre aber nett«, strahlt Tomke ihn an. Sie verschwindet in die Küche und kommt mit einem dampfenden Becher in der Hand zurück. Für einen Augenblick befürchtet Monika, sie will sich zu ihnen setzten. Aber sie nickt Frank im Vorbeigehen nur wohlwollend zu und geht zu der Frau in Schwarz nach draußen.

Kapitel 11

Der Tagesbeginn für Tomke und Anne

Tomkes Wecker klingelt. Aufstehen! Allein dafür hat es sich gelohnt, die Frühstückspension wieder herzurichten. Sie muss funktionieren. Keine Chance, sich wieder auf die andere Seite zu drehen und später müder als vorher aufzuwachen. Keine Zeit, sich in Grübeleien zu verlieren und Trübsal zu blasen.

Sie schwingt ihre Beine mit Elan aus dem Bett. Im Aufstehen schießt ihr ein heftiger Schmerz durch die Lende. Sie bleibt gekrümmt auf der Seite liegen. Das darf einfach nicht wahr sein. Hoffentlich ist das kein Hexenschuss. Der fehlte ihr gerade noch. Sie hatte so lange keine Rückenprobleme. Warum gerade jetzt? Dumme Frage, denkt Tomke grimmig. Sie hat sich mit ihrer Hauruck-Renovierungsaktion zu viel zugemutet. Was heißt zugemutet. Ihr blieb nichts anderes übrig. Schließlich kann sie nicht wegen jedem kleinen Furz Torben anrufen oder ihrem Schwiegersohn auf den Geist gehen. Sie stehen zwar beide sofort auf der Matte, wenn Not am Mann ist, aber sie haben selbst genug zu tun. Gerold war sicher kein Ehemann aus dem Bilderbuch, aber ein begabter Handwerker. In dieser Eigenschaft fehlt er Tomke an allen Ecken und Enden.

Sie rollt sich zentimeterweise auf den Rücken zurück und beginnt vorsichtig, ihre angezogenen Beine hin und herzupendeln. Ihre erste Gymnastik seit Monaten. Dabei hat sie sonst ihre Übungen immer konsequent durchgezogen. Jetzt hat sie die Quittung für ihren Schlendrian. Beim Bauchtanz war sie auch eine Ewigkeit nicht. Sie hat einfach zu wenig für sich getan. Pauls Termine hatten für sie Priorität. Die Erinnerung macht sie wütend auf sich selbst.

Der ziehende Schmerz lässt langsam nach. Vielleicht hat sie Glück, und es war nur eine kurze Attacke. Nächster Versuch, spricht sie sich Mut zu. Aufstehen. Eine Tablette nehmen und in Gang kommen. Ihre Gäste haben zwar gestern behauptet, sie würden spät aufstehen, um die berühmten hundert Jahre zu schlafen, aber darauf würde Tomke keine Wette abschließen. Das erzählen Badegäste oft und am Morgen weckt sie ihre Routineaufstehzeit. Sie sind früher wach als geplant und haben Hunger. Dann stehen sie unschuldig lächelnd unten, und sie hat kein Frühstück vorbereitet. Nee, auf den hausgemachten Stress kann sie gut verzichten.

Die erste Tasse Tee am Morgen trinkt sie gern in Ruhe, bevor ihr jemand vor den Füßen steht. Dieses Ritual hat ihr gefehlt. Sicher, Tee könnte sie auch ohne Gäste in aller Seelenruhe trinken. Den ganzen Vormittag über, falls es ihr in den Sinn käme. Aber die Zeit des Alleinseins kann sie nur genießen, wenn sie begrenzt ist und sich nicht wie ein grauer Schleier über den ganzen Tag legt. So wie heute Morgen. Dann wird die Tasse Tee zu einem kostbaren Augenblick. Wir Menschen machen uns das schon nicht einfach, denkt Tomke und setzt das Wasser auf.

Sie schaltet das Deckenlicht aus und zündet eine Kerze an. Ihre Flamme wirft diffuse Lichtkreise. Draußen beginnt gerade die Morgendämmerung. Es ist diesig. Durch den Dunst erkennt man vage die Konturen des Deichs. Tomke liebt das Zwielicht. Sie kann sich nicht vorstellen, in einem Land ohne Übergang zu leben. Torben war letztes Jahr in Kenia. Dort wird es schlagartig Tag und Nacht. Wie an- und ausgeschaltet. Knips an. Knips aus. Nee, das wäre nichts für sie. Sie braucht das weiche Schummerlicht dazwischen. Paul liebt das auch. Liebte, korrigiert sich Tomke streng, als würde es um einen Verstorbenen gehen. Aber die zeitliche Abgrenzung wirkt nicht wie ein Wundermittel. So leicht lässt Paul sich nicht aus ihrem Leben streichen. Gegen ihren Willen schieben sich Bilder aus der gemeinsamen Vergangenheit in den Vordergrund. Das Aufwachen im ersten Morgenlicht. Ganz nah nebeneinander. Den zärtlichen Blick von ihm auf dem Gesicht zu spüren, die Begegnung ihrer … Tomke unterbricht ihre Gedanken. Bloß nicht an das Zusammenaufwachen denken. Es war zu schön. Sie hätte niemals eine ganze Nacht mit ihm verbringen dürfen. Sie hätte konsequent bleiben müssen, wie die Jahre zuvor. Treffen nur am Mittwoch. Immer in dem Apartment in Wilhelmshaven. Kein Restaurantbesuch. Überhaupt keine öffentliche Veranstaltung gemeinsam besuchen. Sie wollten nicht das Risiko eingehen, Bekannten zu begegnen. Ihre Ehepartner sollten nicht in kompromittierende Situationen gebracht werden. Dabei wusste Gerold Bescheid, im Gegensatz zu Pauls Frau. Diskretion war Gerolds einzige Forderung. Sonst hatte er ihr Liebesleben stillschweigend und ohne sichtbare Eifersucht toleriert. Tomke hatte sich an die Abmachung gehalten. Sie hatte sogar in Pauls Apartment geduscht, bevor sie wieder nach Hause fuhr. Eine überflüssige Rücksichtnahme. Gerold kam ihr nie so nah, dass er den Sex hätte riechen können.

Nach seinem Tod brauchte sie keine Vorsichtsregeln mehr zu beachten. Und ehe sie es richtig begriff, hatte sie die Kontrolle über ihre Gefühle verloren. Alt wie eine Kuh und lernt nichts dazu, denkt Tomke. Naiv wie ein Backfisch. Sie hatte alle Zeichen, dass Paul sich nie scheiden lassen würde, übersehen.

Sie nimmt ihren Tee und geht nach draußen auf die Terrasse. Die Luft ist feucht und kühl. Aber es wird ein schöner Tag. Die Sonne kämpft sich bereits erfolgreich durch den Morgennebel und verfärbt ihn zartrosa. Prima! Das macht zufriedene Gäste, und vielleicht bekommt sie einen Kurzentschlossenen dazu. Am liebsten einen Alleinreisenden, wie Anne Wilkens. Die beginnt ihr zu gefallen. Das hätte sie auf den ersten Eindruck nicht vermutet. Sie wirkte irritierend, ja einschüchternd. Allein durch ihre imposante Körpergröße und die schwarze Kleidung. Wenn man sich Schnupfnase und rote Augen wegdenkt, ist sie mit ihren üppigen Locken überwältigend attraktiv. Auf der anderen Seite hat sie eine scheue Ausstrahlung, wie ein junges Mädchen. Fast ein bisschen schusselig. Sie ist alleinerziehend und hat anscheinend weder Auto noch Handy. Aber einen Laptop dabei. Sie hat schon nach einem WLAN-Anschluss gefragt. Den hat Torben mit einer Codenummer gesperrt. Davon hat Tomke keine Ahnung. Die wird sie sich anscheinend aneignen müssen. Das ist der Trend, würde Juliane sagen. Die Gäste wollen online gehen. Sie hat Frau Wilkens fürs Erste angeboten, jederzeit bei ihr unten ins Internet zu kommen. Das hat sie lächelnd abgelehnt. Was sie wohl beruflich macht? Sie wird sie beim Frühstück fragen. Die Berufe ihrer Gäste haben sie schon immer brennend interessiert. Die altvertraute Neugier in sich zu spüren, tut gut. Wie der erste Appetit nach einer längeren Krankheit.

Sie geht wieder ins Haus. Dieses Mal nicht schnurstracks am Spiegel vorbei. Sie bleibt vor ihm stehen und betrachtet sich kritisch. In diesem ausgeleierten Oberteil und mit dem weißen Stoppelschnitt sieht sie fremd aus. Ihre Haut ist viel zu blass, um auch Haar und Kleidung farblos zu lassen. Trotzig schiebt sie ihre Unterlippe vor. So sehe ich eben aus. Ende! Sie zögert. Immerhin hat sie Gäste. Die haben gestern schon schief auf ihre Aufmachung geguckt. Die Blicke ist sie gewohnt, aber sie hatten eine andere Ursache: ihren extravaganten, farbenfrohen Kleidungsstil. Sie gibt sich einen Ruck und marschiert zum Kleiderschrank. Wahllos greift sie zu und zieht ein türkisfarbenes Shirt aus dem Regal. Sie tauscht es gegen das Schlabberteil aus. Als sie wieder in den Spiegel schaut, sagt sie streng: »Mehr ist noch nicht möglich!«

Außerdem hat sie keine Zeit mehr. Sie muss endlich das Frühstück vorbereiten. Sie eilt nach draußen, um die bestellten Brötchen hereinzuholen. Sie hat einen Brötchenkasten geschützt unter dem Garagenvordach, und die Bäckerei Ulfers&Eden bestückt ihn frühmorgens nach Ansage.

Der Mann mit Hund spaziert gerade an der Pension vorbei. Er sieht wie gestern nicht nach rechts und links. Haben es auch nicht leicht, diese Hundebesitzer, denkt Tomke. Müssen Gassi gehen, ob sie Lust haben oder nicht. Sie schnappt die Brötchentüte und will zurück, da erinnert sie sich an die Maus. Aber – der Käfig im Auto ist leer. Die Leckereien sind nicht angerührt.

»Dumme Maus, du!«, schimpft Tomke. »Zu dumm, um sich helfen zu lassen.«

Verärgert knallt sie die Wagentür wieder zu. Sie muss sich etwas einfallen lassen. Womöglich hat die Maus schon eigene Fluchtpläne und beginnt sich irgendwo durchzufressen. Wer weiß, was die alles kaputt knabbern kann. Später, beschließt Tomke. Jetzt ist erst einmal Frühstück angesagt.

In der Küche arrangiert sie Teller mit verschiedenen Käsesorten, Tomaten und Obst. Wurstaufschnitt braucht sie kaum hinzustellen, haben ihre Gäste betont. Sie wären keine großen Fleischesser, schon gar nicht morgens. Soll ihr recht sein. Tomke rollt eine Scheibe Mettwurst auf und schiebt sie sich in den Mund.

Solange sie wenigstens alle Sorten Käse essen. Ihre Tochter hat ihr erzählt, dass manche keine Kuhmilchprodukte vertragen. Für die muss sie Ziegenkäse oder Tofu besorgen, und bei den Getreidesorten gibt es auch bereits Extrawünsche. Juliane will anfangen, sich darauf zu spezialisieren. Das läge auch voll im Trend.

Ohne mich, denkt Tomke. So ein Theater mache ich nicht mit. Sie nimmt zwei Teller, um sie ins Esszimmer zu tragen. Auf dem Flur prallt sie um Haaresbreite mit Anne zusammen.

»Können Sie fliegen oder warum hört man Sie nie kommen?«, rutscht es ihr statt eines Guten Morgen heraus. Als sie Annes betretenes Gesicht sieht, fügt sie besänftigend hinzu: »Moin, nichts für ungut, aber Sie haben mich tüchtig erschreckt.«

»Tut mir leid. Es war so leise hier unten, dass ich nicht wusste, ob jemand da ist. Ich bin ja viel früher aufgestanden, als gestern angekündigt. Ich habe mein Schlafbedürfnis reichlich überschätzt. Oder ist es die Macht der Gewohnheit, die mich hochgezogen hat. Ich stehe immer zeitig auf. Aber lassen Sie sich nicht stören. Ich warte. Ich kann mich …«

»Schon okay«, unterbricht Tomke die Entschuldigungsarie. »Ich muss nur die Teller nach drüben bringen. Ist schon alles klar im Esszimmer. Auch Macht der Gewohnheit. Setzen Sie sich oder kommen Sie mit mir in die Küche. Ich brauche nur noch den Kaffee aufzubrühen. Wie mögen Sie Ihr Frühstücksei?«

»Gar nicht. Für mich kein Ei«, winkt Anne ab und setzt sich an den Esstisch. Sie hätte gern das Angebot angenommen und wäre mit Tomke in die Küche gegangen, aber sie will deren Freundlichkeit nicht überstrapazieren. Hier nebenan zu sitzen ist auch sehr angenehm. Einfach entspannt zu warten, mit Blick auf das appetitanregende Büfett. Den Luxus, sich verwöhnen zu lassen, hat sie sich lange nicht gegönnt. Anne atmet genießerisch die aromatische Geruchsfahne des Kaffees ein. Kurz darauf stellt Tomke eine gefüllte Thermoskanne vor ihr auf den Tisch.

»Dann frühstücken Sie erst einmal kräftig«, ermutigt sie Anne, als hätte sie eine Aufbauköstlerin vor sich.

»Danke, das werde ich ganz bestimmt. Es sieht alles sehr verlockend köstlich aus und ich habe, ehrlich gesagt, einen Riesenhunger.«

»Ja, hier bekommt man mächtig Appetit. Die Luft. Die ist unbezahlbar. Sie sehen auch schon besser aus im Gesicht als gestern. Ich meine gesünder«, verbessert sich Tomke schnell.

»Vielen Dank«, erwidert Anne höflich. Fast wäre ihr herausgerutscht: Sie ebenfalls. Türkis steht Ihnen ausgezeichnet. Die Farbe unterstreicht die Ihrer Augen.

Tomke verkrümelt sich wieder in die Küche. Dabei wäre sie liebend gerne bei Anne sitzen geblieben und hätte ihr beim Essen zugesehen. Erst nach angemessener Zeit nimmt sie ihren Teebecher und stellt sich im Wohnzimmer an die Terrassentür.

»Ich bin auch mehr eine Lerche«, sinniert sie laut. »Wenn ich zu lange schlafe, bin ich irgendwie verdreht. Ganz gut, dass ich meine Routine wieder habe.«

»Das kann ich verstehen«, sagt Anne, ohne zu fragen, aus welchem Grund ihr die Routine abhanden gekommen war.

Tomke ist da weniger zurückhaltend. »Was machen Sie eigentlich beruflich?« Es trifft sie ein konsternierter Blick.

»Ich meine, weil die Macht der Gewohnheit Sie aus dem Bett gescheucht hat«, schickt Tomke freundlich lächelnd hinterher.

»Ach.« Anne wedelt mit der Hand durch die Luft, als müsse sie erst ihre Berufsbezeichnung einfangen.

»Ich stehe halt immer mit meiner Tochter auf. Besser gesagt, früher als sie, um noch einen Moment für mich zu haben. Wenn Lisette aus dem Haus ist, versuche ich gleich zu arbeiten.«

Tomke sieht sie gespannt an. »Zu Hause?«

»Ja, ich bin Autorin.«, antwortet Anne endlich schlicht.

Tomke stellt ihren Teepott auf dem Tisch ab und setzt sich. »Na, das ist mal was Spannendes.«

»Na ja, wie man es nimmt«, wehrt Anne lächelnd ab. »Die meisten Tage sind nicht spannender als in jedem anderen Beruf auch. Eben Arbeit.«

Tomke lässt sich nicht entmutigen.

»Ja, aber Arbeit, die Spaß macht. Sie haben sozusagen aus Ihrem Hobby einen Beruf gemacht. Das finde ich genial.«

»Eher aus der Not eine Tugend.«

Anne trinkt bedächtig ihren Kaffee. Man sieht ihr an, sie möchte das Thema nicht vertiefen. Tomke hat da gute Antennen. Aber sie ist so begeistert, eine Autorin an ihrem Esstisch sitzen zu haben, dass sie ihre Instinkte links liegen lässt.

»Ehrlich gesagt, ich habe von Anne Wilkens noch nichts gelesen.«

Jetzt muss Anne lachen. »Das würde mich auch wundern.«

Sie blickt in Tomkes flammendes Gesicht. Warum soll sie ihr nicht sagen, unter welchem Namen sie schreibt? Das hat sie zwar noch nie getan, aber heute passt es irgendwie. »Ich schreibe unter dem Pseudonym Linda Loretta.«

»Nein!« Tomke stößt einen enthusiastischen Schrei aus. »Sie sind Linda Loretta?«

Jetzt ist es Anne, die ihre Tasse absetzen muss. »Sie haben ein Buch von mir gelesen?«

»Eins? Alle Bücher! Ich liebe sie.«

Anne spürt, wie ihr Hitze in die Wangen steigt. Verrückt. Nun schreibt sie seit zehn Jahren, aber sie ist noch nie einer Leserin begegnet. Und nun ist die erste ausgerechnet ihre Frühstückspensionswirtin.

»Ich hätte nicht vermutet, dass Sie Liebesromane lesen. Sie wirken so – realistisch. Wie eine Frau, die mit beiden Beinen fest auf der Erde steht.«

Tomkes Miene verdüstert sich und Anne bereut ihre vorschnelle Einstufung. Das war gedankenlos und ganz und gar nicht ihre Art. Da hellt sich Tomkes Gesicht schon wieder auf. »Das eine hat doch mit dem anderen nichts zu tun, oder? Und ich mag einfach Geschichten mit Happy End.«

»Ich auch«, gibt Anne erleichtert zu. »Aber …« Sie zögert. Sie ist kurz davor, mit Frau Heinrich über ihre beruflichen Probleme zu reden. Warum eigentlich nicht. Sie gehört nicht zu ihrem Bekanntenkreis und vor allem: sie ist ihr Fan. Das tut richtig gut.

»Ich versuche gerade …« Anne nimmt einen zweiten Anlauf. »Liebe ist in der Realität selten so absolut wie in meinen Geschichten und nicht immer für die Ewigkeit gedacht. Manchmal stirbt sie zwischen zwei Menschen. Manchmal bleibt sie nur bei einem von beiden lebendig. Der andere muss dann damit zurechtkommen. Das Leben allein kann durchaus schön sein. Das habe ich nie thematisiert. Meine Tochter wirft mir vor, dass ich gestylte Kunstwelten kreiere und meine Leser verdumme.«

»Wie alt war noch mal Ihre Tochter?«, fragt Tomke.

»Sie wird sechzehn.«

»Also Klugschiss«, folgert sie trocken. »Ich mag Ihre Liebesromane. Sehr sogar. Wie es im wirklichen Leben abläuft, weiß ich selbst. Das brauche ich nicht auch noch zu lesen.«

Die letzten Worte brechen heftig aus ihr heraus. Anne schweigt betreten. Jetzt ist sie sich sicher: Frau Heinrich hat Liebeskummer.

»Die Sonne kommt durch. Ich werde einen letzten Kaffee auf der Terrasse trinken«, sagt Anne und steht auf.

»Flüchten Sie vor mir?«, kommt die prompte Nachfrage. Anne schüttelt lächelnd den Kopf. Die ungewohnt direkte Art dieser Frau irritiert sie – und ist ihr sympathisch.

»Nein, ich will nur an die frische Luft. Sie können gerne mitkommen.«

»Mach ich.«

In dem Augenblick wird in der ersten Etage schwungvoll eine Tür zugeklappt und Füße trappeln die Treppe herunter.

Tomke zieht bedauernd ihre Schultern hoch: »Ich muss meine anderen Gäste abfüttern. Nehmen Sie sich eine Decke mit nach draußen. Ich komme gleich nach!«

Anne greift sich eine und geht auf die Terrasse. Sie ist froh, dass sie schon gefrühstückt hat. Die anderen Gäste sicher auch. So können sie sich ungeniert unterhalten und brauchen keine Rücksicht zu nehmen. Der geräumige Esstisch ist gemütlich und eine schöne Idee, aber es ist nicht jedermanns Geschmack, wie in einer Großfamilie beisammen zu sitzen. Anne lehnt den Kopf gegen die Rückenlehne und umschließt ihren Kaffeebecher mit beiden Händen. Zum Glück gibt es in dieser Pension richtige Tassen und nicht diese friesischen Finkennäpfe. Selbst ihre Wirtin trinkt den Tee aus einem Becher.

»Wie es im wirklichen Leben abläuft, weiß ich selbst! Das will ich nicht auch noch lesen«, wiederholt Anne in Gedanken. Die impulsive Aussage würde sie am liebsten auf Tonband speichern und Charlotte vorspielen. Die flapsig hingeworfene Kritik ihrer Tochter macht ihr kein Kopfzerbrechen, sondern Charlotte. Plötzlich will ihre Lektorin einen völlig anderen Kurs fahren. »Lebensnahe Figuren reflektieren die Gefühle der Leserinnen«, ist einer ihrer neuen Lieblingsleitsätze. »Die Frauen müssen sich mit denen aus der Geschichte identifizieren können, sich verstanden fühlen. Einen Denkanstoß bekommen, wie nach einem Gespräch mit einer guten Freundin.«

Anne schüttelt den Kopf. Charlotte sollte sich wirklich einmal mit Tomke unterhalten. Die würde ihr schon sagen, was sie von einem Buch erwartet. Jedenfalls keine Realitätsnähe. Oder sie sollte Charlotte das Manuskript ihrer eigenen Lovestory unter die Nase halten. Das liegt noch immer unveröffentlicht im Schreibtisch. Geschrieben hat sie es, nachdem sie todunglücklich nach Deutschland zurückgekehrt war. Die Geschichte hat kein Happy-end. Dafür die von Charlotte geforderten realen Personen und lebensnahen Dialoge. Obendrein jede Menge Herzblut.

Um irgendetwas zu unternehmen, hatte Anne es damals mit dem Mut der Verzweiflung an mehrere Verlage geschickt. Es wurde von allen mit dem schnöden Satz, dass ihr Skript nicht in das Konzept ihres Programms passen würde, abgelehnt. Nur ein Lektorat hatte sich die Mühe gemacht, die Ablehnung zu begründen. Ihr Romanentwurf wäre vom Stil her ansprechend und zeige durchaus ein vorhandenes Schreibtalent. Aber man könnte das Thema nicht nachvollziehen und daher keinem Genre zuordnen. Für die Reihe »Freche Frauen« viel zu melancholisch. Für eine realistische Frau-Mann-Auseinandersetzung zu klischeebesetzt. Sie sollte sich überlegen, einen klassischen Liebesroman zu schreiben. Anne kann sich noch erinnern, wie sie die Absage in der Hand hielt und dachte: Aber das ist ein Liebesroman! Ein richtiger Liebesroman!

Als Charlotte ihr Jahre später die Möglichkeit bot, für ihren Verlag zu arbeiten, hatte Anne längst verstanden. Sie schrieb ihre Geschichten so, wie sich jeder, sie selbst eingeschlossen, Liebesbeziehungen wünscht: Angefangen mit einer alles verändernden schicksalhaften Begegnung. In der Mitte ein kleines Drama und schließlich ein herzerwärmendes Happy-end. Die Verkaufszahlen gaben ihr recht.

Und nun war Charlotte plötzlich nicht mehr zufrieden. Sie wollte eine neue Reihe herausbringen. Und sie würde Anne gerne dabeihaben. »Es wird höchste Zeit, einmal etwas anderes zu versuchen. Dein Liebeskarussell wiederholt sich ständig und es hat an Ausdruckskraft verloren. Deine Geschichten, liebe Anne, das sage ich dir nur, weil ich dich als Mensch und Autorin sehr schätze, mutieren zum Einheitsbrei. Das ist mehr als schade, denn du kannst schreiben. Anders schreiben.« Vielen Dank für die Blumen, denkt Anne noch im Nachhinein gekränkt. Was soll auf einmal dieses Gemäkel? Warum lässt Charlotte sie nicht einfach in Ruhe, und es kann alles so bleiben wie es ist. Sie hasst Veränderungen.

»Da bin ich wieder«, hört sie Tomkes angenehm warme Stimme neben sich. »Oder wollen Sie lieber allein bleiben?«

»Nein, nein. Kommen Sie nur.«

»Gern, aber sie sahen gerade so verträumt aus. Als würden Sie im Geist die nächste Geschichte schreiben.«

Anne muss lachen: »Das wäre fantastisch, wenn das so einfach ginge.«

»Wie geht es denn? Wie kommen Sie eigentlich auf die Ideen? Aus der Zeitung oder aus dem wahren Leben? Ich weiß, das sind viele Fragen auf einmal, aber die haben mich schon immer brennend interessiert. Und wann hat man mal die Gelegenheit, sie loszuwerden«, sprudelt Tomke wie ein Wasserfall.

»Wo würden Sie denn Charaktere für einen Roman suchen, wenn Sie Autorin wären?«, fragt Anne statt zu antworten.

»Ich?«, wiederholt Tomke geschmeichelt. »Da brauche ich nicht lange zu überlegen. Ich habe ständig neue Gäste und ich beobachte gerne. Nicht, dass Sie das falsch verstehen. Aber ich muss schon zugeben: Ich bin ausgesprochen neugierig.«

»Oh lala, das hört sich vielversprechend an. Sie haben bestimmt eine Menge zu erzählen.« Anne lächelt Tomke aufmunternd zu.

Die kann sich gerade noch bremsen. In ihrer Begeisterung hätte sie beinahe aus dem Nähkästchen geplaudert. Mit einem Gast. Nicht mit irgendeinem. Sondern mit Linda Loretta. Die würde im Stillen denken: Interessant, interessant, aber was für ein Tratschtante.

»Was heißt viel erzählen«, wiegelt Tomke ab. »Das ist reichlich übertrieben und meine kleinen Anekdoten würden Sie sicher enttäuschen. Sie haben nach Charakteren gefragt, die in eine schöne Liebesgeschichte passen. Müssen ja auch immer andere sein.«

Tomke zögert, aber sie kann der Versuchung einfach nicht widerstehen. »Zum Beispiel das nette Ehepaar, das mit Ihnen auf der Etage wohnt. Das würde doch bilderbuchmäßig in eine Lovestory passen, oder?«

Anne erinnert sich an die zierliche Frau und den sportlichen, freundlichen Mann. Sie wirkten so gutgelaunt und glücklich.

»Stimmt, das sind sehr attraktive Menschen mit

einer positiven Ausstrahlung. Die könnte ich mir durchaus als Protagonisten vorstellen.«

Tomke schweigt und versucht, sich ihre Enttäuschung nicht anmerken zu lassen. Gutaussehend. Nur weil sie wie ein Püppchen aussieht und sich so benimmt, und er wie ein weißer Ritter. Sie hat sich insgeheim gewünscht, Linda Loretta würde antworten: Ja ein nettes Paar, aber irgendwie langweilig. Nicht inspirierend. Was für eine Story soll ich denen auf den Leib schreiben? Tomke schiebt den kindischen Wunsch beiseite. Warum dichtet sie den Habermanns ständig negative Eigenschaften an. Nee, nun mal ehrlich bleiben. Nur Frau Habermann. Ihn findest du richtig klasse. Du bist neidisch, meine Liebe. Komm mal wieder zurück zu deinem bewährten Motto: Leben und leben lassen.

»Möchten Sie noch einen Kaffee?«, fragt sie Anne übergangslos, wieder ganz die emsige Pensionswirtin.

»Nein, danke, es reicht wirklich. Ich will auch gleich los.«

Kapitel 12

Monika und Frank machen eine Fahrradtour an den Hooksieler Außenhafen

Frank hat sofort nach dem Frühstück die Räder inspiziert und kopfschüttelnd seine Werkzeugtasche aus dem Wagen geholt. Wie gut, dass er sie immer dabei hat. Monika ist solange nach oben aufs Zimmer gegangen. Sie wollte noch ein paar Seiten lesen. Hat sie gesagt. Nun sitzt sie mit dem aufgeschlagenen Buch in der Hand und starrt aus dem Fenster. Feinste weiße Schleier wehen am blauen Himmel. Das zarte Geflecht kündigt einen Wetterwechsel an. Wann der eintreten wird, kann man schlecht vorhersagen. »Zirren können irren!«, ist einer der Seglersprüche. Nicht nur Zirren, auch ihr Verstand hat sich geirrt. Ihr verliebtes Gehirn hat ihn vernebelt und sie mit ihrem Gefühl komplett daneben liegen lassen. Ausgerechnet ihr musste das passieren. Dabei neigt sie von Natur aus zu vernünftigen Entscheidungen. So konsequent, dass Freunde ihr manchmal fehlende Impulsivität vorwerfen. Sie können zufrieden mit mir sein, denkt Monika bitter. Vernunft hat sie dieses Mal nicht geleitet. Sie hat nur noch aus Sehnsucht bestanden und ist ihr wie hypnotisiert gefolgt. Wie oft hat sie sich Frank und die Zwillinge vor ihr geistiges Auge gerufen. Sich klar gemacht, dass sie ein gutes Leben hat und es nicht aufs Spiel setzen will. Wie eine Abhängige, die sich eisern aufzählt, aus welchen gesundheitlichen Gründen sie den Suchtstoff meiden sollte, sonst kostet sein Genuss am Ende das Leben. Aber die mühsam heraufbeschworenen Bilder ihrer häuslichen Idylle blieben wie von einem Grauschleier verhangen und konnten sie nicht retten. Es zog sie mit jeder Faser in Eriks Nähe. Kurz bevor sie ihn traf, dachte sie: Du bist verrückt! Eine komplette Närrin! Doch wenn sie ihm gegenüber stand und in seine dunklen Augen blickte, hatte sie alle guten Vorsätze vergessen. Niemals hätte Monika geglaubt, in so einen Zwiespalt zu geraten. Sie hätte sogar einen Eid darauf geschworen. Ihr kann das nicht passieren. Aber es ist ihr passiert. Ihr sonst so glasklarer Verstand hat nur als müde argumentierender Verlierer in der Ecke gesessen und ihrem Treiben ohnmächtig zugesehen.

Die Schleier der Zirren verdünnen sich immer mehr, sind nur noch ein Hauch. Gleich werden sie verschwunden sein und wieder das pralle Blau freigeben. Am liebsten würde sie hier am Fenster hocken bleiben und sich von den wechselnden Farben des Himmels und seinen Wolkenbildern ablenken lassen. Aber Frank ist schneller mit der Reparatur fertig, als sie gehofft hat. Unternehmungslustig kommt er in das Zimmer gestürmt. »Abfahrt! Die Räder stehen bereit.«

»Super.« Monika lächelt matt.

»Was ist?«, fragt er besorgt und zieht sie zu sich heran.

Sie lehnt sich an seine Schulter. Verdammt, warum spürt er plötzlich jede Regung? Durchschaut er sie? Ach was. Sie bildet sich das nur ein, weil sie sich selbst so transparent fühlt.

»Nichts ist. Aber ich bin schon wieder müde. Komm, lass uns fahren. Dann kommt mein Kreislauf in Schwung.«

Vor der Haustür versperrt Tomke ihnen den Weg. »Ihr Mann ist ein Goldstück. Hier, ein kleines Lunchpaket für unterwegs.«

»Wie nett von Ihnen«, bedankt sich Monika artig und nimmt das Päckchen entgegen. Sie sieht in Tomkes Augen den leisen Vorwurf, nicht mehr Lob für den besten aller Ehemänner übrig zu haben. Es stört sie nicht. Frau Heinrich soll denken, was sie will.

Es ist mittlerweile angenehm warm. Sie können kurzärmelig radeln. Ihre Jacken haben sie nur locker um die Hüften gebunden. Sie fahren bei der ersten Gelegenheit den Deich hinaus. Gleich dahinter liegt ein großzügig angelegter Abenteuerspielplatz. Kinder spielen. Ihre fröhlichen Stimmen wehen zu ihnen hoch. Die Eltern dösen auf Bänken in der Sonne. Monika wirft ihnen einen wehmütigen Blick zu. Die haben es gut, schießt es ihr mit einem Anflug von Neid durch den Kopf. Ihr Tagesablauf ist klar strukturiert.

»Rechts oder links?«, fragt Frank.

»Rechts!«, entscheidet Monika, ohne sich zu erinnern, wohin der Weg führt.

Vor dem Kurkartenhäuschen erkennt sie die Frau in Schwarz. Sie steht dicht am Deichzaun und blickt über das Meer. Ihr goldbraunes Haar weht leuchtend im Wind. Als sie auf ihrer Höhe sind, ruft Frank munter: »Einen schönen Urlaubstag für Sie!« Die Frau macht vor Schreck einen kleinen Satz zur Seite. Monika lächelt ihr nur freundlich zu. Sie will nicht auch noch einen Gute-Laune-Spruch loslassen. Das passt irgendwie nicht. Es ist nicht nur die Kleidung. Es umgibt diese Frau etwas Geheimnisvolles. Ein Hauch Melancholie. Ähnlich wie die Kameliendame. Monika spürt ihren Blick im Rücken. Vielleicht beneidet sie mich. Ich kann mit meinem Mann den Tag verbringen, während sie hier allein steht und sich auch so fühlt. Oder sie bedauert mich, weil sie sich nicht vorstellen kann, in einer festen Beziehung zu leben. Und ich? Ich weiß gerade nicht, ob ich mich bedauern oder beneidenswert fühlen soll. Die Einschätzung für mein Leben ist mir abhanden gekommen. Den Gedanken findet Monika so traurig, dass sie sich die Tränen verkneifen muss.

Zum Glück fordert der Fahrtweg ihre volle Aufmerksamkeit. Er ist schmal, und sie nähern sich dem

Zentrum. Zur rechten Hand liegt die Frieslandtherme, dahinter erkennt man das Kurmittelhaus. Die Menschen sind bestens gelaunt. Sie genießen sichtlich die ersten Frühlingstemperaturen.

Der Weg leitet sie im Bogen vom Deich herunter aus dem Ort auf eine asphaltierte Landstraße. Auf der einen Seite sind weichfließende Sieltiefs, ausgedehnte Weiden und vereinzelt liegende Bauernhöfe zu sehen. Links von ihnen verläuft der Deich. Er ist von weißen Tupfen übersät. Schafe und noch einmal Schafe. Unter ihnen viele niedliche Lämmer.

»Lecker Braten«, ruft Frank und fährt in Schlangenlinien, um auf Monikas Höhe zurück zu fallen.

»Barbar!«, empört sie sich. Dabei verachtet sie selbst auch nicht gerade einen Lammbraten.

»Pharisäerin!«, kontert ihr Mann prompt. Monika muss lachen. Frank streicht ihr kurz über den Arm und übernimmt wieder die Führung. Sie blickt auf seinen Rücken und denkt: Ich liebe ihn. Ja, ich liebe ihn. Das ist keine verzweifelt aufgesagte Beschwörungsformel. Das ist die Wahrheit. Warum fällt es mir dann so schwer, zu ihm zurückzufinden? Weil ihr Ewigkeitsglaube an die Unerschütterlichkeit ihrer Zweierbeziehung ins Wanken gekommen ist. Ja, sie hat wirklich für immer gemeint. Und doch hat sie sich so verlaufen können. Man propagiert doch ständig: In einer intakten Beziehung hat ein Dritter keine Chance! Alles Theorie, denkt Monika grimmig. Intakt oder aus dem Lot. Eine Langzeitbeziehung ist keine starre Größe. Sie ist sich sicher, in jeder Beziehung gibt es anfällige Augenblicke. Okay, das ist ihre neue Einsicht. Noch vor gut zwei Wochen hätte sie sich und Frank auf der sicheren Seite gewähnt. Der absolut sicheren, und das war wahrscheinlich der Denkfehler. Wie konnte sie sich so sicher sein? Obwohl sie die Einsamkeit, die zunehmende Entfernung zwischen ihnen gespürt hat. Aber dieses Beziehungstief hatte sie auf den unerwartet plötzlichen Auszug der Zwillinge geschoben. Eine Phase der Umorientierung. Sie hatten nur verlernt, miteinander zu zweit zu sein. Was heißt verlernt? Wir hatten nie die Gelegenheit, es zu trainieren! Um ein Haar hätte Monika den letzten Satz laut herausgeschrien. Schluss jetzt mit der Grübelei, weist sie sich zurecht und tritt kräftig in die Pedale. Sie überholt Frank, als der Weg wieder auf die Deichkrone hinaufführt.

»Holla!«, ruft er anerkennend und lässt ihr großzügig den Gipfelsieg. Oben angekommen, können sie über das Meer blicken. Das Wasser ist rücklaufend. Die zerklüftete Wattlandschaft sieht hier dunkel und sumpfig aus. Sträucher, die wie ins Watt gebohrte Zweige aussehen, teilen den schwarzen Schlick in Felder auf. Ein Schutz, um durch die Gezeiten nicht immer mehr Land zu verlieren.

»Haltet euch ganz rechts!«, schreit eine Frau so laut, dass sich ihre Stimme schrill überschlägt.

Monika fährt zusammen. Zwei Jungen, geschätzte fünf oder sechs Jahre alt, kommen ihnen auf dem schmalen Deichweg entgegen. Die Eltern bemühen sich hinter den kleinen Flitzern herzuradeln. Der Vater brüllt: »Passt auf! Nicht so schnell!«

Die Jungen passen auf. Hochkonzentriert. Ihre Köpfe glühen unter den Fahrradhelmen wie kurz vorm Zerplatzen. Frank und Monika halten beide an, um ihnen den Weg freizugeben. Sie werden mit dankbaren Blicken der Eltern belohnt. Die sehen total fertig aus. Sie beeilen sich, ihrer Brut zu folgen. Gleich endet der Deichweg und sie müssen wieder auf die Straße. Dann müssen sie noch mehr Kommandos geben.

Monika lächelt still in sich hinein. Nein, um den Stress beneidet sie niemanden. Die Phase hatten wir. Die benötigt keine Wiederholung. Jede Fahrradtour samt wettertauglicher Kleidung und Proviant war laut Frank besser als eine Expedition an den Nordpol von ihr vorbereitet gewesen.

Der Weg leitet sie nach Hooksiel. Aber Frank will nicht in den Ort. Er will weiter und sich den Außenhafen ansehen. Das ist Monika recht. Die gleichmäßige Bewegung des Radelns, die Sonne und der offene Blick nach allen Seiten machen ihr zunehmend den Kopf frei.

Durch kleinwüchsige Bäume blitzen weiße Wohnwagen. Ein Campingplatz. Dahinter führt ein asphaltierter Strandweg direkt am Meer entlang bis zum Ende der Landzunge. Sie besteht aus einem Sandstrand und wird im Sommer sicher als Badeplatz genutzt. Wenn das Wasser da ist. Jetzt ist gerade Ebbe. Hier gleicht das Watt vom Aussehen einem Samtteppich und lockt zum Begehen. Was viele Urlauber auch tun. Einige wandern sogar schon barfuss über den freigegebenen Meeresboden. Weit nach draußen, bis an die Flutwelle. Sie ist vom Ufer aus nur als weißer Kamm auszumachen.

»Willst du?«, fragt Frank auffordernd.

»Heute nicht«, wehrt Monika ab. »Vielleicht morgen.«

»Okay. Dann lass uns rüber zum Hafen gehen.«

Sie schieben ihre Räder über den Deich. Auf der anderen Seite liegt der Außenhafen. Kein retuschiertes Hochglanzbild für Touristen. Die Fischkutter sind in Betrieb und echt wie die umherlaufenden Arbeiter. Kein unnötiger Tand. Das gibt dem Hafen ein herbes Aussehen. Die Luft riecht salzig, leicht modrig und nach Geräuchertem. Der Geruch unterstreicht den optischen Eindruck. Gegenüber im Hafenbecken liegen zwei Ausflugsdampfer. Sie fahren zu den Seehundbänken und nach Helgoland.

Vor dem kleinen Fischbistro sind nur ein paar schlichte Tische und Holzbänke aufgestellt. Aber der Betrieb floriert, wie ihnen die überzeugten

Stammgäste gestern schon erzählt haben. Die Frische scheint zu überzeugen.

Monika betrachtet die Takelage eines Zweimasters, der gerade anlegt, und die Worte ihres Segelausbilders fallen ihr wieder ein: »Warum braucht ihr den Schein? Um euch am Wasser miteinander unterhalten zu können!«

Das war der Lange. Der zweite Ausbilder war fast drei Köpfe kleiner als er. Das Gespann wurde von den Segelschülern nur der Lange und der Kurze genannt. Ja, warum wollte Monika den Segelbinnenschein? Nein, nicht um sich am Wasser besser unterhalten zu können. Obwohl eine angeregte Fachsimpelei ihr gerade jetzt geholfen hätte, mit Frank ins Gespräch zu kommen. Sie könnten gemeinsam überlegen, ob der Anleger elegant hingelegt wurde. Oder warum die Jolle, die gerade unter Motor aus dem Innenhafen kommt, zusätzlich die Fock gezogen hat. Da hat der Lange sicher recht. Aber Monika hatte andere Gründe: ein Freizeitloch und Birgit. Ihre Kollegin wollte unbedingt ihren Schein machen, aber bitte nicht allein. Birgit hatte auch eine andere Motivation, als sich eine fundierte Basis für Strandgespräche zu schaffen. »Ich habe die Nase gestrichen voll, für Rudolf nur die Galionsfigur abzugeben.«

Monika verstand nicht: »Wie meinst du das denn?«

Da hat Birgit ihr temperamentvoll ihre Position

beim Anlegen des Bootes beschrieben. »Ich muss unter Rudolfs Kommando mit der Leine in der Hand vom Bootsbug auf den Steg springen. Bei dieser Aktion habe ich immer einen Höllenschiss und die unmöglichsten Visionen. Entweder, dass ich beim Landungssprung auf Entenschiss ausrutschte. Passiert nicht selten. Habe ich schon bei anderen beobachtet. Oder ich springe nicht weit genug und lege einen peinlichen Spagat zwischen Boot und Steg hin. Das tut dazu auch noch höllisch weh. Oder ich bleibe gleich mit einem Hosenbein an der Reling hängen. Diese Horrorszenarien habe ich dabei immer vor Augen. Das weiß Rudolf, aber ich muss springen. Weil ich ja nicht lenken kann. Für meinen Einsatz werde ich noch nicht einmal gelobt. Rudolf meckert die ganze Zeit. Pass auf, dass das Boot nicht an den Steg schrammt. Nun halt doch die Wanten besser fest und drück das Boot zurück. So geht das in einer Tour. Zum Bootsschutz gibt es Fender, und außerdem hat derjenige am Ruder dafür zu sorgen, dass das Boot heil in seine Box kommt. Ich mache den Schein. Das steht fest. Und dann stehe ich am Steuer und Rudolf muss nach meinen Anweisungen springen. Das sag ich dir!«

Monika sollte mitkommen. Unbedingt. Das würde ihr auch Spaß machen und ganz neue Perspektiven eröffnen. Welche das sein sollten, konnte keine von ihnen ahnen.

Monika ließ sich überreden. Sie war sowieso auf der Suche nach etwas Neuem. Von dem riesigen Angebot der Kurse an der Volkshochschule oder im Internet fühlte sie sich schier erschlagen. Aber sie musste etwas unternehmen. Das war ihr klar. Frank hat schon recht. Sie hatte sich im letzten Sommer mit Renovierungs- und Putzarien zu beruhigen versucht. Die ungewohnte Ordnung und Sauberkeit, ohne das täglich hinterlassene Chaos der Zwillinge, hatten ihr anfänglich sogar Freude bereitet. Bis sie begriff, wie armselig es war, sich über saubere Küchenflächen und ein matt glänzendes Parkett zu definieren. In dem Moment erst kam die Leere. Sie vermisste die Gespräche mit Jonas oder Jana zwischen Tür und Angel, für die sie sich selten ausreichend Zeit genommen hatte. Vorbei. Nicht nachzuholen. Der Abschnitt war Vergangenheit. Die beiden kommen zwar ab und zu nach Hannover. Doch dann besuchen sie ihre Freunde. Als hätten sie zu ihren Eltern von heute auf morgen den Draht verloren. »Unsinn«, hat Birgit gesagt. »Sie müssen sich neu orientieren. Das ist für die beiden auch keine leichte Phase. Sie brauchen erst einmal Abstand. Was erwartest du denn? Sollen sie dir regelmäßig einen Report über ihre aktuelle Gefühlslage geben?

»Vielleicht«, hat Monika geantwortet. »Ich besuche meine Eltern regelmäßig und gerne.«

»Ja, du«, hat Birgit gelacht. »Lass die beiden. Wenn sie wissen, wo sie im Leben stehen, kommen sie schon wieder. Unternimm was, anstatt Trübsal zu blasen und nur zu warten. Du wohnst in Hannover. Theater, Kleinkunstszene. Du hast alles vor der Nase. Lass dich einfach inspirieren.«

Das lehnte Monika ab. Es erschien ihr wie eine Therapie für verlassene Eltern. Die Aussicht auf einen Segelkurs machte ihr auch keine Schmetterlinge im Bauch, aber die Entscheidung war ihr abgenommen. Sie brauchte sich um nichts zu kümmern. Die Kosten hielten sich in Grenzen, da Birgit gute Verbindungen hatte. So gingen sie ein paar Wochen einmal abends zum Unterricht und ließen sich von zwei Ausbildern auf die theoretische Prüfung vorbereiten. Zum Glück hatte Monika vorher keinen Schimmer, welcher Lernberg da auf sie zukommen würde. Das waren Hunderte von Prüfungsfragen und alle Begriffe neu, wie aus einer völlig fremden Sprache. Aber es machte ihr Spaß, sich anzustrengen. Dazu war die bunt zusammengewürfelte Schülergemeinschaft witzig. Sie gingen hinterher oft ein Bier trinken, und Monika fühlte sich in ihre Ausbildungszeit zurückversetzt. Die Welt erschien ihr offener. Sie hatte wieder eine Zukunft.

Nach der theoretischen Prüfung kam die Praxis auf dem Maschsee. Wer mit wem als Zweierteam auf eine Jolle wollte, hatte sich schon herauskristallisiert. Wobei die lakonische Bemerkung des Langen war: »Ob die Chemie zwischen euch wirklich stimmt, merkt ihr erst auf dem Wasser.«

Die stellten Monika und Birgit bei sich nicht infrage. Ihre Teamfähigkeit zu beweisen, dazu hatten sie keine Gelegenheit mehr. Birgit brach sich, einen Tag, bevor es losgehen sollte, das Sprunggelenk. Nicht etwa bei einem zu übermütig genommenen Anleger, sondern schlicht und einfach beim Müllrunterbringen. Sie hatte die letzte Treppenstufe übersehen.

So saß Monika am ersten Praxistag allein auf dem Boot. Sie mühte sich gerade ab, auf der schwankenden Jolle das Großsegel hochzuziehen. Da kam Erik. Der Lange stand am Steg und bestimmte: »Du gehst zu Monika auf's Boot!«

Erik hatte seine theoretische Prüfung an einer anderen Schule absolviert und wollte nun die Praxis nachholen. Er begrüßte sie gutgelaunt. Monika beachtete ihn kaum. Sie brauchte ihre volle Konzentration, um ihr Gewicht auf dem schaukelnden Untergrund auszugleichen. Erik packte beherzt mit an, und gemeinsam zogen sie die Wanten hoch. Nicht hoch genug, denn der Lange brüllte: »Euer Segel sieht aus wie eine Fuhre Mist!«

Erik grinste Monika aus der Deckung des Großsegels verschwörerisch an, und sie musste kichern. Aber sie gehorchten und zogen brav das Tuch, so straff sie konnten.

Monika setzte sich an das Ruder, und Erik übernahm das Vorsegel und somit die Aufgabe des Vorschooters. Der Lange gab ihnen letzte strenge Instruktionen. Dann ging es los. Das war ein traumhaftes Gefühl. Nur vom Wind weitergetragen zu werden. Der Kurze war schon mit einem Boot weiter draußen und hatte sich an einer Boje festgemacht, um die Schüler zu beaufsichtigen.

Sie sollten erst einmal mit Halbwind hin und her fahren und Wenden üben. Monika beobachtete Segel und Horizont und zog dicht und ließ los, wie sie es im Unterricht gelernt hatte. Es klappte tadellos und sie wurde schon übermütig. Da kam eine dicke Wolke und mit ihr der Wind. Nicht sehr viel, aber für einen Anfänger beträchtlich und Monika schrie hilfesuchend zum Boot des Kurzen: »Was soll ich jetzt machen?«

»Irgendwas!«, lachte der munter. »Jede Böe bringt Höhe!«

Er hatte in der Sonne gedöst und war aufgewacht. Der Unterricht schien ihm endlich Spaß zu machen. Wahrscheinlich erwartete er das erste Kentern. Darauf konnte Monika gut verzichten. Sie umkrallte die Schoot des Großsegels und drückte das Ruder von sich weg. Weg – gleich Wind wegnehmen, erinnerte sie sich aus der Theorie. In ihrer Anspannung drückte sie viel zu lange weg und bevor sie richtig begriff was geschah, hatte das Segel von einer Wende in eine Halse gedreht. Der Baum rauschte mit einer irren Geschwindigkeit über ihre Köpfe und riss das Boot in die entgegensetzte Richtung. Dabei krängte es bedrohlich und nahm Wasser auf. In ihrer Panik ließ Monika Ruder und Schooten los und suchte Halt an Erik. Er griff nach ihr und hielt sie fest. Dabei rief er ihren Namen. »Monika!« Er sprach ihn in einer Art und Weise aus, die sie mitten ins Herz traf. Als wüsste er nicht nur, wie sie hieß, sondern auch, wer sie war. Sie blieben eng aneinandergekrallt wie verschreckte Kinder in der Jolle liegen. Die fuhr ohne Steuermann brav in den Wind. Die Segel flatterten laut, aber die Gefahr war längst vorüber.

Von dem Augenblick an war Monika in Erik verliebt. Von einer Sekunde auf die andere. Als hätte sie ein Zauberstab berührt. Monika brauchte über einen Tag, um das Gefühl einzuordnen. Bis sie wagte, den Gedanken »Ich habe mich verliebt« überhaupt zu denken. So unwirklich erschien er ihr.

Erscheint er ihr noch immer. Knall auf Fall verliebt in einen fremden Mann. Als hätte sie mit offenen Fenstern und Türen nur auf ihn gewartet.

Was war so berauschend anders an Erik? Sie kann sich kaum an die Gespräche mit ihm auf dem Boot erinnern. Aber sie kamen ihr geradezu philosophisch klug vor. Wie kleine Offenbarungen. Denen sie sich willig öffnete. Wenn Erik gewollt hätte, sie wäre mit ihm bis an das Ende der Welt gesegelt.

Gegen diesen leuchtenden Eindruck hatte Frank, wenn sie vom See zurück nach Hause kam, keine

Chance. Von ihm meinte sie jede Geste, alle Worte und Gefühle zu kennen. Er wirkte gegen Erik grau und uninteressant. Rückblickend ahnt sie, dass sie die Friedlichkeit in ihrer Ehe mit Langeweile verwechselt hat.

»Jetzt ein Fischbrötchen«, hört sie Franks Stimme neben sich. »Oder wollen wir artig sein und unser Lunchpaket verspeisen?«

»Nein, lass mal. Es riecht hier so lecker. Ich hole uns welche.« Monika steht bereitwillig auf. Sie hat das dringende Bedürfnis, etwas für Frank zu tun. Scheiß schlechtes Gewissen. Dabei sollte sie einfach nur einen Strich ziehen und sich freuen. Sie ist nicht fremdgegangen. Nicht wirklich. Sie könnte sich selbst in den Hintern treten, dass sie es sich so schwer macht. Das wird schon, tröstet sie sich. Niemand kann von einem Tag zum anderen von einer Fast-Affäre auf glückliche Ehe umschalten. Sie kramt in ihrer Tasche nach dem Portmonee. Vergeblich.

»Ich habe mein Geld vergessen. Hast du deins dabei?«

»Klar«, sagt Frank und reicht ihr seinen Rucksack. Klar, denkt Monika. Auf dich kann ich mich verlassen.

»Ich geh vorher zur Toilette. Bismarckhering für mich. Mit viel Zwiebeln.«

»Ich weiß«, lächelt Monika und sieht ihm hinterher. Ich weiß, wiederholt sie in Gedanken und öffnet seinen Rucksack. Als sie den Reißverschluss zum Innenfach aufzieht, verstärkt sich ihr Lächeln. Jede Menge Werbezettel. Frank ist wirklich unmöglich. Er lässt sich nicht nur alles in die Hand drücken, er schleppt es auch noch mit sich herum. Sie schiebt den Papierberg zur Seite, da springt ihr ein Name ins Auge. *Erik.*

Mit wild klopfendem Herzen schiebt sie eine Visitenkarte frei. *Erik Wendland. Privatdetektei*

Monika starrt auf das Kärtchen. Erik. Ein Zufall, sicher, was sonst. Verdammt! Warum hat sie nie nach seinem Nachnamen gefragt. Weil er sie nicht interessiert hat. Sie wollte nicht wissen, ob er verheiratet ist, vielleicht Kinder hat. Der Familienname wäre womöglich der Anfang seiner Geschichte gewesen. Seiner wahren, die fest verankert mit Menschen war, die zu ihm gehörten. Das hätte die feinen Fäden, den irrationalen Zauber ihrer Begegnung zerstört.

Warum hebt Frank eine Visitenkarte von einem Privatdetektiv auf? Weil er alles endlos lange aufhebt, ohne darüber nachzudenken. Als Monika das Kärtchen in ihrer Tasche verschwinden lässt, sind ihre Hände nassgeschwitzt.

Kapitel 13

Anne allein unterwegs

Für einen Augenblick bleibt sie stehen und blickt über das Wattenmeer. Es leuchtet in einer Palette aus warmen Beigetönen, hier und da ein sanftes Blau, sogar Rosa. Seine Schönheit ist überwältigend. Weiter hinten erkennt man das Meer. Es scheint sich mit dem Himmel zu verbinden. Laut Tidenplan läuft das Wasser noch eine Stunde ab, bis es seinen Rückweg antritt. Erst langsam, dann immer schneller, immer raumeinnehmender. Wo jetzt Menschen spazieren gehen, werden sich in gut sechs Stunden Wellen kraftvoll überschlagen. Als wären sie nie weg gewesen. Man könnte meinen, das Ganze sei nur ein Spuk gewesen. Obwohl Anne sich die Tiden physikalisch erklären kann, hat dieses Naturschauspiel für sie nichts von seinem Zauber verloren.

»Einen schönen Urlaubstag für Sie!« Die Männerstimme ist unmittelbar hinter ihr. Anne springt vor Schreck einen Schritt zur Seite. Herr Habermann. Er radelt bestens gelaunt an ihr vorbei. Im knappen Abstand folgt ihm seine Frau. Sie schenkt ihr nur ein entschuldigendes Lächeln. Anne erwidert es fahrig und sieht ihnen nachdenklich hinterher. Ein Bilderbuchehepaar, laut Tomke Heinrich. Sind sie wirklich geeignet, Protagonisten abzugeben? Eher nicht. Da war sie ihrer Wirtin nicht ehrlich gegenüber. Dabei hat Anne sehr wohl gemerkt, ihre aalglatte Antwort hat sie enttäuscht. Aber sie hätte ihr wohl kaum sagen können: Die beiden erscheinen in ihrem Pärchenglück fast zu harmonisch. Ihnen fehlt das gewisse Drama, ein wenig Zündstoff. Was hätte Frau Heinrich dann von ihr gedacht? Linda Loretta ist neidisch auf ein langweiliges Ehepaar. Womit sie richtig liegen würde. Anne hätte nichts gegen ein bisschen langweiliges Glück einzuwenden. Die Vertrautheit einer Partnerschaft ist nicht langweilig. Sie ist eine Heimat. Eine, die sie gerne hätte. Was soll daran falsch sein? Eigenartig, das Bedürfnis nach Geborgenheit wird so gerne mit Schwäche assoziiert. Dafür die Unfähigkeit, eine Beziehung aufzubauen, mit Stärke. Sie wird als autark bleiben wollen, als Drang nach Freiheit verstanden. Freiheit. Von wegen. Anne ist es leid, Spielball ihrer Sehnsucht zu sein. Dafür verbraucht sie viel Kraft. Kraft, die sie lieber in ihr Leben investieren würde.

Das Schlimmste: Das Ziel ihrer Träume heißt noch immer Kees-Jan. Das ist doch nicht normal. Liebe ist eine Psychose von zwei Jahren. Höchstens. Das ist eine von Kees-Jans Lebensweisheiten. Und was macht sie? sie hat ihn nach so vielen Jahren noch immer nicht aus ihrem Leben verbannt. Sie hat die Hoffnung auf eine gemeinsame Zukunft nie tief genug vergraben. Ist das nun die ganz große Liebe oder eine richtig ernsthafte, unheilbare Psychose? Die Frage bleibt unbeantwortet. Anne spricht mit niemandem mehr über ihre Gefühle. Sie sind für andere nicht nachzuempfinden. Nicht mehr. Das hat sie zum Glück begriffen. Die Tatsachen sprechen zu prägnant dagegen. Ihr Angebeteter ist verheiratet und hat noch eine Tochter bekommen. Das hat Anne sehr wehgetan. Aber dann hat sie die neue Frau samt Kind in Gedanken einfach beiseite geschoben. Als würde es sie nicht geben. Sie sind unwichtig. Eine Phase, hat sie sich eingeredet. Kees-Jan würde sich nicht lange festhalten lassen. Das ist seine Natur. Diese Weglauftendenz können selbst Ehering und erneuter Nachwuchs nicht auf die Dauer einschläfern. Da ist sich Anne sicher. Erst vor ein paar Wochen hat er ihr Luftschloss bestätigt. Er hat angerufen. Zielgenau zu einem Zeitpunkt, an dem sie gerade mühsam einen erträglichen Abstand zu ihm aufgebaut hatte. Als hätte er die zunehmende Entfernung zwischen ihnen gespürt. Wie immer sagte er nur: »Ich bin's.« Anne würde seine Stimme unter Millionen anderen heraushören, aber es ärgert sie, dass er davon ausgeht. Jedes Mal nimmt sie sich vor, kühl und abwartend zu bleiben. Freundlich nachzufragen, wer am Apparat ist. Doch jedes Mal sagt sie nur: »Ich weiß.«

Ihre Gespräche laufen ebenfalls nach einem vertrauten Muster ab. Erst fragt er sie, wie es Lisette geht. Und Anne berichtet es ihm. Sie serviert ihm die Tagesabläufe seiner Tochter wie auf dem Silbertablett und schmückt sie mit netten Anekdoten aus. Die saugt sich Anne nicht selten spontan aus den Fingern, nur um ihr Leben für ihn attraktiver erscheinen zu lassen. Einen Nerv bei ihm zu treffen und so etwas wie späte Reue zu erzeugen. Vielleicht sogar Sehnsucht. Danach erzählt Kees-Jan seine persönlichen Probleme, als wäre es das Normalste auf der Welt, dass Anne sich dafür interessiert. Leider tut sie es.

Beim letzten Telefonat gestand er ihr, er spüre in sich ein diffuses Sehnen, eine Traurigkeit. Anne hatte vor Spannung die Luft angehalten. Für einen glückstaumelnden Augenblick. Aber sein Sehnen galt nicht ihrer Person. Sondern einzig der Form ihres Lebens. Ihr Privileg, sich die Zeit nach ihren ureigensten Bedürfnissen einzurichten. Ihren Vorteil, eine fast erwachsene Tochter zu haben, die seiner Meinung nach keine Energien mehr blockiert. Ihrer Chance, schreiben zu können, wann und wo sie will. Ohne eine aufgezwungene Routine einhalten zu müssen, die jede Kreativität erstickt. Er wäre gezwungen, Tag für Tag seinen persönlichen Freiraum, die Luft zum Atmen, neu abzustecken und zu erkämpfen. Für diesen familiären Alltagswahnsinn würde er seine Kraft zum Malen verbrauchen. Er fühle sich vollkommen leer und gleichzeitig zum Überlaufen gefüllt. Die Bilder in ihm warten nur darauf, gemalt zu werden. Immer ungeduldiger. Aber er brächte sie nicht auf die Leinwand. Das tägliche Planungskorsett mache ihn tot. Anne hat seine Vorstellung von ihrem Leben kommentarlos stehen lassen. Sie hat nicht zugegeben, wie viel sie die von ihm gepriesene Freiheit kostet. Dass die angeblich völlig selbstständige Tochter noch immer Nahrung, Kleidung und Zuwendung braucht. Und zwar dann, wenn es Lisette in den Kram passt. Anne hat auch nicht eingestanden, dass sie ihre Tage selten als spannend, sondern oft als einsam empfindet. Auf die Art von Neugierde, die Kees-Jan inspiriert, könnte sie gerne verzichten. Sie würde liebend gerne wissen, mit wem sie den Abend verbringt und mit wem sie am Morgen aufwacht. Das würde ihr nicht die Luft zum Atmen nehmen. Ganz im Gegenteil. Ihre Sehnsucht macht sie nicht kreativer, sie lässt sie im Kreis denken. Aus dem Grund ähneln sich ihre Romane zunehmend. Das ist Anne auch ohne Charlottes Kritik durchaus bewusst. Aber bislang kam Linda Loretta bei den Leserinnen bestens an. Nicht nur bei ihnen, gibt Anne wehmütig zu. Auch bei mir. Ich habe mich in den vertrauten Abläufen geborgen gefühlt. Damit soll nun plötzlich Schluss sein? Weibsbilder aus Fleisch und Blut sind gefragt. Die patente Frau von nebenan, mit der man sich identifizieren kann.

Wo finde ich die? »Überall«, hat Charlotte geantwortet. »Beim Einkaufen, in der Bahn, ach, Anne, ich bitte dich. Ich brauche dir das doch nicht zu erklären.« Doch, denkt Anne. Doch. Ich bin ein Einsiedlerkrebs. Schon vergessen?

Warum schickt Charlotte sie vor die Tür und lässt sie nicht einfach in Ruhe weiterschreiben? Am liebsten in einem Bett mit Baldachin. Über die Vorstellung muss Anne selbst lachen. Immerhin. Ich verbringe zum ersten Mal spontan und ganz allein ein paar Urlaubstage in einer Pension. Dabei lerne ich unausweichlich Menschen kennen. Frauen. Vielleicht sogar meine zukünftige Protagonistin. Zum Beispiel meine Wirtin. Sie lebt auch allein. Nicht freiwillig. Sie ist Witwe. Ihr Verhalten weist eine ungeheure Spannbreite auf, ihre Kleiderwahl weniger. Trockener Humor, eine direkte Art. Eben nordisch herb. Und doch schwer einzuschätzen. Der unvorteilhafte kurze Haarschnitt. Den hat sie erst seit gestern. Das hat sie Anne, durch deren prüfenden Blick verunsichert, verraten. Den Grund dafür hat sie allerdings verschwiegen. Ihrem verstorbenen Mann kann sie ihr Haar, einem uralten germanischen Ritual folgend, nicht geopfert haben. Der ist seit fast drei Jahren tot. Das hat sie ihr auch erzählt.

Anne konzentriert sich. Welche Geschichte könnte sie mit diesen Eckdaten konstruieren? Eine attraktive Frau Ende vierzig. Ihr Mann wird – plötzlich und unerwartet – aus dem Leben gerissen. Sie haben eine harmonische Ehe geführt, obwohl er ein Patriarch war. Im liebenvollen Sinne. Er hat Tomke zu viel abgenommen, sie unselbstständig gemacht. Nun steht sie ohne ihn da. Kein Beruf. Die Kinder schon aus dem Haus. Es bleibt ihr nur die Frühstückspension. Aber da ist der beste Freund des Verstorbenen. Er hat sich gleich nach dessen Tod um die anfallenden Formalitäten gekümmert. Die Beerdigung. Er hält sogar eine feierliche Grabrede für die Angehörigen. Er begleitet Tomke in diesen schweren Tagen. Chauffiert sie. Ist für sie da. Nach der Bestattung, nach den Beileidsbekundungen beginnt die Normalität. Dann kommen erst die Einsamkeit und die Trauer. Dieser alte Freund steht ihr weiterhin zur Seite. Vielleicht ermutigt ihn sogar dessen eigene Frau, Tomke zu helfen. Die Variante wäre noch dramatischer. Okay, er besucht sie regelmäßig. Er findet tröstende Worte, hört ihr lange zu. Er hält ihre Hand und irgendwann – liegt sie in seinen Armen. Trauer hat viel Dynamik. Die beiden haben diese Energie mit Liebe verwechselt. Für eine kurze Zeit. Bis der Mann die Illusion erkennt und sich trennt. Zurück geblieben ist Tomke, die an eine Zukunft geglaubt hat. Das klingt gar nicht mal so schlecht. Arbeitstitel: ›Der beste Freund meines Mannes‹.

Anne bleibt in Höhe des Kurmittelhauses stehen. Aber wie soll sie die Story enden lassen? Sicher nicht mit abgeschnittenen Haaren und Einsamkeit. Das Leben einer Pensionswirtin, die sich nur die Geschichten ihrer Gäste anhört und keine eigenen mehr hat. Nein, viel zu depressiv. »Ein bisschen mehr Perspektive darf's schon sein«, hört sie im Geiste Charlottes Stimme. Und sie hat recht, denkt Anne. Zu düster, die Aussichten. Außerdem ist es unklug, mit dem Ende zu beginnen. Abgesehen davon sind die Gedanken um das nächste Manuskript Zukunftsmusik. Erst muss sie ihr aktuelles abschließen.

Annes Blick fällt auf die Telefonzelle vor dem Kurmittelhaus. Lisette, fällt ihr ein. Sie hat sich nicht gemeldet. Also wird Anne noch einmal versuchen, sie zu erreichen.

Dieses Mal wird der Hörer gleich abgenommen. Als sie die Stimme ihrer Tochter hört, ist Anne sofort klar, dass sie einen Fehler gemacht hat. Sie hätte nicht erneut anrufen sollen. Lisette hat die Telefonnummer der Pension, und sie hat auf dem Band des Anrufbeantworters die Nachricht, dass es ihrer Mutter gut geht. Das hätte gereicht. Lisette hat den Freiheitsdrang ihres Vaters geerbt. Wenn so etwas vererbbar ist. Anscheinend ist es das.

»Ich habe gerade an dich gedacht und bin zufällig an einer Telefonzelle vorbeigekommen. Ich wollt mich nur mal melden«, redet Anne wild drauflos. Warum entschuldige ich mich, denkt sie verärgert. Was ist schlimm daran, wenn ich die Stimme meiner Tochter hören will?

Prompt antwortet Lisette: »Hallo, Mum, das ist okay. Du brauchst dich nicht dafür zu entschuldigen. Schön, dass du dich meldest. Geht's dir gut?«

Anne muss schlucken. Das war eigentlich ihr Text. Das wollte sie Lisette fragen.

»Ja, mir geht es prima. Die Seeluft wirkt gemeinsam mit dem Cortison. Ich habe eine nette Pension erwischt und jetzt erkunde ich den Ort.«

»Hört sich super an.«

»Ja, das ist es. Und wie geht es dir?«

»Ich habe Kopfschmerzen. Zum Glück haben wir heute erst nachmittags Unterricht.«

Die Schlüsselworte: Kopfschmerzen und Unterricht lösen in Anne einen Automatismus aus, als wäre ein Knopf für mütterliche Fürsorge gedrückt worden. Ohne Nachdenken, fragt sie wie aus der Pistole geschossen: »Hast du ausreichend getrunken?«

Dabei weiß sie genau, das ist ihre Standard-Gesprächs-Zerstörfrage.

»Ach, Mum, hör auf. Ich trinke genug. Mit genug Flüssigkeit lassen sich auch nicht alle Probleme lösen«, antwortet Lisette genervt.

»Was für Probleme?«, hakt Anne hellhörig nach.

»Oh, echt. Bei dir muss man so was von aufpassen. Du legst jedes Wort auf die Goldwaage. Es ist alles okay, verstanden?«

»Und du weißt, dass ich Andeutungen hasse, und mit dem Trinken, das meine ich nur gut. Ich vergesse es selbst oft genug und bemerke es erst, wenn ich friere oder Kopfweh bekomme.«

»Ich weiß«, geht Lisette versöhnlich auf ihr Friedensangebot ein. »Mum, ich habe jetzt wirklich keine Zeit. Marie und ich wollen noch einkaufen. Wir müssen los. Viel Spaß und – bis Montag. War doch Montag, oder?«

»Ja, bis Montag«, erwidert Anne überrumpelt. Auf der einen Seite ist sie besänftigt, Lisette hat nicht vergessen, wann ihre Mutter wieder nach Hause kommt. Auf der anderen wurmt Anne der Fingerzeig: Bis dahin keine Anrufe mehr! Das war vollkommen unnötig. Anne hätte ohne diesen Wink die Grenzen eingehalten. Im Gegensatz zu ihrer Tochter. Die wird ihren Bedarf nach mütterlicher Zuwendung an ihrer aktuellen Gefühlslage auspendeln. Lisette wehrt sich im gleichen Maße gegen ihre Fürsorge, wie sie deren Schutz sucht und liebt. Sie kann nur Grenzen setzen, nicht einhalten. Genau wie Kees-Jan. Aber pubertierenden Kindern kann man diese Inkonsequenz nachsehen, erwachsenen Männern nicht. Das weiß Anne und verzeiht ihm seine Unschlüssigkeit immer wieder.

Im Ortskern haben sie auf einem großzügig angelegten Rondell leuchtende Osterglocken, Primeln und Stiefmütterchen gepflanzt. Eine prächtige Insel aus Frühlingsfarben. Zwischen den umliegenden Geschäften entdeckt Anne sogar einen kleinen Supermarkt. Wunderbar. Mit der Möglichkeit, Lebensmittel einkaufen zu können, hatte sie erst später am Ortsausgang gerechnet. Sie beschließt, gleich ein paar Vorräte zu besorgen und in die Pension zu bringen. Danach kann sie immer noch spazieren gehen.

Am Kühlregal sortieren zwei junge Frauen Nachschub in die Regale. Anne bleibt neben ihnen stehen und begutachtet das Joghurtangebot. Die beiden plaudern ungeniert weiter, ohne sie zu beachten.

»Ich muss die drei Tage im Juli unbedingt freibekommen. Sonst geht hier eine Bombe hoch.«

»Was ist denn daran so megawichtig?«

»Wir wollen nach London. Kalle hat vor einer Woche gebucht. Ich gestern. Das war höchste Zeit. Stell wir vor, gestern war es schon zwanzig Euro teurer wie bei Kalle. So fix geht das.«

Als bei Kalle, korrigiert Anne in Gedanken. Sie legt einen Heidelbeerjoghurt in den Wagen und schiebt weiter zum Käse- und Brotangebot.

An der Kasse muss Anne zweimal hinschauen, um sich zu vergewissern: das ist keine Halluzination. Die stattliche Kassiererin füllt ihren gesamten Sitzbereich aus. Pechschwarz gefärbtes Haar. Es ist hochtoupiert und im Nacken zusammengesteckt. Das sieht so künstlich aus, als hätte sie sich eine Karnevalsperücke aufgesetzt. Das Alter der Frau ist schwer zu schätzen. Irgendwo zwischen vierzig und fünfzig. Das breite Gesicht ist zu dick überschminkt. Sie trägt eine grüne, metallisch glänzende Bluse. Anne muss sich zusammenreißen, um sie nicht zu offensichtlich anzustarren. Die massige Frau wirkt wie eine verkleidete asiatische Kämpferin, nein, wie eine vom Jahrmarkt an der Kasse oder – wie das Klischee einer Puffmutter.

Anne packt die erstandenen Vorräte in den Rucksack. Von wegen reale Frauenbilder. Was wäre, wenn sie diese feiste Person in eine Nordseeszene packen würde? Sie sieht Charlottes schnörkellose Schrift mit der freundlichen Anmerkung im Geiste bereits vor sich: *Merkwürdige Beschreibung. Die Frau passt nicht an eine Supermarktkasse. Schon gar nicht in einem Küstenort an der Nordsee.*

Stimmt, Charlotte. Sie passt nicht. Ganz und gar nicht. Aber sie ist hier und sie ist echt. So wolltest du sie doch haben. Womit bewiesen wäre, dass man die Realität nicht einfach eins zu eins übernehmen und zu einem Roman verarbeiten kann. Anne lächelt zufrieden in sich hinein und geht beschwingt nach draußen.

Gleich neben dem Supermarkt entdeckt sie einen Buchladen. Der heißt sinnigerweise »Bücherinsel«. Sie beschließt, noch einen Moment durch Buchreihen zu stöbern, bevor sie die Einkäufe in die Pension trägt. Der Laden ist einladend hell. Eine attraktive Blondine steht weiter hinten an einem schmalen

Verkaufstresen. Sie sieht ihr freundlich entgegen. »Moin, kann ich Ihnen helfen?«

»Nein, danke. Ich will mich nur ein bisschen umschauen.«

Die Frau nickt und konzentriert sich wieder auf den Bildschirm ihres PCs. Anne schreitet bedächtig um den mittig aufgebauten Büchertisch. Ein vertrautes Gefühl durchflutet sie. Wie gerne hat sie sich als Kind zwischen den geschriebenen Geschichten aufgehalten, sich bei ihnen zu Hause gefühlt. Warum ist sie so lange in keine Buchhandlung mehr gegangen? Internet. Die Einrichtung macht es ihr noch leichter, sich zu verkriechen. Verstohlen linst Anne über die Auslage mit Frauenbüchern. Haben sie eins von Linda Loretta? Nein, nicht zu entdecken. Schade, aber sie traut sich nicht, danach zu fragen.

»Sorry, haben Sie einen Reiseführer über die Gegend hier?«

Der warme Klang der Männerstimme schießt Anne quer durch den Unterleib und hinterlässt dort eine beunruhigende Hitze. Wie von einem Stromschlag getroffen, bleibt sie stocksteif stehen und starrt blind auf einen Buchdeckel.

»Ja, einige«, antwortet die Buchhändlerin. »Gleich rechts von Ihnen. Alles Nordseeküste und auch speziell über das Wangerland.«

Anne hebt langsam den Kopf. Der Mann hat sich den heimischen Bildbänden zugewandt. Nein, natürlich ist es nicht Kees-Jan. Aber der Sound des niederländischen Akzents und der Klang seiner Stimme haben ihn atemberaubend sinnlich in ihre Nähe gebracht. Anne versucht ruhig zu atmen. Ihr ist richtig schwindlig.

»Mama, ist der Hund tot?« Die helle Kinderstimme reißt Anne aus ihrem Gefühlsstrudel in die Realität der Buchhandlung zurück. Ein kleines Mädchen zeigt auf einen hellbraunen Labrador, der lang ausgestreckt hinter dem Tresen liegt. Für einen verwirrenden Augenblick denkt Anne, das Kind könnte recht haben. Aber die Buchhändlerin lächelt wissend. Augenscheinlich hört sie diese Frage nicht zum ersten Mal.

»Nein, Briska ist nicht tot. Sie schläft nur. Sie ist schon eine ältere Dame. Willst du sie mal streicheln?«

Das kleine Mädchen will. Anne nutzt die Gelegenheit und eilt nach draußen. Als müsste sie vor etwas davonlaufen. Muss sie auch. Sie will der berauschenden Wirkung dieser fremden Männerstimme so schnell wie möglich entkommen.

Kapitel 14

Monika ruft die Privatdetektei Wendland an

Monika kann sich nicht erinnern, wie das Fischbrötchen geschmeckt hat. In ihrem Kopf toben die wildesten Überlegungen: Erik Wendland. Völliger Unsinn, dass es der Erik ist, der ihr so gefährlich geworden ist. Und dazu noch ein Privatdetektiv. Lächerlich, da einen Zusammenhang zu sehen. Verfolgungsfantasien, die nur auf dem Nährboden ihres schlechten Gewissens gedeihen. Es wird eine ganz einfache Erklärung geben. Wahrscheinlich hat irgendjemand das Kärtchen unter die Windschutzscheibe geklemmt, und Frank hat es gedankenlos eingesteckt. Wie immer. Er steckt jede Werbung ein, das weiß sie doch. Diese plausiblen Gedankengänge können ihr nicht das unbehagliche Gefühl in der Magengegend nehmen. Sie hat längst beschlossen: Sie muss diesen Detektiv Wendland anrufen, um einmal seine Stimme zu hören. Sonst machen ihre Zweifel sie verrückt.

Monika zuckt zusammen, als Frank seine Hand auf ihre Schulter legt. Er radelt neben ihr. Wie lange schon?

»Alles okay?«, fragt er.

»Ja, ich genieße es einfach, hier zu sein.«

»Ich auch«, erwidert Frank. »Das hätte ich nicht gedacht. Hier ist es wirklich schön. Allerdings haben wir ein Schweineglück mit dem Wetter, das darf man nicht vergessen.«

»Ja, ein Schweineglück«, wiederholt Monika zustimmend. Nicht auszudenken, bei Regenwetter in einem Zimmer eingesperrt zu sitzen. Zusammen mit Frank und ihren unausgegorenen Grübeleien. Das wäre die reinste Folter.

Sie sind schon in Horumersiel und Monika hat noch immer keine brauchbare Idee, um sich eine Zeitlang davonzustehlen. Aber sie muss dringend telefonieren. Und zwar ungestört. Als sie die Räder in die Garage schieben, bietet Frank ihr ungewollt die Lösung an.

»Und jetzt?«, fragt er und unterdrückt dabei ein heftiges Gähnen.

»Erst mal nichts. Du kannst dich gerne hinlegen, wenn du müde bist«, lockt sie ihn und hofft, er bemerkt ihre Ungeduld nicht.

»Ja, ein kleines Nickerchen wäre nett«, gibt er zu und hakt sie unter. Monika befreit sich mit einer sanften Bewegung.

»Ich nicht. Du weißt doch, dass Schlaf am Tag mich nicht gerade frischer macht. Ganz im Gegenteil.«

»Wir brauchen ja nicht zu schlafen«, raunt er ihr ins Ohr. Monika zieht den Kopf weg und zwingt sich ein aufgesetztes Lachen heraus.

»Hey, was nimmst du denn ein?«

Frank geht nicht auf ihren Scherz ein. Er sieht sie übergangslos ernst an. »Dich. Endlich wieder dich.«

Monikas Herz schlägt schneller unter seinem zärtlichen Blick und sie spürt, wie sie rot wird. Frank drückt ihr einen festen Kuss auf die Lippen.

»Gut, ich werde mich für ein Schläfchen von dir trennen. Aber nicht länger. Bis dann.«

Monika nickt und sieht ihm verwirrt hinterher.

Wo soll sie telefonieren? Im Frühstückszimmer? Nein. Das ist viel zu gefährlich. Sie will keinen Mithörer riskieren. Im schlimmsten Fall Frank selbst. Wie sollte sie ihm die Situation erklären? Sie hat ohne zu fragen eine Visitenkarte aus seinem Rucksack eingesteckt und versucht, diesen Detektiv anzurufen. Die einzig ehrliche Antwort wäre: Sie spioniert ihm hinterher. Eigentlich ist es kein richtiges Hinterherspionieren, versucht sie sich zu beschwichtigen. Sie will nur diesen nagenden Verdacht ad acta legen, um klar denken zu können. Um wieder bei Frank zu sein. Wirklich bei ihm zu sein.

Monika entscheidet sich für eine Bank auf dem Deich. Hier ist sie weit genug von der Pension entfernt, und es sieht so aus, als genieße sie die Aussicht. Dabei ist sie gerade blind für die herbe Schönheit ihrer Umgebung.

Entschlossen gibt sie die Nummer der Visitenkarte in ihr Handy ein. Der Ruf geht durch. Augenblicklich wird ihr heiß, obwohl gerade eine Wolke die Sonne verdeckt.

»Privatdetektei Wendland. Helms. Guten Tag. Was kann ich für Sie tun?«

Monika starrt auf das Handy. Eine Sekretärin. Damit hat sie nicht gerechnet. Was nun? Auf keinen Fall auflegen. Augen zu und durch, spricht sie sich Mut zu.

»Ich möchte gerne Herrn Wendland sprechen!«, fordert sie eine Spur zu streng. Aber sonst hätte ihre Stimme vor Aufregung versagt.

»Wie war noch einmal Ihr Name?«, hakt die Dame unbeeindruckt freundlich nach.

Monika kommt ins Trudeln. Was soll sie sagen? Nicht ihren Namen. Etwas Unverfängliches. Damit sie sich mit einem – *oh entschuldigen Sie, da habe ich mich in der Telefonnummer geirrt* – herausreden kann.

»Es geht um den Segelschein«, entscheidet sich Monika. »Herr Wendland weiß Bescheid.«

Die Dame stutzt einen unerträglichen Augenblick, bis sie gnädig antwortet: »Ich stelle Sie durch. Einen Moment Geduld, bitte.«

Auf Monikas Stirn bilden sich feine Schweißperlen. In ihren Ohren ist nur ein mächtiges Rauschen zu hören. Das kommt nicht vom Meer.

»Schönen guten Tag, Erik Wendland?«, fragt eine

sonore Männerstimme. Monika lässt das Handy auf ihren Schoß sinken und hält sich eine Hand vor den Mund, um nicht laut aufzuschreien. Erik! Das ist wirklich Erik! Er klingt nicht überrascht. Dabei müsste er doch ahnen, wer am Apparat ist. Immerhin hat sie das Stichwort Segelschein gegeben. Vielleicht erwartet er einen der Ausbilder an der Strippe?

Noch kann sie auflegen und sich in Ruhe einen Plan zurechtlegen. Aber welchen? Sie kann schlecht Frank fragen, wie er zu Eriks Visitenkarte gekommen ist. Dann müsste sie erstens zugeben, sie aus seinem Rucksack genommen zu haben. Zweitens, dass sie hinter seinem Rücken Nachforschungen anstellt. Und drittens, warum sie dieser Name so in Aufruhr versetzt hat.

»Hallo? Wer ist denn da?« Eriks Stimme klingt ungeduldig. Diese Tonart ist neu für Monika. Sie kennt ihn nur beherrscht und überaus freundlich.

»Ich bin es«, bringt sie endlich hervor.

»Monika«, ruft er überrascht – und erfreut. »Wo bist du? Wann können wir …«

»Das ist jetzt unwichtig«, unterbricht sie ihn. Seine offenkundige Begeisterung macht sie ärgerlich. »Ich habe deine Visitenkarte gefunden. Und zwar im Rucksack meines Mannes.«

Stille am anderen Ende.

»Hast du verstanden, was ich gesagt habe?«, fragt sie harsch. Wenn sie aufgeregt ist, hat sie eine ungeheure Autorität in der Stimme.

»Ja, ich habe gehört.« Seine hat die anfängliche Leichtigkeit verloren und klingt traurig.

»Gut. Dann erklär mir, wie Frank zu deiner Adresse kommt. Erzähl mir jetzt nichts von dem berühmten Zufall.«

Wieder keine Antwort.

»Kennst du Frank? Bitte, rede!«

»Ja, wir haben uns einmal getroffen«, gesteht Erik kaum vernehmlich.

»Was heißt: einmal getroffen? Sprich mit mir nicht in Rätseln. Dafür habe ich echt keine Nerven. Warum, um alles in der Welt, habt ihr euch getroffen?«

Ihre Stimme ist schneidend hart. Zwei ältere Damen, die gerade vorbeigehen, werfen ihr vorsichtige schräge Blicke zu. Monika bemerkt sie nicht.

»Geschäftlich«, sagt Erik und räuspert sich.

»Was heißt geschäftlich? Was sollte Frank mit dir geschäftlich zu tun haben? Du bist Privatdetektiv!«

Sie spricht das Wort »Privatdetektiv« dermaßen angewidert aus, dass keine Zweifel bleiben, was sie von diesem Berufsstand hält.

Beharrliches Schweigen von seiner Seite. Dabei spürt Monika durch die Leitung seine Unruhe. Wie er mit sich ringt. Warum beantwortet er nicht einfach ihre Frage? Was kann daran so schwer sein? Am liebsten würde sie ihn anschreien, er soll endlich den Mund aufmachen. Sie beherrscht sich nur mit Mühe. Aber wilde Schreierei bringt sie jetzt nicht weiter. Damit riskiert sie höchstens, dass er auflegt. Und dann? Nein, das will sie auf keinen Fall. Jetzt will sie die Wahrheit wissen und nichts als die Wahrheit. Sonst zerspringt ihr der Schädel.

»Monika, das ist nicht so leicht zu erklären. Es tut mir entsetzlich leid«, fängt Erik stockend an zu sprechen. »Das musst du mir glauben. Ich habe mir in den vergangenen Tagen den Kopf zermartert, wie ich dir die Zusammenhänge erklären kann. Vor allem, wie ich es wieder gut machen kann.«

»Ich verstehe kein Wort. Wie wäre es, wenn du mir einfach alles von Anfang an erzählst.«

»Von Anfang an«, wiederholt Erik schwerfällig, als müsse er dafür über Jahre zurückdenken.

»Ja, wenn möglich die Wahrheit!«

»Die Wahrheit.« Er lacht traurig. »Die Wahrheit ist, dass ich mich in dich ernsthaft verliebt habe.«

Dieses Mal antwortet Monika nicht. Das ist das Letzte, womit sie gerechnet hat. Mit einem Liebesgeständnis. Was soll das? Dafür ist es zu spät, und es vergrößert nur ihr Unbehagen. Was ist dieser Mann für ein seltsamer Mensch? Erst gibt er ihr fast zwei Wochen lang das Gefühl, wichtig für ihn zu sein. Ohne einmal eine Grenze zu überschreiten. Dann bietet er ihr Geld für eine gemeinsame Nacht. Ganz selbstverständlich. Als wäre es der normale Verlauf einer Annäherung. Normal. Was ist für ihn überhaupt normal? Der nächste Gedanke elektrisiert

Monika. Was ist, wenn er den Superkick braucht? Wenn zu seinen Vorspielritualen auch die Einweihung des Ehemannes gehört. Dass er dem unter die Nase reibt: Ich habe deine Frau bald soweit. Das wäre total krank, aber …

»Du bist völlig pervers. Macht es dir eigentlich Freude, eine Ehe zu zerstören? Was hast du Frank erzählt? Hast du bei ihm womöglich um meine Hand angehalten?«

»Bitte – ich bitte dich. Werd jetzt nicht geschmacklos. Ich habe mit ihm …«

»Was hast du mit meinem Mann?«, fährt Monika ungeduldig zwischen sein Gestammel.

»Ich habe ihn einmal getroffen. Rein geschäftlich. Und der oberste Leitsatz für mein Geschäft lautet: Verschwiegenheit. Sonst könnte ich bald einpacken.«

»Lass dieses Gefasel um deine Berufsehre! Was könnte Frank mit dir geschäftlich zu tun gehabt haben?«

»Das sollte er dir lieber selbst erzählen.«

»Lass das! Ich will es von dir wissen. Das bist du mir schuldig.«

»Um dich«, antwortet Erik schlicht.

»Wie – um mich?«, wiederholt Monika mit zitternder Stimme. Sie versucht, zu denken, aber jeder Ansatz eines Gedankens wird von einem plötzlich aufkommenden Nebel geschluckt.

»Ach, Monika. Eben um dich«, sagt Erik liebevoll. Seine Zärtlichkeit macht sie wütend. Er hat kein Recht, zu ihr zärtlich zu sein.

»Verdammt, behandle mich nicht wie ein dummes kleines Mädchen. Sag mir lieber, was Frank von dir wollte.«

»In Ordnung, Monika. Ich habe dieses Tabu wirklich noch nie gebrochen. Aber für dich, nur für dich. Ich will nicht, dass du mich so falsch in Erinnerung behältst.«

Monika rutscht auf der Bank hin und her. Er soll erzählen, was los ist. Anscheinend hat er wirklich eine Geschichte parat. Aber was sollte Frank von ihm gewollt haben? Szenen, in denen ein Ehepartner den anderen von einem Privatdetektiv beschatten lässt, drängen sich in ihr Bewusstsein. Unsinn. Das sind Filme. Was sollen sie mit ihr und Frank zu tun haben? Sie leben in der Wirklichkeit. Und sie führen eine durchschnittliche Ehe. Zu durchschnittlich, wie sie in der letzten Zeit bemerkt hat.

»Bitte, fang an zu erzählen!« Monika zwingt sich zu einem freundlich sachlichen Tonfall. Dabei würde sie ihn am liebsten anbrüllen, dass er es nicht so spannend machen soll und sie ihm jedes Wort aus der Nase ziehen muss. Aber sie befürchtet, dass er dann auflegt. Das würde sie nicht aushalten.

»Dein Mann hat mich kontaktiert und gebeten, dich zu observieren«, beginnt Erik förmlich.

Monikas Unterkiefer rutscht nach unten. Observieren. Wie das klingt? Wie aus einem Krimi.

»Hat Frank etwa geglaubt, dass ich fremdgehe?« Sie kann sich einen zynischen Unterton nicht verkneifen. Immerhin ist sie durch diesen absurden Beschattungsauftrag erst in die Gefahr des Ehebruchs gekommen.

»Das ist nahe an der Wahrheit«, hört sie Erik ruhig antworten. Er hat sich gefangen und erzählt weiter: »Dein Mann hat einen Brief, der an dich adressiert war, geöffnet.«

»Er hat einen Brief von mir geöffnet?« unterbricht ihn Monika ungläubig. Seit wann öffnet Frank ihre Post? Das hat er noch nie getan.

»Das würde er niemals tun!«, verteidigt sie ihn im Brustton der Überzeugung. »Neben Frank kann ich mein Tagebuch liegen lassen. Er würde nicht ohne meine Erlaubnis darin lesen.«

»Du hast viel Vertrauen zu ihm«, stellt Erik mit einem gekränkten Unterton fest. »Dann hör dir erst einmal an, was dein Frank so alles treibt, bevor du ihn weiter so vehement verteidigst.«

Monika spürt einen schmerzhaften Stich in der Herzgegend. Am liebsten würde sie nichts mehr hören. Gleichzeitig weiß sie, das Misstrauen würde sie auffressen.

»Zurück zu dem Brief. Er war an dich gerichtet. Absender: Dein Verehrer. Handschriftlich. Deshalb hat Frank ihn geöffnet. In dem Brief schreibt dein angeblicher Verehrer, dass er sich in dich verliebt hätte. Ernsthaft. Er wüsste, dass man das nicht dürfte. Aber er könnte sich gegen seine Gefühle nicht wehren, sie wären zu stark. Er wollte dir seinen Schutz anbieten. Eine Ehe mit ihm, um nicht weiter im Bordell arbeiten zu müssen. Dafür wärst du zu schade. Er hat sich in dem Brief auch entschuldigt, dass er heimlich deine Tasche durchsucht hat. Aber er hätte deinen Namen und deine Adresse einfach haben müssen. Er hätte nur aus Liebe spioniert und hofft, dass du ihm das verzeihen würdest.«

Monika ringt nach Luft. »Ich verstehe kein Wort. Wieso hat sich jemand in mich verliebt? Noch dazu in einem Bordell. Was ist das denn für eine abgefahrene Geschichte?«

»Diese Fragen hat sich dein Gatte auch gestellt. Zu deren Klärung ist er aber nicht zu dir gekommen. Was naheliegend gewesen wäre. Soviel zum Vertrauen deines Mannes. Nein, er hat bei mir im Büro angerufen und mir den Auftrag gegeben, deinen Tagesverlauf zu protokollieren.«

In Monikas Ohren rauscht das Blut wieder so laut, dass sie Erik kaum verstehen kann. »Weiter«, fordert sie ihn dennoch mühsam beherrscht auf.

»Er hat mir zu verstehen gegeben, dass es sich nur um eine Verwechslung handeln kann. Warum er mich dann braucht, habe ich ihn selbstverständlich nicht gefragt. Auftrag ist Auftrag. Er hat mir gesagt, wo und wie du deine Freizeit verbringst. Beziehungsweise, was du ihm erzählst. Du würdest gerade einen Segelschein machen. Erst wärst du abends zum Unterricht gegangen, und nun beginnen nach Feierabend die Übungen auf dem Maschsee. Das kam ihm plötzlich völlig abwegig vor. Zumal die Witterung noch so kühl war. Und so bin ich bei dir auf der Jolle gelandet.«

»Warum? Ich meine, Frank hätte mich einfach fragen können! Und du hättest deinen Job auch nicht so ernst nehmen müssen. Oder verbringst du mit jeder – wie sagt man bei euch – Klientin so viel Zeit wie mit mir? Es musste doch nach drei Tagen klar gewesen sein, dass ich brav in der KITA arbeite, nachmittags segle und abends wieder im trauten Heim lande. Wann hätte ich dann noch einen Freier bedienen sollen?« Die Worte sprudeln wütend aus Monika heraus. Sie ist kurz vorm Heulen. Sie hat die ganze Zeit geglaubt, Frank zu betrügen. Hat mit sich gekämpft. Das schlechte Gewissen hat sie nicht schlafen lassen. Dabei ist sie gleich von beiden Männern verschaukelt worden.

»Du hättest mich gleich nach unserer ersten Stunde fragen können, was ich für eine – für eine Nummer nehme. Warum hast du dir so viel Zeit gelassen?«

Erik lacht leise und Monika verspürt das dringende Bedürfnis, ihm durch das Telefon mitten ins Gesicht zu schlagen.

»Du hast recht. Dein Mann war auch sehr ungeduldig, aber ich …«

»Was!«

»Mir fehlte wirklich noch die praktische Prüfung für den Segelschein und – ich habe mich nach der ersten Stunde in dich verliebt.«

Stille.

»Monika, ich meine das ernst. Ich habe mich in dich verliebt.«

»Verliebt, ja? Und gleichzeitig weiter den Auftrag meines Mannes ausgeführt.«

»Das war ein großer Fehler«, gibt Erik zerknirscht zu.

»Ja, das war es«, stimmt ihm Monika bitterböse zu. »Und nicht der einzige. Warum noch diese Schmierenkomödie zum Schluss? Warum hast du mir Geld angeboten? Ich werde es dir sagen: Du hast mir auch nicht getraut. Du warst dir ebenfalls nicht sicher! Von wegen verliebt!«

»Nein, warte. Ich möchte dir …«

»Und Frank? Er war zufrieden mit dem Ergebnis, denke ich mal. Seine Frau lässt sich nicht für Geld vögeln.«

»Bitte, Monika, diese vulgäre Art passt doch überhaupt nicht zu dir!«

»Ach nein? Welche passt denn? Egal. Brauchst nicht zu antworten. Dein Auftrag ist erledigt. Du hast herausgefunden, dass ich eine treue Ehegattin bin und nicht heimlich die Haushaltskasse auffülle. Dafür bin ich belohnt worden. Frank ist mit mir an die Nordsee gefahren. Alles wieder gut. Danke!«

Monika kann nicht verhindern, dass sie die letzten Worte wieder herausbrüllt. Dabei bemerkt sie nicht, wie ein vorbeigehendes Pärchen ihr peinlich berührte Blick zuwirft. Es wäre ihr auch egal gewesen.

»Ein Wunder, dass Frank mein Nein zu deinem Angebot beruhigt hat. Wer weiß, vielleicht gehe ich doch auf den Strich und war an dem Tag nur nicht einsatzbereit.«

»Monika, hör auf.«

Sie schnaubt wie ein wildes Pferd die Luft durch die Nase aus, aber sie schweigt.

»Du hast recht«, gibt Erik leise zu. »Eigentlich hätte Frank die Bestätigung von mir nicht mehr gebraucht und sie hätte ihm vielleicht nicht gereicht. Aber er hat mich am gleichen Abend, nachdem ich dir Geld angeboten hatte, angerufen. Er war vor Freude völlig aus dem Häuschen. Ein weiterer Brief wäre angekommen. Dieses Mal von der Polizei. Du solltest dich auf der Dienststelle melden. Wahrscheinlich sind deine Personalien missbraucht worden. Leider kein Einzelfall. Dir muss irgendwo für kurze Zeit dein Personalausweis geklaut worden, rasch kopiert und dir dann wieder zugesteckt worden sein. Du wirst es überhaupt nicht bemerkt haben. Deine Daten sind dann mit einem anderen Foto versehen worden. Voila. Aufgedeckt hat es letztendlich dieser verliebte Freier. Er hat vergeblich auf eine Antwort von dir gewartet. Da ist er einfach persönlich bei euch vorbeigekommen. Erinnerst du dich?«

Monika spürt, wie ihr eine Gänsehaut wächst. Ja, sie kann sich an den schmächtigen Mann genau erinnern. Er stand unter der Straßenlaterne vor ihrem Haus. Sie hat den Müll zur Abfalltonne gebracht. Da hat er sie höflich angesprochen.

»Entschuldigen Sie, bitte. Ich suche eine Frau Habermann. Monika Habermann. Die wohnt doch hier, nicht wahr?«

Monika hat irritiert gelacht: »Die wohnt hier und steht gerade vor Ihnen. Was wollen Sie von mir?«

Der Mann hat sie angestarrt, als sähe er einen Geist. Er war ihr plötzlich unheimlich. Sie hat ihn einfach stehen gelassen. Sie war schon in der Haustür, als er ihr hinterher rief: »Wohnt hier noch eine – jüngere Frau?«

Jana! Was wollte dieser Kerl von ihrer Tochter? Sie war in Marburg. Woher sollte er sie kennen? Monika drehte sich noch einmal um und legte alle aufzubietende Strenge in ihre Stimme: »Nein! Wohnt hier nicht. Und jetzt belästigen Sie mich nicht mehr!«

Sie hat ihn vom Küchenfenster aus beobachtet. Er hat unschlüssig dagestanden und augenscheinlich nachgedacht. Nicht lange, dann hat er seinen Belagerungsposten aufgegeben und war verschwunden. Als Frank nach Hause kam, hatte sie ihn schon wieder vergessen. Das lag an dem Gefühlschaos, in dem sie sich gerade befand.

»Stimmt, es hat mich ein Fremder vor unserem Haus angesprochen. Er hat nach einer anderen Monika Habermann gesucht.«

»Siehst du. Nachdem er mit dir gesprochen hatte, dämmerte ihm langsam, dass da eine krumme Tour läuft. Er war von der fixen Idee beseelt, das Mädchen, das unter deinem Namen im Bordell illegal arbeitet, zu retten. Deshalb ist er zur Polizei gegangen.«

Monika hört ihm kaum noch zu. Die ganzen Hintergründe sind ihr plötzlich einerlei. Vollkommen unwichtig, wieso eine andere Frau ihre Personalien hat. Egal, warum sie dieser Mann mit einer Prostituierten verwechselt hat. Die einzige Frage von Bedeutung, die bleibt: Wie konnte Frank sich durch diese paar Zeilen eines Wildfremden derart verblenden lassen? Wie konnte so viel Misstrauen aus dem Nichts entstehen? Gegenüber einem Menschen, mit dem er seit einem Vierteljahrhundert zusammenlebt. Warum hat er nicht mit ihr gesprochen? Und Erik? Ihr smarter Mitsegler, der sich angeblich vom ersten Tag an ernsthaft in sie verliebt hat. Der ist kein Deut besser. Er hat einen Tag nach dem anderen verstreichen lassen und war sich doch nicht sicher. Er brauchte auch einen Beweis. Deshalb hat er ihr dieses platte unmoralische Angebot gemacht. Anstatt ihr schlicht und einfach die

Wahrheit zu sagen und Frank den Auftrag vor die Füße zu werfen.

Monika streckt sich und sagt kalt: »Okay, Erik, beenden wir das Gespräch. Ich will deine Berufsehre nicht weiter in Gefahr bringen.«

»Was hast du vor? Lass dir doch helfen.«

»Dafür ist es zu spät. Du hast deine Chance gehabt. Vielen Dank, dass du sie nicht genutzt hast.«

»Monika, bitte!«

»Einen einzigen Gefallen kannst du mir noch tun: Kein Wort zu Frank über dieses Gespräch. Was heißt Gefallen. Wenn du das tust, wirst du es bereuen.«

»Wie redest du denn plötzlich? Mach bitte keinen Unsinn. Beruhige dich erst einmal. Sag mir, wo du bist. Ich komme und …«

Monika drückt wortlos auf den roten Knopf und steckt das Handy mechanisch in ihre Jackentasche. Mit eckigen Bewegungen, die denen eines Roboters ähneln, steht sie auf. Sie dreht sich langsam um und starrt in Richtung Pension.

Kapitel 15

Tomke und Anne

Tomke hat es geahnt. Nachdem sie das Geschirr in die Spülmaschine gepackt und die Krümel vom Teppich gesaugt hat, ist es so weit. Ihre Rückenmuskulatur hat sich völlig verkrampft. Sie wird eine stärkere Tablette einnehmen müssen. Obwohl es ihr gegen den Strich geht. Das Medikament lässt ihren Kreislauf in den Keller fahren. Wie erwartet, schafft Tomke es nach der Einnahme gerade noch, sich eine Wärmflasche zu richten und wie hypnotisiert ihr Bett anzusteuern. Kaum liegt sie in der Waagerechten, da ist sie eingeschlafen.

Ein Uhr. Tomke starrt fassungslos auf die Zeiger ihres Weckers. Kaum zu glauben. Sie hat fast zwei Stunden geschlafen. Nach dem ersten Schreck lässt sie sich in ihr Kissen zurückfallen. So ein Quatsch. Warum regt sie sich auf, dass sie sich eine Pause gegönnt hat? Zugegeben, eine ausgedehnte. Aber die Auszeit hat sie gebraucht, und sie kann sie sich leisten. Ihre Verpflichtungen für diesen Tag sind durchaus überschaubar. Genau genommen, der Rest des Tages gehört ihr. Betten machen, Papierkörbe leeren und durch die Badezimmer huschen, die Aufgaben kann sie abhaken. Ihre Gäste haben dankend abgewinkt. Sie würden selbst dafür sorgen. Würde ich auch so machen, denkt Tomke. Gut, dass sie oben die kleine Abstellkammer mit Putzzeug eingerichtet hat.

Sie öffnet die Kühlschranktür und bleibt unschlüssig davor stehen. Irgendwie hat sie Hunger und auch wieder nicht. Sie entscheidet sich für den Rest Tomatensuppe vom Vortag und stellt ihn in die Mikrowelle. Gedankenverloren beobachtet sie die rotierende Schüssel. Linda Loretta hat sich bei ihr einquartiert. Kaum zu glauben. Am liebsten würde sie es überall herumerzählen. Doch sie wird damit warten, bis die Loretta abgereist ist. Aber dann! Die Frage ist nur: Wem will sie es erzählen? Ihren Freundinnen. Hat sie im Grunde keine in Horumersiel. Sie konnte nie etwas mit den Teerunden der Landfrauen anfangen. Gelogen, Tomke Heinrich. Du hast Schiss gehabt. Du musstest immer aufpassen, das ist das Thema. Weil bei dir zu Hause einiges anders gelaufen ist. Das sollte niemand mitkriegen. Deshalb hast du dich eingebunkert. Ja, denkt Tomke trotzig. Ich habe mir meine Familie eben erkämpfen müssen. Vor allem meine Kinder. Die Einzige, die ihr Geheimnis kennt, ist Teresa. Sie hat fast zum gleichen Zeitpunkt wie Tomke ihren Mann verloren. Da war sie Gast hier in ihrer Pension.

Die Mikrowelle beendet die Aufwärmaktion mit ihrem vertrauten Ping, und Tomke unterbricht ihre

Gedanken. Vergangen ist vergangen. Nach vorne schauen. Da spielt die Musik. Das war immer ihre Devise. Sie balanciert die Schüssel mit der heißen Suppe zum Tisch, als das Telefon klingelt. Das Display zeigt Julianes Nummer. Tomke zögert. Sie hat wenig Lust, an das gestrige Gespräch anzuknüpfen. Was heißt Gespräch? Das war eine unangenehme Ausfragerei. Ihre Tochter hat kein Gespür dafür, wann Schluss ist und man den anderen einfach in Ruhe lassen muss. Nein, hat sie ganz und gar nicht. Juliane bohrt, wenn sie etwas wissen will, mit einem unbeirrbaren Starrsinn weiter. Bis man ihr notgedrungen die Zähne zeigt und sie in ihre Schranken weist. Dann ist sie obendrein beleidigt, weil man kein Vertrauen hat und ihr nicht alles erzählt. Soll sie. Tomke kann mit ihr nun einmal nicht über Paul reden. Das will sie überhaupt mit niemandem mehr. Das hält ihn und ihre Gefühle für ihn nur unnötig lebendig. Entgegen ihrer Eingebung nimmt Tomke den Hörer ab.

»Moin, Juliane.«

»Moin, Mama, also ich muss eben mal Luft ablassen.«

»Man zu«, ermutigt Tomke sie. Erleichtert, dass ihre Tochter anscheinend eigene Probleme hat und nicht wieder an ihr herumtherapieren will.

»Ich sage nur: Männer und Hühnerfrikassee und ein festlich gedeckter Tisch. Die Kombination kann man getrost knicken.«

»Bist du schwanger?«

»Nein, wie kommst du denn auf die Idee?«, fragt Juliane gereizt, als wäre es selbstverständlich, dass Tomke durch ihre dahingeworfenen Brocken deren tieferen Zusammenhang versteht.

»Hühnerfrikassee und vorweg klare Brühe mit Eierstich macht einen Haufen Arbeit.«

»Das kannst du wissen«, stimmt Tomke ihr zu und setzt sich auf einen Küchenstuhl. Sie weiß noch immer nicht, worauf Juliane hinauswill, aber ihre Tochter ist mächtig in Rage und sie wird ihr einfach zuhören.

»Du weißt das. Mein lieber Ben nicht. Ich habe heute ein frisches Huhn gekocht, weil er erkältet ist. Stärkt nachgewiesen das Immunsystem. Aber wenn Suppe und Frikassee endlich auf dem Tisch stehen, ist es ein einfaches Essen. Das vorher eine Masse Arbeit macht. Kochen, das Vieh wieder herausholen und abpulen. Dabei fühle ich mich immer wie eine Barbarin. Erst die pickelige, weiße Haut abziehen und dann das Fleisch. Zurück bleiben Skelett, Hautfetzen und der abgeschnittene Hintern. Man selbst ist hinterher bis zu den Ellenbogen eingefettet. Ganz zu schweigen von der Küchenanrichte und dem Herd. Das bedeutet: alles putzen und wieder nett herrichten. Und dann? Was ist der einzige Kommentar von meinem Mann? Er motzt, während er die Suppe in sich hineinlöffelt, dass Maggi fehlt. Ben ist erkältet. Kein Wunder, dass er nichts schmeckt. Ich kann nun mal nicht ihm zuliebe die Suppe total überwürzen. Dann schiebt er sich das Frikassee rein und meckert, er hätte lieber eine richtige Hähnchenkeule als zerbombtes Huhn gehabt. Das nächste Mal hole ich wie andere Frauen Hühnerfleisch und Brühe im Glas und verlängere das ganze mit Extrakt. Der Aufwand, alles selbst zu machen, lohnt nicht. Jedenfalls nicht für einen Banausen wie Ben.«

»Richtige Einstellung. Koch nur aufwendig, wenn du selbst Lust auf so ein Essen hast. Und deck auch nur den Tisch dekorativ, wenn dir danach ist. Woher soll Ben wissen, wieviel Arbeit das macht?«

»Genau das ist der Punkt, Mama. Er weiß es nicht. Und warum? Weil nur ich koche! Weil nur ich einkaufen gehe! Ben hat noch nicht kapiert, dass ich längst wieder halbtags berufstätig bin. Mit Haushalt und Kind komme ich auf mehr Stunden als er. Da kümmert er sich einen Scheiß drum. Er hat nach seiner Arbeit Feierabend. Den wohlverdienten. Ich weiß knapp, wie man Feierabend buchstabiert.«

»Dann sag es ihm. Männer brauchen klare Ansagen.«

»Vielen Dank für diese Binsenweisheit. Ich will, dass er selbst darauf kommt.«

»Da kannst du lange warten. Sag es ihm oder koch einfach nicht mehr.«

»Sag mal, interessiert dich überhaupt, was ich dir erzähle?«, fragt Juliane angriffslustig. »Andere Mütter würden sich freuen, wenn sie von ihren Töchtern noch so ins Vertrauen gezogen würden.«

»Danke.«

»Wofür?«

»Für das Vertrauen.«

»Also Mama, du bist zur Zeit richtig Scheiße drauf.«

»Ich weiß. Aber hör mal Juliane, ich will keinen Streit. Das ist das Letzte, was ich brauche.«

»Ich auch nicht. – Hör mal, Mama?«

»Ja.«

«Nimm es mir nicht übel, aber lass bei dir doch mal einen Hormonspiegel machen.«

»Wieso?«, fragt Tomke verdattert.

»Wechseljahre«, sagt Juliane übergangslos sanft. »Schon mal davon gehört?«

Tomke schluckt trocken: »Ich denke darüber nach.«

»Mach das. Und ich koche morgen Nudeln mit Butter und Tomatenmark. Wahrscheinlich lobt Ben mich dafür über den grünen Klee. Ist sein Kindheitslieblingsgericht. Bis dahin, und geh mal zum Doc.«

»Mach ich, bis dahin, Juliane.«

Wechseljahre. Tomke setzt mechanisch Teewasser auf. Klar hat sie schon davon gehört. Blöde Frage. Schließlich ist sie einundfünfzig Jahre alt.

Aber bislang ist sie von den Auswirkungen der Hormonumstellung verschont geblieben. Sie hatte auch keine Muße, darüber nachzudenken. Erst Gerolds Tod und dann die wunderbare Zeit mit Paul. Das war ein Wechsel. Einer, der hat sich nur gut angefühlt hat. Wie ganz am Anfang. Sicher nicht mehr blutjung und ohne Kinderwunsch. Aber sie war mit dem Mann zusammen, den sie liebte und der sie auch liebte. Bei dem letzten Gedanken verengt sich Tomkes Hals, und Tränen kribbeln. Und nun schon wieder ein Wechsel. Der Fall von Wolke sieben auf den Boden der Tatsachen. Auf dem hat sie sich doch immer wohlgefühlt. Verdammt, warum fällt es ihr jetzt so schwer, die Realität anzunehmen? Weil sie weiß, wie sich fliegen anfühlt. Paul weiß es auch. Trotzdem hat er sich für eine Landung entschieden. Abmarsch zurück in sein Gefängnis. Das für ihn gar keins ist. Wahrscheinlich fühlt er sich darin geborgen und sauwohl.

Tomke gießt das kochende Wasser über die Teeblätter. Die Suppe stellt sie beiseite. Ihr ist der Appetit vergangen. Hoffentlich ist die Maus endlich im Käfig, schießt es ihr durch den Kopf. Tomke greift nach ihrem Schlüsselbund und geht rüber zur Garage. Die Falle ist noch immer leer. Tomke öffnet die Wagentüren und klopft auf alle Sitze. Nichts.

»Dir ist nicht zu helfen, echt!«, knurrt sie ärgerlich. Sie wird Torben fragen müssen, wo sich eine

Maus im Innenraum eines Autos verstecken kann. Auf Verwesungsgeruch ist sie nicht scharf.

Als sie über die Einfahrt zurück ins Haus will, kommt wieder der Mann mit Hund vorbei. Ohne Grund grüßt Tomke ihn. »Moin!«

Er zuckt so heftig zusammen, dass sie sich am liebsten unsichtbar gemacht hätte. Sein Blick sucht und findet sie. Über sein Gesicht huscht ein freundliches Lächeln. »Guten Tag!«

Tomke lächelt. Es gefällt ihr, dass er nicht automatisch auch Moin gesagt hat.

Wieder in der Küche, trinkt sie nachdenklich ihren Tee. Was soll sie mit dem restlichen Tag anfangen? Ein Überangebot an Zeit ist sie nicht mehr gewohnt. Ihre Tage waren bislang eher zu kurz. Alles war straff durchorganisiert. Ja, organisiert. Aber nicht nach ihrem eigenen Rhythmus, gesteht sie sich widerstrebend ein. Sonst hätte sie jetzt kein Freizeitloch. Sie hat sich nach Pauls Terminen gerichtet. Ausschließlich nach seinen. Halt! Stopp! Bloß nicht schon wieder Trübsal blasen, Tomke Heinrich. Reiß dich zusammen! Musik. Genau, sie braucht Musik und Bewegung. Außerdem muss sie dringend etwas für ihre Rückenmuskulatur tun. Sie dreht sich um und rauscht in ihr Schlafzimmer. Sie wühlt ungeduldig den Schrankinhalt durch. Nein, keine Trainingsklamotten. Sie zieht ihr richtiges Bauchtanzkostüm an. Es ist giftgrün und über dem Bauch geschlossen. Der elastische Stoff schmiegt sich wie eine Schlangenhaut um ihren Körper. Erst in Kniehöhe wird er transparent und glockig. Um die Hüften schlingt sich Tomke einen breiten Gürtel. Er ist über und über mit glänzenden Metallmünzen bestickt. Sie klimpern bei der kleinsten Bewegung von ihr. Welche Musik soll sie auflegen? Tomke wählt ein Lied von Om Kolthom. Die Sängerin besingt eine große verlorene Liebe. So schmachtend und herzzerreißend, dass man ohne ein Wort zu verstehen ihr Leid mitfühlen kann. Tomke hat die einstudierte Choreographie für das Stück vergessen. Sie war zu lange nicht beim Training. Egal. Sie tanzt nach Gefühl. Das tut gut. Zum Ende positioniert sie sich vor den Flurspiegel. Die letzte Pose ist die wichtigste, hat ihre Lehrerin ihnen eingebleut. Wenn in der Mitte mal gepatzt wird, nicht schön. Aber nicht so tragisch. Die Schlussposition ist die ausschlaggebende. Sie muss perfekt sein. Sie bleibt im Gedächtnis der Zuschauer haften. Nach ihr bewerten sie euren gesamten Tanz.

Tomke bleibt mit hocherhobenem Kinn, eine Hand an der Hüfte, die andere weit über den Kopf gestreckt, vor dem Spiegel stehen. Sie blickt sich stolz ins Gesicht. Ja, sie ist mit erhobenem Haupt gegangen. Sie war kein Feigling und hat nicht gebettelt: Bitte, bitte bleib bei mir. Egal, zu welchen Bedingungen. Nur bleib. Nein, sie ist keine faulen Kompromisse mehr eingegangen. Sie ist ruhig geblieben, obwohl in ihr ein Vulkan getobt hat. Sie hat keine Schimpfkanonade hinter ihm hergeschickt. Sie hat gelächelt. Paul wird sie als wundervolle Partnerin im Gedächtnis behalten. Hoffentlich quält ihn die Erinnerung!

Die Haustür wird aufgeschlossen. Bevor Tomke ins Schlafzimmer huschen kann, steht Anne neben ihr. Sie starrt Tomke an, als würde sie ihrer eigenen Wahrnehmung nicht trauen.

»Ich wollte Sie nicht stören«, stottert sie.

»Tun Sie nicht. Ich probe nicht für einen geheimen Auftritt im Fernsehen.«

Tomke lächelt schief. »Außerdem können Sie jederzeit in das Wohnzimmer. Ist im Angebot. Packen Sie ruhig Ihre Lebensmittel in den Kühlschrank. Wollten Sie doch oder?«

Anne nickt verdattert. »Sie überraschen mich wirklich.«

»Weshalb?«, kontert Tomke trocken. »Ihr Rucksack steht offen. Keine Sorge, hellsehen kann ich noch nicht.«

»Meine Überraschung gilt dem Bauchtanz. Den hätte ich Ihnen sicher nicht angedichtet.«

»Weil orientalisch nicht zum nordischen Typ passt?«

»Wahrscheinlich.«

Anne rührt sich noch immer nicht von der Stelle.Tomke ist die Situation nun doch unangenehm. Immerhin wird sie von ihrer Lieblingsautorin beäugt.

»Ich ziehe mich um und muss dringend etwas Kaltes trinken. Mögen Sie auch eine Apfelschorle?«, schlägt sie verlegen vor.

»Ja, gerne.«

»Warum ausgerechnet Bauchtanz?«, fragt Anne, als sie sich gegenübersitzen. Sie hofft, Tomke merkt ihr nicht an, dass sie mit orientalischer Musik und dem Bauch- und Busengewackel wenig anfangen kann.

»Warum nicht? Ich hatte Kreuzschmerzen und musste etwas unternehmen. Bauchtanz fand ich spannender als Rückenschule.«

Anne nickt höflich.

»Außerdem«, fügt Tomke augenzwinkernd hinzu, »produziert der Körper dabei Hormone.«

Genau das wird sie ihrer Tochter das nächste Mal unter die Nase reiben. Sie wird statt zum Arzt wieder regelmäßig zum Bauchtanztraining gehen.

»Hormone?«, wiederholt Anne perplex.

»Ja, da staunen Sie, nicht wahr? Die Hormonproduktion wird durch die kreisenden Bewegungen des Unterleibs angeregt.«

»Dann wäre Bauchtanz nichts für mich«, rutscht es Anne heraus.

»Wieso nicht?«

»Weil ich mit einem zusätzlichen Hormonangebot nichts anfangen könnte.«

Tomke prustet in ihr Glas. »Sehen Sie, so viel trockenen Humor hätte ich Ihnen wiederum nicht zugetraut.«

Anne ringt sich ein verkrampftes Lächeln ab und fixiert die aufsteigenden Luftperlen in ihrer Apfelschorle. Soll Frau Heinrich ihre Antwort getrost für eine humoristische Einlage halten. Sie würde nicht nachempfinden können, dass es bitterernst gemeint ist. Niemand kann das. Sie ja selbst nicht. Der Schock, wie aphrodisierend der Klang der Männerstimme in der Bücherinsel auf sie gewirkt hat, sitzt ihr noch in den Knochen. Genauer gesagt im Unterleib. Um ihr Blut wieder zu beruhigen, ist sie einen Umweg gelaufen. Einen ausgedehnten. Davon ist sie allerdings nur ins Schwitzen gekommen. Die Sehnsucht nach einer Umarmung ist geblieben. Anne schaut hoch und begegnet Tomkes abwartendem Blick.

»Ich lebe mit meiner Tochter allein«, erklärt sie ihr, als wäre sie ihr eine Erklärung schuldig.

Tomke nickt und in ihren grünen Augen leuchten kleine Feuer des Verstehens.

»Ich – ich hänge noch immer an ihrem Vater«, fügt Anne leise hinzu.

Tomkes Gesicht wird immer weicher. »Ja, so was kann manchmal dauern. Wie lange leben Sie denn schon getrennt?«

Anne zögert. Soll sie einfach lügen? Ein Jahr oder ein paar Monate sagen. Für so einen Zeitraum würde sie weiter dieses herzliche Verständnis genießen können.

»Über vierzehn Jahre«, antwortet sie heiser.

Tomkes Augenfarbe verdunkelt sich. Ihr Mund klappt mehrmals auf und zu, als versuche er angestrengt, nach Worten zu fischen. Endlich stammelt sie betreten: »Vierzehn? Und – und Sie lieben ihn immer noch?«

»Ja.«

Tomke greift nach ihrem Glas und trinkt ein paar Schlucke. Sie versucht Haltung zu bewahren. Dabei ist sie schlichtweg entgeistert. Wie grausam! Unvorstellbar. Gibt es etwa diese unvergängliche, ganz große, einzigartige Liebe? Und wenn ja, hieß dann ihre womöglich Paul? Nein, niemals. So eine starke Leidenschaft überlebt nur in ihren geliebten Schmachtschinken. Im Leben kann man dagegen ankämpfen. Man ist Gefühlen nicht hilflos ausgeliefert. Sie wird jedenfalls keine vierzehn Jahre auf Paul warten. Dann wäre sie fast – sechsundsechzig. Die Vorstellung lässt sie frösteln. Sie reibt sich wärmend mit den Händen über die Arme und schüttelt nachdrücklich den Kopf. Nicht mit ihr!

Ein verhaltenes Schluchzen. Tomke sieht erschrocken hoch. Nein, Anne weint zum Glück nicht. Sie sitzt ihr still wartend gegenüber. Das mühsam unterdrückte Wimmern kommt von draußen.

Ganz in ihrer Nähe. Tomke steht auf und presst ihr Gesicht gegen die auf kipp gestellte Fensterscheibe. Frau Habermann. Sie sitzt auf der Stufe vor der Haustür und weint wie ein kleines Mädchen.

»Das ist Frau Habermann«, murmelt Tomke kopfschüttelnd und setzt sich wieder an den Küchentisch zurück.

»Meine Güte, was ist denn da passiert?«, fragt Anne bestürzt. Tomke zuckt ratlos mit den Schultern und schenkt noch einmal die Gläser voll.

»Aber so heftig weint man doch nicht einfach so.« Anne steht besorgt auf.

»Manche Menschen schon. Die braucht man nur anzuticken, und sie können wahre Sturzbäche hervorbringen«, versucht Tomke sie zu beruhigen.

»Ich weiß nicht. Wir sollten nachfragen, ob sie Hilfe braucht.«

»Das ist ihr vielleicht gar nicht recht.« Tomke gibt sich Mühe, dass ihre Bedenken glaubhaft klingen. Die Wahrheit ist, sie hat absolut keine Lust, sich mit den Problemen einer Frau Supergattin zu beschäftigen. Wahrscheinlich hat ihr Kerl nur den Kennenlerntag vergessen. Für solche Art von Beziehungsproblemen hat sie keine Nerven. Da gehen ihr die Einblicke in Linda Lorettas Leben mehr unter die Haut. Sie würde gerne mit ihr allein bleiben. Die da draußen wird sich bald wieder beruhigen.

Leider sieht das Anne anders. »Also, ich gehe nachfragen«, verkündet sie entschlossen. Sie wirft Tomke einen auffordernden Blick zu. Die hebt ergeben ihre Arme und stöhnt: »In Gottes Namen. Gehen wir nachschauen.«

Kapitel 16

Monika, Tomke und Anne kommen sich näher

Monikas erster Gedanke: Auf das Zimmer stürmen und über den arglos schlafenden Frank einen Eimer Wasser schütten. Seine Fassungslosigkeit genießen, wenn er frierend und geschockt vor ihr auf dem Bett liegt. Ihn einfach so zurücklassen. Geschockt, nass und frierend. Ohne ein Wort der Erklärung. Nur ihre Sachen packen und abreisen.

Sie rennt den Weg bis zur Pension. Mittlerweile schießen ihr weit rabiatere Szenarien als eine kalte Dusche durch den Kopf. Mit fliegenden Händen schließt sie die Tür auf und stürmt die Treppe hoch. Auf halbem Weg bleibt sie ruckartig stehen. Halt! So geht das nicht. Erst einmal muss sie zur Besinnung kommen. Die verschiedenen Vergeltungsfantasien sind federleicht und vielfältig dahergekommen. Jetzt, kurz davor, sich für eine von ihnen zu entscheiden, ist alles Denken in ihr blockiert. Sie muss sich zur Ruhe zwingen. Warten, bis ihre Wut ein wenig abgekühlt ist. Was käme dabei heraus, dermaßen zornig in das Zimmer zu stürmen und Frank wüst zu beschimpfen? Nicht mehr als heiße Luft. Als ginge es um einen unbedeutenden Beziehungszwist. So, als hätte er vergessen, die Wäsche aufzuhängen oder das Duschbecken trockenzuwischen. Frank würde durch ihre blindlings hervorgebrachten Vorwürfe nicht kapieren, dass sein fehlendes Vertrauen und der hinterrücks eingesetzte Beschatter ihrer Ehe den Boden weggerissen haben. Vor allem den unerschütterlichen Glauben: Ihre Verbindung ist unanfechtbar. Sie ist nicht auswechselbar. Die Begegnung mit Erik hat all ihre Werte durcheinander gewirbelt. Zweifel gesät. Zweifel, die tief in ihr überleben werden. Unabhängig davon, wie die Geschichte mit Erik ausgegangen ist. Völlig unwichtig, das wird Monika schlagartig klar. Tatsache ist und bleibt, sie konnte sich vorstellen, mit einem anderen Mann zusammen zu sein. Was heißt vorstellen? Sie hat es sich sehnlichst gewünscht. Mit allen Fasern ihres Herzens und vor allem ihres Körpers. Wie soll sie Frank das erklären? Die Gefahr, dass er die Schuldfrage kippt, ist viel zu groß. Sie würde sich in ihrer Erregung haltlos verhaspeln. Zum Schluss bliebe nur eine einzige Tatsache im Raum stehen: Monika hat sich in einen anderen Mann verliebt. Ehetest nicht bestanden. Wie konnte Frank mir das antun? Uns das antun. Die ganze Geschichte fühlt sich wie ein schlechter Traum an, der sie in die Irre geführt und mit Schuldgefühlen zurückgelassen hat. Dabei war alles nur ein abgekartetes Spiel.

Sie dreht sich langsam um und steigt Stufe für Stufe wieder nach unten. Sie muss sich innerlich ordnen, bevor sie Frank gegenübertritt. Aus der Küche dringen gedämpfte Stimmen. Bloß raus hier. Sie will in diesem Zustand auf keinen Fall jemandem begegnen. Wie in Trance zieht sie die Haustür hinter sich zu und lehnt sich für einen Augenblick dagegen. Sie blinzelt in die Nachmittagssonne. Wo soll sie hin? Während sie das denkt und überlegt, kann sie die Tränen nicht mehr zurückhalten. Sie schießen ihr regelrecht aus den Augen. So heftig, dass sie den Weinkrampf nicht mehr kontrollieren kann. Sie hockt sich auf die Außenstufe und weint.

Die Haustür wird geöffnet. Monika bemerkt es nicht. Erst als sich eine Hand auf ihre Schulter legt, zuckt sie zusammen und schaut erschrocken nach oben. Die Frau in Schwarz beugt sich zu ihr herunter. In ihren großen, dunklen Augen spiegelt sich Sorge. Hinter ihr steht auch noch Frau Heinrich. Wie peinlich. Warum ist sie nicht weiter gelaufen? Zum Meer, dort, wo sie niemand kennt und sie allein geblieben wäre.

»Nun kommen Sie erst mal rein!«, fordert Tomke sie auf. Anne umfasst währenddessen behutsam Monikas Oberarm. Die rührt sich nicht von der Stelle. Nein, sie will nicht reinkommen. Womöglich zu Frank hochgeschickt werden. Er würde ihr verweintes Gesicht sehen und Fragen stellen. Fragen, die sie noch nicht beantworten kann und will. Sie steht ruckartig auf und läuft los. Einfach weg von hier. Aber Anne ist schneller. Und größer. Mit zwei Sprüngen ist sie bei ihr und umspannt fest ihre Schultern. Mit sanfter Gewalt dreht sie Monika zurück in Richtung Haus.

»Sie sollten in dieser Verfassung nicht weglaufen«, raunt sie ihr mitfühlend zu. Das ist zu viel für Monika. Sie fängt wieder an zu schluchzen. Ohne weiteren Widerstand zu leisten, lässt sie sich auf die Terrasse führen und auf einen Stuhl drücken. Anne setzt sich neben sie. Schweigend. Und jetzt? Monika starrt auf die Terrassensteine. Mechanisch beginnt sie eine Reihe abzuzählen. Nur nicht mehr heulen. Zu Hause haben sie eine Terrasse mit Holzbohlen. Zu Hause.

Tomke läuft derweil geschäftig hin und her. Sie hat beschlossen, das Beste aus dem unfreiwilligen Zusammentreffen zu machen. Sie stellt Gläser auf den Tisch, ein Bowleglas mit Rosinen in einer goldbraunen Flüssigkeit schwimmend und eine Flasche Sekt.

»Es gibt keinen Grund zum Feiern«, würgt Monika mühsam hervor.

»Wenn man keinen Grund hat, macht man sich einen«, hält Tomke unbeeindruckt dagegen. »Das ist ostfriesische Boonsupp. Beschwipste Rosinen, die werden mit Kribbelwasser aufgefüllt. Schmeckt lecker und bekommt der Seele.«

Ohne einen weiteren Kommentar abzuwarten, verteilt sie die angesetzten Rosinen in die Gläser. Als sie die Sektflasche entkorken will, wedelt Monika abwehrend mit beiden Händen: »Halt! Bitte nicht hier draußen.« Sie wirft einen panischen Blick auf das Fenster in der ersten Etage.

»Ich will nicht – ich will nicht, dass mein Mann uns – mich sieht«, stammelt sie erregt und flüchtet in das Wohnzimmer. Tomke verdreht die Augen. Genau so eine Vorstellung hat sie befürchtet. »Was ein Drama«, knurrt sie leise und bleibt sitzen. Anne steht auf. Sie will ihre nette Wirtin nicht verärgern, aber Frau Habermann geht es nicht gut. Ganz und gar nicht.

»Wir sollten zu ihr gehen«, bittet sie eindringlich.

Tomke sieht sie zweifelnd an. »Okay, aber nur, weil Sie es sind.«

Sie schnappt sich das Tablett und marschiert zu der verschüchterten Monika ins Wohnzimmer.

»Kommen Sie! Wir gehen in meine kleine Stube. Da sind wir ungestört«, sagt sie so freundlich ihr das möglich ist.

Monika rührt sich nicht. Sie will ihnen nicht die Stimmung vermasseln. Die beiden wollten sich gerade nett unterhalten und nun haben sie ein heulendes Elend hier sitzen. Die Situation ist mehr als blamabel. Sie muss hier weg. Dringend. Aber wie soll sie an ihr Gepäck kommen, ohne mit Frank reden zu müssen. Er ist sicher schon aufgewacht. Bevor sie weiter überlegen kann, fühlt sie sich wieder an den Schultern gepackt und einfach weitergeschoben. Monika lässt sich von Anne wie eine Marionette in eine kleine Wohnstube manövrieren und auf eine Zweiersitzcouch platzieren. Anne setzt sich neben sie. Tomke holt sich ihren Schreibtischstuhl dazu.

»Ich lass mal die Luft aus den Gläsern«, sagt sie, um die beklemmende Stille zu unterbrechen. Geschickt entkorkt sie die Sektflasche. Ohne einen Tropfen von der perlenden Flüssigkeit zu vergießen, schenkt sie die drei Gläser voll. »Auf was wollen wir nun trinken?«

»Auf Begegnungen!«, schlägt Anne beherzt vor.

»Nein! Nein!«, protestiert Monika ungewöhnlich heftig. Ihre vehemente Gegenwehr lässt Tomke aufhorchen. Die Piepsfrau zeigt eine gewisse Lebendigkeit. Die hätte sie ihr gar nicht zugetraut. Vielleicht braucht sie wirklich Hilfe. Vielleicht. Abwarten. Tomke ist immer noch nicht überzeugt, dass ein echter Notfall hinter dem tränenreichen Auftritt steckt. Aber sie beginnt sich mit dem Verlauf des Nachmittags zu versöhnen. »Dann trinken wir auf neue Anfänge!«, sagt sie deutlich freundlicher.

»Darauf trinke ich auch nicht. Anfänge haben immer ein Ende«, widerspricht Monika stur.

»Gut, hören wir auf, nach einem Trinkspruch zu suchen. Sonst wird die Boonsupp warm. Schmeckt nun mal kalt besser. Also: Nich lang schnacken, Kopp in'n Nacken!«

Tomke hält auffordernd ihr Glas in die Höhe, prostet ihnen zu und trinkt. Die beiden anderen folgen ihrem Beispiel. Das Gemisch schmeckt süffig, und Monika ist bewusst, dass dieser harmlose Geschmack täuscht. Diese sogenannte Bohnensuppe hat sicher einige Umdrehungen. Gut so. Etwas Besseres kann ihr nicht passieren. Sie wird hier sitzen bleiben und sich einen antrinken. Danach wird sie betrunken zu Frank hochgehen und alle Schuld Frau Heinrich in die Schuhe schieben. Sie kann sich ohne lästige Befragung ins Bett legen. Dadurch hat sie eine Nacht Aufschub. Zeit, um wieder klarer denken zu können.

»Ich mache sonst nicht so schnell einen Vorstoß. Wahrscheinlich ist das die Urlaubsstimmung und unser Zusammensein hier …«, Anne unterbricht sich mit einem verlegenen Lachen. »Lange Rede: wir haben immer noch keinen richtigen Trinkspruch. Wie wäre es, wenn wir auf ein Du anstoßen?«

Tomke strahlt sie breit an: »Gerne.« Mit Linda Loretta auf du und du. Schuldbewusst sieht sie zu Monika herüber und sagt: »Ist doch sonst auch zu steif, oder?«

»Warum nicht. Ich heiße Monika.«

»Anne.«

»Tomke.«

Die aneinandergestoßenen Gläser machen ein dumpfes Geräusch.

Anne räuspert sich und fragt vorsichtig: »Was ist denn überhaupt passiert? Ich meine, nur wenn du darüber reden möchtest?«

Monika sieht sie dumpf an und zieht ihre Schultern hoch. Das hat sie geahnt. Sie werden nicht einfach nur entspannt beisammen sitzen. Sie wollen eine Geschichte von ihr hören. Warum eigentlich nicht, denkt sie rebellisch. Vielleicht ist es gut, einmal darüber zu reden. Nicht nur allein alles im Kopf hin und her zu bewegen und zu keinem Ergebnis zu kommen. Die beiden können ruhig wissen, wie es um ihre Ehe steht.

»Ich glaube, ich muss mich scheiden lassen.« Nach dieser sachlich klingenden Feststellung blickt sie an ihnen vorbei aus dem Fenster.

»Scheiden lassen?«, wiederholt Anne und wechselt mit Tomke einen ungläubigen Blick. »Aber heute Morgen haben Sie doch – ich meine, habt ihr nicht gerade unglücklich gewirkt. Wenn man von außen so etwas beurteilen kann.«

Monika bewegt zustimmend ihren Kopf: »Soweit man das von außen beurteilen kann. Aber richtig, heute Morgen habe ich nicht an eine Scheidung gedacht.«

Sie schaut wieder aus dem Fenster und heftet ihren Blick an den wolkenlosen Himmel und den Deich. Gerade in dem Augenblick wird eine Schafherde vorbeigetrieben. Das sieht so friedlich aus. Monika kämpft gegen erneut aufsteigende Tränen an. Sie drückt sie energisch nach unten. Dann beginnt sie hastig zu erzählen, als befürchte sie, ihre Courage könnte sie jeden Augenblick im Stich lassen. »Mein Mann hat geglaubt, dass ich auf den Strich gehe. Er hat einen Privatdetektiv engagiert, der mich beobachten sollte. Zwei Wochen lang. Dann lag der Beweis im Briefkasten, dass alles ein Irrtum, eine Verwechslung war. Deshalb ist mein Mann mit mir an die Nordsee gefahren. Sozusagen zur Belohnung für mich und vielleicht aus schlechtem Gewissen. Ende gut – alles gut.«

Monika holt tief Luft. Sie hat das Gefühl, eine ellenlange Rede gehalten zu haben. Anne zwinkert nervös mit den Augen. Man sieht ihr an, sie versucht angestrengt nachzudenken, um das Gehörte zu verarbeiten. Tomke schüttelt den Kopf und sagt: »Nun mal von vorne. Ich habe kein Wort verstanden.« Ihre Stimme klingt butterweich.

Monika nimmt noch einmal Anlauf.

»Frank hat mich verdächtigt und Erik Wendland engagiert. Diese – Beschattung ist aus dem Ruder gelaufen. Ja, so könnte man es nennen. Ich habe mich in den Detektiv verliebt. Ernsthaft verliebt. Purer Zufall, dass wir nicht im Bett gelandet sind. Seitdem bestehe ich nur noch aus einem schlechten Gewissen. Mein armer Mann, habe ich gedacht. Er hat sich Urlaub genommen, weil er gemerkt hat, es geht mir nicht gut. Der gibt sich so viel Mühe und ich? Bis vor einer Stunde. Da habe ich mit Erik telefoniert und er hat mir alles gestanden.«

Dieses Mal ist es Tomke, die tief durchatmet. »Puh, das ist mal ein dickes Ding«, stößt sie hervor. In ihrer Stimme schwingt ein Hauch von Anerkennung. Sie schenkt unaufgefordert Sekt nach.

Anne sieht noch immer aus wie ein einziges Fragezeichen.

»Also, das klingt so haarsträubend verdreht, dass es schon wieder wahr sein kann.«

Monika sieht sie empört an. »Natürlich ist es wahr. Meint ihr, ich sauge mir so was aus den Fingern?«

»Natürlich nicht«, entschuldigt sich Anne hastig. »Aber das ist die verrückteste Geschichte, die ich je gehört habe.«

»Na ja«, knurrt Tomke. »Ich will ja nicht angeben, aber ich hätte da auch eine. Aber jetzt ist Monika an der Reihe. Wie ist dein Mann überhaupt auf die Idee gekommen, dass du – anschaffst? Das ist doch völlig abwegig. Hattest du plötzlich Geschenke bekommen oder sehr viel Geld?«

»Nein, hatte ich nicht. Es ist ein Brief für mich angekommen. Nur ein lächerlicher Brief. Von einem angeblichen Freier. Ein Liebesbrief. Er hat sich unsterblich in mich verliebt und wollte mich aus dem Bordell befreien und heiraten. Natürlich hat er nicht mich gemeint. Sondern irgendeine junge, attraktive Illegale. Die hat unter meinem Namen dort gearbeitet.«

»Das klingt irgendwie – romantisch.« Die Bemerkung rutscht Anne unbedarft heraus und ist ihr im gleichen Augenblick äußerst unangenehm.

»Ja, sehr romantisch«, wiederholt Monika bitter. »Vor allem was mein Mann daraus gemacht hat. Wir sind über zwanzig Jahre miteinander verheiratet. Wir haben zwei erwachsene Kinder. Und? Es kommt ein Brief für mich an. Wohlgemerkt für mich. Auf dem Absender stand handschriftlich: Dein Verehrer. Was macht Frank? Er macht ihn auf und er spricht mit mir nicht darüber. Warum hat er mich nicht einfach gefragt, von welchem Spinner das Schreiben kommt? Wir hätten vielleicht gemeinsam darüber lachen können. Nein, Frank hat ihn heimlich gelesen und einen Detektiv um Hilfe gebeten. Einen Detektiv! Das muss man sich einmal vorstellen. Was soll ich denn jetzt tun? Ich kann doch nicht einfach so weitermachen?«

Tomke schüttelt entschieden den Kopf: »Nein, das kannst du nicht. Deinem Dööspaddel von Mann gehört anständig einer auf die Mütze.«

Anne nickt bedächtig: »Stimmt, da muss etwas passieren. Sicher. Aber auch wenn ich nerve, ich verstehe an der Geschichte noch immer nicht alles. Deine Papiere sind von einer anderen Frau benutzt worden. Okay. Der Betrug ist aufgeflogen. Jetzt ist die Polizei mit im Spiel. Ganz offiziell. Den Behördenbrief kann dein Mann nicht einfach verschwinden lassen. Ich kann mir sogar vorstellen, dass du persönlich auf die zuständige Polizeidienststelle musst. Immerhin bist du ja so etwas wie eine Zeugin. Wie will er das verheimlichen?«

»Das wird kein Problem für ihn sein. Er braucht es nicht zu verheimlichen. Eine Nachbarin leert unseren Briefkasten. Sie hat auch unseren Haustürschlüssel und legt die Post auf unseren Küchentisch. Die Benachrichtigung von der Polizei wird wahrscheinlich dazwischen liegen. Ein wenig verspätet. Aber das passiert. Überraschung. Und Frank wird so tun, als hätte er von Tuten und Blasen keine Ahnung.«

In Monikas Mundwinkel zuckt es wieder verräterisch. Aber mittlerweile siegt ihre Wut.

»Du hast recht, der braucht einen gehörigen Denkzettel«, stimmt Anne der Kampfansage nun vollends zu. »Mehr als das. Er muss begreifen, was ein Vertrauensbruch bedeutet. Wissen, wie es ist, wenn ein abgekartetes Spiel läuft. Wohlgemerkt hinter dem Rücken eines Menschen, den man angeblich liebt und der einem vertraut.«

Monika schnaubt ihre Nase aus und sieht Anne dankbar an.

»Das hört sich so gut an. Genau das sind meine Gefühle. Aber wie sollen wir das hinkriegen? Am liebsten würde ich alles hinwerfen und abhauen.«

»Nun mal langsam«, meldet sich Tomke wieder zu Wort und stellt den Sekt beiseite. »Hinwerfen und Abhauen kann man nur einmal. Uns wird gemeinsam schon etwas einfallen.«

»Genau«, stimmt Anne ihr zu. »Eine kleine Pause und dann treffen wir uns zu einem Brainstorming.«

Tomke lächelt verklärt. »Anne ist Schriftstellerin. Neben dir sitzt Linda Loretta.«

Monika runzelt die Stirn und lächelt Anne irritiert an.

»Gib es ruhig zu. Den Namen hast du noch nie gehört«, hilft die ihr freundlich.

»Nein, habe ich nicht, aber das hat bei mir nichts zu sagen. Ich merke mir meist nur die Buchtitel.«

Bevor Anne ihr womöglich welche nennen kann, gesteht sie: »Ich wäre gern heute Abend mit euch zusammen. Wirklich sehr gern. Aber was sage ich Frank? Er hält mich für komplett verrückt, wenn ich mich mit euch treffen will. Oder ich muss ihm gleich reinen Wein einschenken. Das will ich aber auf keinen Fall.«

»Stimmt, das ist eine Hürde. Was könnte man sagen?« Tomke ist aufgestanden und läuft in dem kleinen Zimmer hin und her. »Verwandtschaft«, überlegt sie laut. »Genau, Verwandtschaft. Das ist es! Habt ihr ein Familienekel?«

Monika sieht sie begriffsstutzig an.

»Na, einen Onkel oder eine Oma oder so was in der Art. Jemanden, dem besonders dein Mann überhaupt nicht aufs Fell gucken kann?«

»Tante Elisabeth. Ich kenne keinen Menschen, der so viel redet und dermaßen rechthaberisch ist wie Tante Elisabeth. Dazu hat sie eine Stimmlage, die unvermeidlich zu Kopfschmerzen führt. Frank hasst sie.«

»Das hört sich sehr brauchbar an. Ist deine Tante Elisabeth noch gut beisammen?«

»Wie meinst du das?«

»Ist sie unternehmungslustig? Verreist sie?«

»Ja, oft und liebend gerne. Aber nicht allein. Sie braucht immer ein Opfer. Meistens trifft es ihre Schwester.«

»Fein. Tante Elisabeth ist dir gerade über den Weg gelaufen. Oben am Deich, als du dein Päuschen gemacht hast. Aus dem Grund hast du dich auch verspätet. Dieses Mal hat sie ihre Schwester nicht dabei. Sie ist allein unterwegs und war hocherfreut, dich hier zu treffen. Tantchen war natürlich nicht davon abzubringen, euch heute Abend zum Essen einzuladen. Wenn dein Mann dann vor Entsetzen schier zusammenbricht, kannst du ihm den uneigennützigen Vorschlag machen, allein mit ihr zu dinieren. Mal überlegen, wo wir deinen Mann in der Zeit hinschicken können. Mag er Shanty?«

»Ja, sehr sogar.«

»Bestens. Dann schicken wir ihn ins *Leuchtfeuer*. Die veranstalten heute einen maritimen Abend mit friesischem Büffet. Fisch, Krabben, Labskaus. Außerdem erzählt Wieland Rosenboom Döntjes. Das sind lustige, kleine Geschichten. Der ist unschlagbar. Frank wird dir dankbar sein. Ich sag' meinem Torben, er soll ihn abholen. Er singt nämlich in dem Shantychor.«

Monika sieht Tomke nachdenklich an und murmelt: »Das könnte klappen. Ja, das könnte wirklich klappen.«

Es klappte. Einfacher, als Monika sich das auszumalen gewagt hatte. Am meisten wunderte sie sich über ihre eigene Unverfrorenheit, Frank dermaßen anzulügen. Mitten ins Gesicht. Vielleicht war das die Wirkung der zwei Gläser Spezialsekt und die bestärkende Rückendeckung der beiden Frauen. Ganz sicher aber half ihr der unbändige Wunsch, Frank weh zu tun. Jedenfalls schaffte sie es, die Tante-Elisabeth-Geschichte glaubhaft rüberzubringen und dann, was weit schwieriger war, Frank zu überzeugen, dass er sich nicht mitopfern musste.

Er könnte sich nicht amüsieren, während sie sich mit dem alten Drachen herumschlagen muss. Niemals.

Monika gelang es, zu lächeln und ihm lebhaft das Rendezvous zu dritt vor Augen zu führen. »Du weißt doch, wie das endet. Tante Elisabeth kann dich ebenso wenig leiden wie du sie. Sie wird es darauf anlegen, dich zu reizen. Das macht ihr diebische Freude.«

»Heute kriegt sie mich nicht so weit«, widersprach er.

»Ach Frank, natürlich schafft sie das. Lass mich allein gehen. Sie will sich mit mir treffen. Meine Güte, zwei oder drei Stunden. Wenn wir zu dritt gehen, ist unsere Stimmung verdorben. Länger als nur für einen Abend. Sie spritzt so viel Gift. Allein kann ich sie viel schneller wieder abwimmeln.«

Frank nannte sie eine Heldin und versprach, sie in spätestens zwei Stunden auszulösen. Ihm würde schon etwas einfallen.

Kapitel 17

Drei Frauen, Pläne und Taten

Als Monika bedächtig, Stufe für Stufe, wieder nach unten geht, erscheint ihr das gerade Erlebte weit entfernt, wie nicht zu ihr gehörend. Eine Theaterszene, in der sie eine Beobachterin, allenfalls eine Schauspielerin, war. Eine, der man kurz zuvor den Text in die Hand gedrückt hat. Sie hat ihn einfach nur aufgesagt. Ihre Gefühle hinken den Worten hinterher. Bevor Monika weiter nachdenkt und womöglich Reue aufkommen könnte, kehrt sie zu ihren Komplizinnen zurück. Sie hat die Tür noch nicht ganz hinter sich geschlossen, als Tomke sie überfällt: »Und? Hat er den Köder geschluckt?«. Anne sieht ihr nur in gespannter Erwartung entgegen.

»Ja, er hat sich überreden lassen. Aber nur für zwei Stunden. Dann will er anrufen, um mich aus Tante Elisabeths Fängen zu befreien. So haben wir das abgemacht. Länger wäre unglaubwürdig gewesen. Frank wäre sofort misstrauisch geworden, wenn ich freiwillig mit ihr die halbe Nacht verbringen wollte.«

Monika läuft an das Fenster und hält nervös Ausschau. »Wann holt dein Sohn ihn denn ab? Ich kann erst denken, wenn Frank aus dem Haus ist.«

»Nun mal ganz sachte.« Tomke legt ihr beruhigend eine Hand auf die Schulter. »Setzt dich erst einmal. Torben muss jeden Augenblick hier eintrudeln.«

»Hoffentlich«, seufzt Monika und verlässt widerwillig ihren Beobachtungsposten. Kaum hat sie sich neben Anne auf das Sofa gesetzt, klingelt es an der Haustür. Tomke lacht zufrieden. »Siehst du. Habe ich doch gesagt. Meine Junge ist ein Pünktlicher. Gut erzogen.«

Sie eilt aus dem Zimmer und ruft munter durch das Treppenhaus nach oben: »Herr Habermann! Ihr Abholdienst ist da!«

Herr Habermann, klingt es in Monikas Ohren nach. Ihr Herz hämmert, als wollte es ihr im wahrsten Sinne des Wortes aus dem Brustkorb springen. Gleich wird er die Treppe herunterkommen. Ganz nah an ihr vorbei. Das Gefühl erinnert sie an Geburtstage aus ihrer Kindheit. Gegen Abend wurde immer Verstecken gespielt. Meistens mussten die Jungens die Mädchen suchen. Monika hatte sich mit fliegendem Atem eng in eine Ecke gedrückt und gewartet. Der Suchtrupp war manchmal ganz in ihrer Nähe. Sie hielt den Atem an und war berauscht von einem zwiespältigen Gefühl. Einerseits wollte sie gefunden werden, um in das ausgedachte Gefängnis der Jungen zu kommen. Andererseits hatte sie den brennenden Wunsch, nicht entdeckt zu werden. Ein sicheres Versteck erwischt zu haben. Es als Einzige zum Abschlagplatz zu schaffen. In diesen Augenblicken hatte ihr Herz genauso gehämmert. Der Unterschied: Dies hier ist kein argloses Kinderspiel. Sie ist längst erwachsen und gerade dabei, gegen ihren Mann ein Komplott zu schmieden. Mit zwei Frauen, die sie kaum kennt. Hilfesuchend sieht zu Anne. Die lächelt ihr aufmunternd zu.

»Du brauchst die Zeit zum Nachdenken. Die Notlüge war nötig«, raunt sie ihr zu, und Monika atmet noch einmal tief durch. Aber der Druck auf ihrer Brust bleibt.

»Ich komme!«, ruft Frank. Getrappel auf der Treppe. Die Haustür fällt ins Schloss und Tomke kommt zu ihnen zurück. Sie baut sich vor Monika und Anne auf und breitet ihre Arme aus.

»Geschafft! Das Haus gehört uns! Fangen wir an. Ich hole eben das Tablett. Ich habe ein paar Schnittchen vorbereitet.«

»Also, Appetit ist das Letzte, was ich habe«, wispert Monika kaum vernehmlich.

»Ja, das kenn ich«, winkt Tomke ab. »Aber Hungern hilft nicht weiter. Wenigstens eine schöne Tasse Tee. Eine richtige. Schwarz wie die Nacht mit Kluntjes und Sahne. Das macht den Kopf frei.«

Tomke ist schon in der Tür, als sie sich noch einmal umdreht: »Und du brauchst nicht mehr zu flüstern. Dein Mann ist weg.«

»Ein freier Kopf wäre gut«, erwidert Monika

noch immer unnötig leise. »Ich kann mir nur nicht vorstellen, dass er mir hilft, eine rettende Lösung zu finden. Die Tatsachen stehen fest: Frank hat mich bespitzeln lassen. Er hat aus einer harmlosen Verwechslung ein richtiges Drama gemacht. Sozusagen eine Lawine losgetreten. Ohne seine Einmischung hätte ich unsere Ehe nie in Frage gestellt. Ich wäre Erik nicht begegnet. Und wenn, dann hätte er sich mit Sicherheit nicht in dem Maße um mich bemüht. Genau das ist es gewesen, versteht ihr? Sein intensives Interesse an meiner Person. Das habe ich zu lange vermisst. Es war unwiderstehlich und hat mich verliebt gemacht.«

»Kann ich nachempfinden. Da ist man hilflos«, gibt Tomke zu. Sie stellt ein Tablett mit Teegeschirr und einem appetitlichen Schnittchenteller auf dem Tisch ab. »Schade, dass du nicht einmal wirklich mit ihm zusammen warst«, sagt sie gedankenverloren und schiebt sich ein Häppchen mit Lachs in den Mund.

Für einen Augenblick sieht es so aus, als wollte Monika entrüstet hochfahren. Anne legt ihr vorsichtshalber eine Hand auf den Arm. Aber Monika hebt nur ihren Kopf und erwidert: »Ihr werdet es nicht glauben. Das Gleiche habe ich auch schon gedacht. Das wäre wirklich die einzig gerechte Revanche gewesen.«

»Ich habe da mehr an deinen verpassten Spaß gedacht«, entgegnet Tomke.

Anne kann sich ein gequältes Stöhnen nicht verkneifen. Sie steht ruckartig auf. »Also, ich will euch nicht bevormunden, aber – aber hört auf mit diesem: Wie konnte das geschehen und was ist und was ist nicht und was wäre wenn. Nachträgliche Korrekturen bringen uns nicht weiter, und konfuse Rachegelüste schon gar nicht.«

Tomke und Monika drücken unwillkürlich ihre Rücken durch und sitzen kerzengerade.

»Wie meinst du das?«, fragt Tomke verwirrt. »Wir haben uns doch getroffen, um einen Racheplan auszutüfteln. Oder was?«

Anne wiegt ihr lockiges Haar hin und her und wirft es dann mit einer energischen Bewegung nach hinten.

»Racheplan«, wiederholt sie stirnrunzelnd, als höre sie das Wort zum ersten Mal. »Ja, schon, aber ich würde es eher einen Denkzettel nennen. Monikas Mann muss zum Nachdenken gebracht werden. Das ist das Ziel. Bei dem Wort Rache landet man unausweichlich irgendwann bei Mord und Totschlag.«

»Was wäre daran so falsch?«, fragt Monika aufsässig.

»Nun mal langsam«, beschwichtigt sie nun auch Tomke. »Mal ganz langsam. Das Letzte, was wir brauchen, ist eine Leiche. Woran nämlich niemand denkt: Die müssen wir auch wieder loswerden und anständig unter die Erde bringen. Das ist keine leichte Aufgabe.«

Anne hält sich kichernd eine Hand vor den Mund. Sie setzt sich wieder und sieht Monika entschuldigend an. »Tut mir leid, es ist gerade nicht lustig für dich. Aber dieser friesische Humor ist einfach umwerfend komisch.«

Tomke wirft ihr einen schrägen Blick zu und steht auf. »Ich hol mal den Tee.« Von wegen friesischer Humor, denkt sie und zieht das Teeei aus der Kanne. Das ist mein voller Ernst. Dieses Treffen in ihrer kleinen Stube, das gemeinsame Pläneschmieden, fühlt sich wie ein einziges Déjà-vu an. So ähnlich hat sie vor knapp drei Jahren mit Teresa hier gesessen. Damals ging es nicht mehr um eine kleine Strafaktion in der Hoffnung, eine Ehe zu kitten. Ihre Männer waren tot. Beide. Sie mussten nur noch anständig bestattet werden. Das war schwieriger als gewöhnlich. Weit schwieriger. Aber Tomke und Teresa haben es geschafft. Ihre Männer wurden beerdigt. Ein wenig anders, als die jeweilige Trauergemeinde annahm. Und bei dieser Annahme soll es auch bleiben. Das hat niemandem geschadet. Tomke fährt sich über ihren Strubbelkopf. Hör auf, die Erinnerungen bringen nichts. Ist alles gut so, wie es ist.

Aber Monika ist noch zu helfen. Ihr Kerl ist ganz in Ordnung. Da hat sie einen Blick für. Leider nur bei anderen Männern, denkt sie lakonisch. Bevor sich Paul zu ihr in die Küche schleichen kann, eilt sie zurück in die Stube. Routiniert verteilt sie

Kluntjes in den zierlichen Tassen und gießt den heißen Tee darüber. Die Frauen lauschen so andächtig dem Zerspringen der Zuckerkristalle, als könnte das knisternde Geräusch ihnen eine Antwort auf ihre Fragen geben. Tomke lässt die obligatorische Haube Sahne über das Getränk gleiten und fordert: »Nun trinkt erst mal. Das bekommt.«

Monika und Anne gehorchen und nehmen artig jede eine Tasse. Stille. In ihr ist nur vorsichtiges Teeabschlürfen und das Ticken der Wanduhr zu hören. Plötzlich stellt Monika ihre Tasse so heftig auf den Tisch zurück, dass den beiden anderen ihre vor Schreck fast aus der Hand fällt. »Das ist doch verlorene Zeit! Kindertheater! Ich werde mich scheiden lassen!«

»Willst du das denn?« Tomkes Stimme klingt so sanft, als rede sie mit einem verstockten Kind.

»Will ich das?«, wiederholt Monika hilflos und fällt in sich zusammen. »Ich weiß überhaupt nicht mehr, was ich will. Heute Morgen dachte ich, vielleicht wird alles gut. Vielleicht kann ich mein altes Leben bald wieder greifen. Ich brauche nur Zeit. Aber jetzt? Jetzt ist alles anders. Ich bin von beiden Männern verschaukelt worden. Dabei habe ich mich abgemüht, zu ihnen ehrlich zu sein. So weit es möglich war. Jedenfalls konnte ich mir im Spiegel noch in die Augen sehen. Beschissen gefühlt habe ich mich trotzdem. Wie eine Betrügerin. Dabei habe ich nichts getan. Ich will, dass

Frank diesen quälenden Zwiespalt nachempfinden kann. Vor allem, dass er weiß wie es ist, wenn man hinter seinem Rücken eine Intrige spinnt. Weil man ihm nicht vertraut. Was heißt man? Nicht irgendwer, sondern seine Ehefrau. Die Einzige, auf die er Steine bauen kann, wie er immer so schön betont. Pah! Von wegen Steine. Keinen Einzigen hat er sich getraut!«

»Es müsste etwas sein, das ganz anders erscheint als es ist. Trügerisch für den Betrachter«, nimmt Anne souverän Monikas Faden auf. »Eine kompromittierende Situation für deinen Mann. Aus der du, ohne ihm die Chance einer Erklärung zu geben, Konsequenzen ziehst.«

Tomke runzelt ihre Stirn und streicht sich eine nicht vorhandene Haarsträhne aus dem Gesicht. »Noch mal von vorne. Momentan verstehe ich nur Bahnhof.«

»Ganz einfach. Monikas Mann müsste mit einer anderen Frau zusammen fotografiert werden. Ohne sein Wissen. Selbstverständlich hat er zu dieser Person keine Beziehung. Aber er wird es nicht beweisen können. Er wird einzig und allein auf Monikas Vertrauen angewiesen sein. Glaubt sie ihm oder glaubt sie ihm nicht.«

»Genial«, ruft Tomke begeistert. »Genau das ist es. Ist Anne nicht wunderbar?«

Monika atmet tief durch. Sie weiß nicht recht. Anne hat zwar ihre wirren Gedanken in verständliche Worte gefasst. Aber es hört sich fremd an und unangenehm kühl.

»Das müssen natürlich heikle Fotos sein. In eindeutiger Pose. Ich bin sicher, da findet sich eine Frau. Ich meine für Bares«, überlegt Tomke weiter.

»Ja, das denke ich auch. Aber das muss gut vorbereitet werden«, erwidert Anne.

»Genau das ist es!«, funkt Monika ungehalten dazwischen. »Für Vorbereitungen habe ich keine Zeit und auch keine Nerven. Versteht ihr nicht? Ich weiß gerade nicht, wie ich die nächste Nacht mit Frank überstehen soll! Ich kann nicht mit ihm in einem Zimmer schlafen! Das ist das Thema!«

»Halt mal! Still eben!« Tomke breitet beide Arme aus und wirkt wie eine Dirigentin zu Konzertbeginn. Sie hat eindeutig einen Geistesblitz.

»In einem Zimmer schlafen! Ja, das ist es! Warum bestellen wir ihm nicht einfach eine Dame aus dem horizontalen Gewerbe aufs Zimmer. Gleich heute. Dann soll er mal erklären, dass er nichts damit zu tun hat.«

»Hm, ich weiß nicht«, sagt Anne skeptisch. »Das klingt reichlich platt. Nein, das ist zu abwegig.«

Monika nickt heftig. Tomke hat aber auch verrückte Einfälle. Frank und eine Prostituierte. »Das ist mehr als abwegig. Wenn ich für Frank eine Hand ins Feuer legen müsste, dann dafür, dass er sich niemals mit so einer einlassen würde.«

»Wenn du das man meinst«, kontert Tomke trocken. »Da haben sich schon andere geirrt. In Köpfe kann man noch nicht reingucken.«

»Das ist wahr«, stimmt ihr Monika zu. »Aber – also ich glaube, Frank ist noch nie neben einer anderen Frau als mir aufgewacht. Vor uns war er mit keiner fest zusammen. Wenn überhaupt.«

Sie ist immer leiser geworden.

»Dann wird es Zeit, dass wir ihm so ein Erlebnis organisieren«, schlägt Tomke betont unternehmungslustig vor.

»Nun guckt mich nicht an, als wäre ich eine Faseltante. Das hat Hand und Fuß. Ernsthaft. Passt auf, wenn Monikas Mann schläft, legen wir ihm eine fremde Dame ins Bett. Die braucht nur abzuwarten, bis er aufwacht. Stellt euch das einmal vor! Ich meine, sein Gesicht. Der wird mächtig ins Grübeln kommen: Um Himmels willen. Wer ist das? Träume ich? Dann wird er feststellen, die neben ihm ist ganz nackig. Er versucht, sich zu erinnern. Verzweifelt. Warum ist meine Frau nicht hier? Ich habe doch nicht wirklich? Nein, hat er nicht. Aber wie erklärt er seiner Frau, dass er unschuldig ist und mit der ganzen Geschichte nichts zu tun hat. Ich sage euch, in den Moment fallen ihm alle Sünden ein.«

Tomke hat rote Wangen vor Begeisterung.

»Das ist eine wirklich unglaubliche Geschichte. Wir sollten zusammen ein Buch schreiben«, stellt Anne kopfschüttelnd fest.

Tomke schaut sie verunsichert an. »Du meinst, der Plan taugt nicht fürs echte Leben?«

»Nein, so meine ich das nicht«, sagt Anne.

Monika wirft ihr einen düsteren Blick zu. »Aber ich meine das: Das ist völlig an den Haaren herbeigezogen! Außerdem ist schon eine Stunde rum und wir reden und reden.«

»Wir reden nicht nur. Wir haben bereits eine brauchbare Idee«, erwidert Anne ganz ruhig. »Leider gefällt sie dir nicht.«

»Was heißt, gefällt mir nicht. Es geht nicht um gefallen oder nicht gefallen. Natürlich reizt mich die Vorstellung, Frank so in Bedrängnis zu bringen. Keine Frage. Aber es ist reine Fantasie, eben Theorie. Wie sollen wir das in die Praxis umsetzen? Erstens, wo bekommen wir auf die Schnelle so eine Frau her? Und zweitens, wie bekommen wir sie unbemerkt neben ihm ins Bett? Er hat keinen festen Schlaf. Und so besoffen, dass er nichts mehr merkt, kriege ich ihn nicht.«

»Zu Frage Nummer eins: Es gibt genug Damen in der näheren Umgebung, die dazu bereit sind, und zu Nummer zwei: Ich habe noch hochwirksame Schlaftabletten im Nachttisch liegen. Hat mir unser Hausarzt nach Gerolds Tod verschrieben. Habe ich aber nicht genommen«, erklärt Tomke gelassen.

Monika sieht immer noch wenig überzeugt aus. »Das hört sich so einfach an. Zu einfach. Hört mal, wir haben weniger als eine Stunde Zeit. Da wollt ihr so eine – eine Frau finden? Und Frank unbemerkt eine Schlaftablette unterjubeln. Wie soll das funktionieren? Gebt zu, das ist nicht mehr als heiße Luft. Das Beste ist, ich reise ab. Sofort. Bevor er wiederkommt. Das hätte ich gleich tun sollen.«

Tomke verzichtet auf eine Antwort und steht auf, um von ihrem Schreibtisch die Tageszeitung zu holen. »Wie viel kannst du denn investieren?«, fragt sie Monika und setzt sich ihre Lesebrille auf.

»Wie? Wie viel?«

»Na ja. Umsonst geht keine hoch auf sein Zimmer. Schon gar nicht für längere Zeit. Wer weiß, wann er aufwacht. Ist ja ein Verdienstausfall, sozusagen. Also, wie viel?«

»Du glaubst wirklich, du findest in dieser Zeitung eine, eine …hör auf«, winkt Monika ab und will aufstehen.

»Bleib sitzen«, bestimmt Tomke im Kommandoton. »Wie viel Geld kannst du locker machen?«

»Ich habe noch immer mein Weihnachtsgeld auf dem Konto«, gibt Monika stockend zu.

Tomke sieht sie abwartend an.

»Fast zweitausend.«

»Da kann man mit arbeiten«, sagt Tomke zufrieden. »Hier!« Sie tippt mit dem Finger auf eine Stelle in der Zeitung. »Das hört sich ganz gut an. Hört mal: ›*Ich lege gerade ein Telefonbuch an. Darf ich dafür deine Nummer haben? Deine S*‹ Die rufe ich gleich mal an.«

»Dass du dich das traust?«, bewundert sie Anne. »Weißt du denn, wie – ich meine, in welcher Sprache du mit ihr reden sollst?«

»Ich hoffe doch mal stark in Deutsch. Auswärtige Sprachen habe ich nicht gelernt.«

Tomke tippt die Nummer ein. Schon nach dem zweiten Ton wird am anderen Ende abgenommen.

»Hallo, hier ist Susi.«

Für einen Augenblick starrt Tomke verdutzt auf den Hörer. Hinter dem S. hat sie eine Samantha oder vielleicht sogar eine Scarlet vermutet, aber niemals eine Susi. Dazu eine verruchte, rauchgeschwängerte Stimme. Und nun eine leicht piepsig klingende, freundliche Susi.

»Moin, hier ist Tomke.«

»Moin, Tomke.«

»Wir haben da ein Problem.«

»Okay.«

»Hättest du heute Nacht Zeit?«

»Könnte sein«, gibt Susi zu verstehen.

»Ich meine, die ganze Nacht.«

»Das wird teuer.«

»Wie viel?«

»Kommt drauf an. Willst du mich für dich oder hast an einen Dreier gedacht? Das mache ich nämlich nicht mehr.«

Tomke bleibt ganz entspannt, während Anne und Monika schon die Köpfe einziehen.

»Nein, kein Schweinkram. Ist leicht verdientes Geld für dich. Du sollst dich nur zu einem Mann ins Bett legen.«

»Wie?«

»Nackig.«

»Sag mal, willst du mich verarschen. Dafür habe ich echt keine Zeit.«

»Nein, ich meine es ernst. Ist ein ganz solides Angebot. Eine Wette. Die ist uns eben was wert. Wir wollen, dass du dich neben einen schlafenden Mann legst und wenn er aufwacht, ein bisschen flunkerst. Eigentlich brauchst du gar nichts sagen. Du sollst ihm nur nicht erklären, wie du in sein Bett gekommen bist. Und auch nicht beantworten, ob ihr nun oder ob ihr nicht. Der soll ein bisschen ins Grübeln kommen.«

»Ihr wollt einen Spießer reinlegen.«

»Auf den Punkt.«

»Und wenn er rabiat wird?«

»Wir sind drei Frauen im Haus. Keine Sorge. Wenn er aufwacht, kannst du gleich nach Hause gehen. Dafür sorgen wir.«

Susi antwortet nicht. Anscheinend ringt sie um eine Entscheidung.

»Tausend in voraus, ob es klappt oder nicht«, sagt sie endlich.

»Okay, in einer halben Stunde und sei pünktlich«, fordert Tomke.

»Bin ich immer.«

Kapitel 18

Einschlafgetränke

Aus Monikas Hosentasche erklingt: »*Zwei mal drei macht vier, widde widde witt und drei macht neune. Ich mach mir die Welt widde widde wie sie mir gefällt. Ich hab ein Haus …*«

Sie fingert hektisch das Handy hervor. Es rutscht ihr vor Aufregung noch einmal aus der Hand und landet auf dem Sofa, bis sie es endlich freischaltet. »Hier ist Monika«, meldet sie sich mit krächzender Stimme. Obwohl sie genau weiß, wer der Anrufer ist.

»Hallo, Frank. Ich bin schon wieder in der Pension. Tante Elisabeth fühlte sich nicht wohl und wollte früh schlafen gehen.«

»Ja, manchmal hat man richtig Glück. Bis gleich.«

Monika ist während des Telefonats immer blasser geworden.

Tomke sieht sie besorgt an: »Nun bleib mal ganz ruhig. Das klappt. Ich mixe dir zwei Tabletten unter die Bohnensuppe. Dann schmeckt man sie nicht.«

»Zwei?«, wiederholt Monika entsetzt.

»Ja, er ist ein stattlicher Mann. Sicher ist sicher.«

Ohne eine Antwort abzuwarten, rauscht sie aus dem Zimmer. Monika lehnt sich wie erschlagen auf dem Sofa zurück.

»Hör mal«, sagt Anne vorsichtig. »wenn dir das mit unserem Plan nicht gut geht, dann können wir das Ganze auch wieder abblasen«

»Nein, nein«, wehrt Monika hastig ab. »Ich will. Ich muss. Ich kann nicht einfach so weitermachen, als wäre nichts geschehen. Ich habe nur zwei Möglichkeiten: Etwas unternehmen oder feige abzuhauen.«

Sie weicht Annes prüfendem Blick aus. Gleich wird Tomke mit dem Schlafcocktail zurückkommen und sie muss damit vor Frank auf dem Zimmer sein. Es ist zu spät für einen Rückzieher. Diese Susi ist bereits unterwegs. Der Film läuft und lässt sich nicht mehr anhalten. Warum eigentlich nicht? Was ist dabei? Sie kann sich sehr wohl noch dagegen entscheiden. Dann sind eintausend Euro in den Sand gesetzt. Es gibt schlimmeres. Stell' Frank zur Rede. Ohne diese Theatervorstellung.

Er wird zuhören. Er hat ein schlechtes Gewissen und es wird ihm leid tun. Gut, aber sie kann sich vorstellen, wie es weitergeht. Wenn er sich entschuldigt hat, wird es seiner Ansicht nach erledigt sein. Doch das wäre es nicht. Zwischen ihnen bliebe eine Kluft, ein Wust aus Gefühlen, ihre Verletzung, die sie nicht klar formulieren kann. Irgendwann wäre es nur noch Wut, vielleicht sogar Hass. Nein, nun kneif nicht. Trau dich mal was!

Tomke ist zurück. Sie stellt ein Tablett mit zwei henkellosen, kleinen Tassen auf den Tisch. Sie sind mit der hochprozentig angesetzten Rosinenbowle gefüllt.

»So trinken wir das normal. Pur. Gibt es immer zu Kindsgeburten. Seine Tasse ist die mit dem Goldrand. Verwechsle sie nicht.«

Sie streicht Monika über die Schulter: »Nun mal Kopf hoch und los. Lieber einmal richtig Feuer unterm Hintern, als ein Schwelbrand. Ich sage dir, wenn es brennt, bewegst du dich. Am anderen erstickst du. Irgendwann.«

Monika saugt ihre Worte regelrecht in sich hinein. Sie nimmt das Tablett und geht nach oben. Ja, Tomke hat vollkommen recht. Es muss einen Paukenschlag geben.

Auf dem Zimmer knipst sie nur eine Nachttischlampe an und setzt sich in den Sessel ans Fenster. Gleich wird er kommen. Sie starrt auf die bewusste Tasse. Ihr Goldrand schimmert in dem diffusen Licht.

Als unten die Haustür aufgeschlossen wird, beschleunigt sich Monikas Puls. Sie zwingt sich, sitzen zu bleiben und schaut wartend auf die Zimmertür. Die wird im nächsten Augenblick aufgerissen und Frank kommt hereingestürmt. Außer Atem und erhitzt. Er strahlt sie wie ein großer

Junge an, greift ihre Hände und zieht sie zu sich hoch.

»Na, meine kleine Heldin. Hast du das alte Scheusal heil überstanden?«

»Ja, du weißt ja, wie sie ist«, murmelt Monika und löst sich aus seiner Umarmung. »Und im Leuchtfeuer? War es schön?«

»Sahne. Aber ich konnte es nicht wirklich genießen. Ich musste die ganze Zeit an dich denken.«

Frank schaut auf die vorbereiteten Tassen. »Was ist das denn?«

»Ach, das.« Monika lacht befangen. »Das hat unsere Wirtin spendiert. Die sogenannte ostfriesische Bohnensuppe. Soll gut zum Einschlafen sein.«

»Wirklich nett. Auch ihr Sohn. Ein feiner Kerl. Aber …«

Frank zieht Monika fester an sich. »Eigentlich brauche ich nichts mehr trinken.«

Er schiebt sie ein wenig von sich weg und umfasst ihr Gesicht mit beiden Händen. In seinen Augen spiegeln sich kleine Seen aus Liebe.

Monika überkommt eine angenehme Schwäche. Sich einfach dieser Zärtlichkeit hingeben. Sich von ihr umarmen und tragen lassen und alles vergessen. Wie lange ist das her, dass er sie so angesehen hat? Der Gedanke ernüchtert sie schlagartig. Lange. Sehr lange. Als wäre sie unsichtbar geworden. Keine Frau mehr. Keine begehrenswerte. Gerade in den letzten Monaten, in denen sie entmuttert so ins Trudeln gekommen ist. Da hätte seine Aufmerksamkeit ihr Halt gegeben. Monika entzieht ihr Gesicht seinen Händen. Sie ist plötzlich ganz ruhig.

»Aber ich brauche noch ein Getränk zum Runterkommen. Tante Elisabeth, du weißt«, erinnert sie ihn.

Frank nickt schuldbewusst. »Gut, dann trinken wir.«

Bevor er sich ein Tässchen aussuchen kann, hält Monika ihm das präparierte entgegen.

»Auf uns!«, sagt Frank feierlich und sieht seine Frau dabei eindringlich an.

»Ja, auf uns«, erwidert sie und schafft es, seinem Blick standzuhalten.

Als Frank sich auszieht und ohne Schlafanzug unter die Bettdecke huscht, hofft sie, dass die Tabletten schnell wirken. Ob sie es überhaupt tun? Manche Menschen reagieren völlig gegenteilig. Sie sind davon aufgedreht und können erst recht nicht einschlafen. Das hat sie letztens gelesen. Monika bleibt unschlüssig stehen.

»Ich muss mich noch ausziehen«, erklärt sie unbeholfen.

»Übernehme ich«, sagt Frank und breitet seine Arme aus. Monika rührt sich nicht vom Fleck.

»Na komm«, lockt er sie und rollt sich ans Fußende. Bevor Monika reagieren kann, hat er sie zu sich aufs Bett gezogen. Für einen Moment bleibt sie stocksteif in seinen Armen liegen.

»Aber den Gang für kleine Mädchen kannst du mir nicht abnehmen«, stammelt sie und versucht aufzustehen. Frank macht keine Anstalten sie loszulassen. Er beginnt mit sanftem Druck ihren Rücken zu massieren.

»Lass mich eben auf Toilette gehen. Sonst kann ich gleich nicht mehr pinkeln.«

Das wirkt endlich. Frank lacht leise. »Beeil dich«, raunt er ihr ins Ohr und gibt sie frei.

Monika flüchtet ins Badezimmer. Sie dreht den Wasserhahn auf und stützt sich erschöpft auf den Waschbeckenrand. Als sie hochschaut, begegnet sie sich im Spiegel. Sie geht näher heran und sieht sich hilfesuchend in die Augen. Als könnte die Frau im Spiegel ihr eine Antwort geben. Keine Ahnung, ob man für so ein Anliegen beten darf, aber: »Bitte, bitte lass ihn schnell einschlafen. Ich halte das nicht länger aus. Ich kann ihn nicht noch einmal umarmen. Bitte, lass ihn schon eingeschlafen sein.«

Sie hat keine Uhr um. Wie lange ist sie im Badezimmer? Auf jeden Fall sehr viel länger, als ein Toilettengang erfordert hätte. Vor allem, wenn nebenan ein liebesbereiter Mann wartet. Der nicht nach ihr ruft. Sollte er wirklich? Sie öffnet die Tür einen Spaltbreit und hätte sie am liebsten sofort wieder zugezogen. Frank ist wach. Er sieht ihr wartend entgegen. Monika nimmt sich zusammen und geht langsam zu ihm. Er hält seine Augen unnatürlich weit aufgerissen, als hätte er die berühmten Streichhölzer dazwischengeklemmt.

»Komm her zu mir, mein Schatz«, nuschelt er und lächelt verlegen. »Ich habe dir zu viel versprochen. Ich bin plötzlich hundemüde. Tut mir leid.«

Monika verkneift sich ein erleichtertes: »Das macht doch nichts.«

Sie setzt sich zu ihm auf die Bettkante. Seine Hand fährt wie in Zeitlupe hoch und legt sich schwer auf ihrem Oberschenkel ab. Sie lässt die Berührung zu und bleibt sitzen. Es dauert nicht lange und Franks regelmäßige Atemzüge werden akustisch untermalt. Er schnarcht. Das macht er sonst nie. Sehr gut. Also schläft er tiefer als gewöhnlich. Monika nimmt vorsichtig seine Hand und legt sie auf dem Bett ab. Frank dreht sich auf die Seite und schläft friedlich schnarchend weiter.

Im Wohnzimmer erwarten sie Tomke und eine attraktive junge Frau. Susi. Sie trägt Jeans und einen schlichten, lindgrünen Rollkragenpullover. Das lange, dunkle Haar fällt ihr mattglänzend über die Schultern. Sie sieht aus, wie man sich eine nette Schwiegertochter wünscht und nicht wie eine – eine Prostituierte. Monika gesteht sich ein, dass sie ein aufgedonnertes Luder in eng sitzendem Leder erwartet hat. Das Haar hochtoupiert, die Lippen mit Leuchtsignalfarbe überschminkt und umhüllt von einer Wolke aus süßem Parfüm. Susi nickt ihr freundlich zu und verlässt das Zimmer.

»Weiß sie denn, wo sie hin muss?« Monika sieht ihr noch immer irritiert hinterher.

»Klar weiß sie das. Mit dem Mädchen haben wir einen guten Griff gemacht«, beruhigt sie Tomke.

»Meinst du? Sie sieht so – normal aus.«

Für den Einwand erntet sie ein breites Grinsen.

»Das hab' ich auch erst gedacht. Aber bevor ich Bedenken anmelden konnte, hat Susi mir gleich den Wind aus den Segeln genommen. Sie hätte andere Klamotten dabei, hat sie mir erklärt. Wenn wir wollten, könnte sie sich aufbrezeln. Aber wozu? Sie soll ja nichts bieten außer nackter Haut. Da musste ich ihr recht geben und ganz nebenbei: sie wirkt so viel echter. Dein Mann soll ja nicht auf den ersten Blick erkennen, dass sie gegen Bezahlung neben ihm liegt. Nun guck nicht so skeptisch. Das Mädchen ist top. Hat auch nichts zu trinken angenommen. Erst nach getaner Arbeit, hat sie gesagt. Das gefällt mir.«

»Also ein richtiger Glücksgriff«, applaudiert Monika lahm. »Wo ist eigentlich Anne? Schlafen gegangen?«

»Nein, die kommt gleich wieder runter. Sie wollte sich nur fix die Pollen aus dem Haar duschen.«

Kapitel 19

Warten

Für die drei Frauen steht fest: Wir gehen nicht schlafen. Diese Nacht durchwachen wir gemeinsam. Wir werden zu dritt in der kleinen Stube sitzen, Tee trinken, reden und auf den Morgen warten. Aber es fällt ihnen schwer, ein Thema zu finden. Eines, auf das sie sich ungehemmt einlassen können, für das sie mit Leichtigkeit Worte finden. Sie suchen verkrampft nach Unverfänglichem und überlegen, wie es Menschen im Nachtdienst ergehen mag und ob man überhaupt das Maß an Schlaf benötigt, das man sich normalerweise gönnt. Sie mühen sich ab und beginnen durch Zufall – Anne erkennt im Regal das Videoband »Während du schliefst« – eine Diskussion über Sandra Bullock und deren Filmrollen. Schließlich landen sie bei der aktuellen Wetterlage. Das ist der Augenblick, in dem sie ihre halbherzigen Versuche aufgeben. Sie schweigen und gehen ihren eigenen Gedanken nach.

Tomke quälen aufkommende Zweifel, ob es richtig war, sich dermaßen einzumischen. Dabei hatte sie sich vorgenommen: Nie wieder Schicksal spielen, nie wieder eingreifen. Und nun? Wieder einmal ohne nachzudenken nach vorne geprescht. Wieder einmal mitten drin. Aber es macht sie einfach kribbelig, wenn Menschen nicht in die Strümpfe kommen. Sie kann nicht anders. Denen muss sie auf die richtige Spur helfen. Hoffentlich ist es die richtige. Tomke ist selbst noch viel zu verletzt, um eine kluge Beziehungsretterin abzugeben. Und Monika liebt ihren Mann. Das ist mal klar. Doch nun ist es zu spät. Die Dinge nehmen ihren Lauf und sie können nur abwarten und hoffen, dass es gut ausgeht.

Annes Gedanken fliegen nach Hause zu Lisette. Was sie wohl in dieser Nacht treibt? Vertrauen ist ein Wort, das sagt sich leicht daher. Es zu leben, ist verdammt schwer. Lisette ist erst fünfzehn und kaum noch im Zaun zu halten. Nach dem Abitur will sie gleich ins Ausland gehen. Das hat sie schon deutlich signalisiert. Vielleicht sogar nach Amsterdam. Zu ihrem Vater. Das hätte Kees-Jan nicht verdient. Eine fast erwachsene Tochter »frei Haus« geliefert zu bekommen. Einfach so, ohne etwas dafür geleistet zu haben. Er war nie da, wenn man ihn brauchte. Sie musste Lisette allein großziehen. Beschämt verwirft Anne diese kleinkarierte Aufrechnung. Sie möchte die Jahre mit Lisette um nichts auf der Welt missen. Sie wird sich nicht verrückt machen und die verbleibende Zeit vorweg vermiesen. Bis sie allein ist. Sie sieht zu Monika rüber. Die sitzt da wie ein Häufchen Elend. Sie leidet und weiß nicht, wie es mit ihrer Ehe weiter gehen wird. Da ist Anne besser dran. Vielleicht ist es nicht die schlechteste Wahl, allein zu leben. Auf jeden Fall braucht sich Anne über Treue und Untreue oder ob sie verlassen wird oder nicht keinen Kopf zu machen. Kees-Jan ist mit einer anderen verheiratet. Klare Verhältnisse. Warum hat sie dann immer noch Sehnsucht nach ihm?

Monika ist im Geist oben bei Frank auf dem Zimmer. Sie stellt sich vor, wie er neben Susi liegt. Nackt. Das machte sie unruhig. Wenn er sie im Halbschlaf mit Susi verwechselt. Der Gedanke nagt und hinterlässt plötzlich Eifersucht. Wie albern. Eifersucht ist nun wirklich fehl am Platz. Immerhin hat sie Susi für ihren Einsatz bezahlt. Wie ihre vernünftigen Kinder wohl reagieren würden, wenn sie herausfänden, was ihre Eltern für Spielchen miteinander treiben. Daran mag sie gar nicht denken. Hoffentlich bekommen sie es nie heraus.

Monika sieht zu Tomke und Anne. Sie sehen beide müde aus und sehnen sich sicher heimlich nach ihrem Bett. Sie sollten schlafen gehen. Völlig unnötig, dass sie sich mit ihr die Nacht um die Ohren schlagen. Das hier ist einzig und allein ihre Sache. Schlimm genug, dass sie die beiden so tief mit reingezogen hat.

»Ich würde mich gerne hinlegen«, sagt Monika. »Ich bin zum Umfallen müde.«

Anne hat sich im Wohnzimmer eine Schlafecke eingerichtet. Sie wollte verständlicherweise nicht in der ersten Etage schlafen. Für Monika hat Tomke das schmale Sofa in der kleinen Stube ausgezogen. Und hier liegt sie nun. Hellwach. Ihr Herz pocht so laut, dass sie das Echo seiner Schläge im Zimmer hören kann. Ob die beiden anderen wirklich einschlafen konnten? Wahrscheinlich liegen sie alle drei wach und horchen angespannt in die Nacht. Vor allem nach oben. Monika knipst die Stehlampe neben dem Sofa an. An der Wand gegenüber steht ein Bücherregal. Lesen. Vielleicht findet sie sogar ein Buch, das sie ein bißchen ablenkt. Eine ganze Reihe mit Linda-Loretta-Romanen. Erst jetzt wird Monika wieder bewusst, dass Anne schreibt. Monika nimmt ein Buch in die Hand. Ein Liebesroman. Das Cover ist in Pastelltönen gehalten. Die Figuren darauf sind gezeichnet. Eine Frau läuft mit fliegenden Röcken einem Mann entgegen. Monika muss lächeln. Zarte Töne von einer großen Frau in Schwarz. Und die resolute Tomke ist ihre begeisterte Leserin. Kaum zu glauben.

Monika setzt sich mit dem Buch auf das Sofa. Fehlt nur noch ein Glas Wasser. Sie hätte sich eine Flasche mit aufs Zimmer nehmen sollen. Kaum ist der Gedanke formuliert, scheint ihre Zunge demonstrativ am Gaumen zu kleben. Sie wird sich etwas zu Trinken holen. Vorsichtig drückt sie die Türklinke herunter und horcht in den Flur. Stille. Zum Glück hat Tomke eine kleine Lampe angelassen. So braucht sie sich nicht durch unbekannte

Dunkelheit zu tasten. Sie ist barfuß. Das kühle Laminat macht kein Geräusch unter ihren Schritten. In der Küche brennt auf der Fensterbank sogar noch eine Kerze. Monika schenkt sich Wasser ein und setzt sich. Das schummrige Licht ist angenehm. Die Küche vermittelt ihr mehr Ruhe als die Stube nebenan. Sie wird hier erst einmal sitzen bleiben. Wie lange Frank von den Tabletten wohl schläft? Was waren das überhaupt für welche? Mein Gott, sie hat sie sich von Tomke einfach anmixen lassen. Sie hat die Gläser folgsam genommen und nicht mehr nachgefragt. Wie ein kleines Mädchen. Ohne einen Beipackzettel zu lesen, als hätte sie kein Hirn zum Denken. Dabei kennt sie Tomke kaum. Die Überlegungen bedecken sie von einer Sekunde zur anderen mit Schweißperlen. Sie schenkt sich mit zitternden Händen noch einmal Wasser nach.

Der fein ausgeklügelte Plan wird mit Abstand gesehen immer dünner. Sie muss völlig verrückt gewesen sein, als sie sich darauf eingelassen hat. Was heißt verrückt. Es hat einfach gut getan, mit den beiden Frauen zusammenzusitzen. Zu spüren, die sind eindeutig auf ihrer Seite. Ihren Eifer, sich etwas für sie auszudenken. Ihr Bemühen, sie zu trösten. Diese Solidarität, dieses Wir-halten-zusammen-Gefühl hat Monika an ihre Teenagerzeit erinnert. Kathi und Anja waren ihre besten Freundinnen. Ihre allerbesten, wie man in dem Alter herzlich gern betont. Zu dritt waren sie unschlagbar. Gleichgültig, welches Problem gerade anstand. Meistens war es Liebeskummer. Alles verblasste, wenn sie dicht nebeneinander auf einem ihrer Betten lagen. Sie hörten Ulla Meinecke rauf und runter, am liebsten: *»Du bist die Tänzerin im Sturm. Du bist ein Kind auf dünnem Eis. Du wirfst mit Liebe nur so um dich – und immer triffst du mich.«* Dazu tranken sie Apfelsaft mit Amaretto und fühlten sich unbesiegbar.

Die Erinnerung lässt Monika wieder ruhiger werden. Blanker Unsinn, Tomke in Frage zu stellen. Welches Interesse sollte sie haben, Frank eine Überdosis Schlaftabletten zu verabreichen? Schon gar nicht in ihrer eigenen Pension. Sie ist eben eine gutmütige Seele und will ihr helfen. Das ist alles. Diese Hirngespinste sind schon wieder Ausgeburten deines schlechten Gewissens. Diese Warterei macht einfach marode. Reiß dich zusammen, Frau Habermann. Frank wird aufwachen und wie immer zur Seite greifen. Er wird aber nicht seine Frau, sondern Susi ertasten. Vielleicht glaubt er für einen Augenblick, er träumt. Bis er schlagartig wach ist und begreift, neben ihm liegt wirklich eine wildfremde, attraktive, nackte Frau. Und wo ist seine? Ha, das wird ihm einen Wahnsinnsschrecken einjagen. Er wird aufspringen. Splitternackt wie er ist. Panisch nach seinen Klamotten suchen, um sich zu bedecken. Er wird Susi empört anschreien, sie fragen, wer sie ist. Wo ist meine Frau? Susi wird ihm nicht antworten. Nur unschuldig lächeln.

Monika atmet durch. Genauso wird es sein. Vielleicht durchschaut er die Komödie im Nachhinein. Kann sein. Unwichtig. Es wird ihm auf jeden Fall für einen kurzen Augenblick begreiflich machen, wie es ist, auf das Vertrauen des anderen angewiesen zu sein. Auch wenn alle offensichtlichen Tatsachen dagegen sprechen. Monika greift nach dem Glas und steht auf. Sie wird sich wieder hinlegen. Vielleicht schläft sie sogar ein. Sie kann hier nicht bis zum Morgengrauen hocken bleiben.

Sie steht noch in der Küche, als über ihr die Decke zu beben beginnt. Ein heftiges Gepolter. Stille. Wieder Lärm. Ein Stuhl scheint umgefallen zu sein. Monika starrt gebannt nach oben, als hätte sie die Gabe, durch Wände zu sehen. Wieder ein undefinierbares Gerumpel. Monika ist nicht fähig, sich zu rühren. Was passiert da gerade, und warum ist Frank schon aufgewacht. Was macht er, um Himmels willen, mit Susi. Haben die Medikamente eine gewalttätige Ader bei ihm freigelegt? Die Vorstellung löst sie aus ihrer Erstarrung. Sie muss da hoch und zwar sofort. Die arme Frau braucht vielleicht Hilfe. Auf dem Flur stößt sie fast mit Anne zusammen. Die steht leichenblass wie ein Geist vor ihr. Der schwarze Jogginganzug unterstreicht ihre Blässe. Eine Tür wird aufgerissen. Tomke. Sie trägt einen rosafarbenen Schlafanzug. Auf dem Oberteil glitzern zwei knallrote Applikationen in Herzform. Monika starrt sie wie hypnotisiert an. Dann erst realisiert sie, was Tomke in der Hand hält. Einen Baseballschläger. Monika reißt vor Entsetzen ihren Mund auf, ohne einen Ton herauszubekommen.

Bevor die drei Frauen die erste Etage erstürmen können, stolpert ihnen Susi auf der Treppe entgegen. Sie hat nur notdürftig ein Badehandtuch um ihren Körper geschlungen.

»Kummt her! De Kerl geit dood! Nu fix!« In ihrer Aufregung ist sie ins Plattdeutsche verfallen. Sie dreht sich hektisch um und eilt wieder nach oben.

Der Kerl und tot, hat Monika verstanden. Sie sucht entsetzt Tomkes Blick. Die starrt an ihr vorbei und ist nun auch kreidebleich geworden. »Schnell«, krächzt sie, und sie hasten gemeinsam die Treppen hoch. Das kann doch nicht sein, denkt Monika verzweifelt. Er kann doch nicht einfach sterben. Das geht nicht. Von zwei Tabletten. Unmöglich. Oder ein allergischer Schock?

Im Gästezimmer bietet sich ihnen ein groteskes Bild. Susi steht am Fußende des Doppelbettes und hält Franks Beine so gut sie kann nach oben. Das Badehandtuch ist ihr bei der Aktion heruntergerutscht. Frank ist ebenfalls nackt. Sein Gesicht ist schmerzverzerrt und in Schweiß gebadet. Aber er lebt.

Mit ein paar Schritten ist Monika bei ihm.

Susi sieht Anne auffordernd an. Die übernimmt folgsam Franks Beine und hält sie weiter nach oben. Ohne zu hinterfragen, ob das sinnvoll ist. Susi hat so etwas Überzeugendes. Tomke wirft Frank ein Handtuch über den Genitalbereich. Dann holt sie aus dem Badezimmer einen feuchten Waschlappen und drückt ihn Monika in die Hand. »Für seine Stirn«, sagt sie ungeduldig, als die nicht kapiert, was sie damit anfangen soll. Ihr nächster Handgriff gilt dem Telefonhörer. »Ich rufe den Notarzt!«

»Heb ik all mokt. De kummt glieks«, mischt sich Susi ein. Wie zur Bestätigung ihrer Worte fällt das unruhige Blaulicht eines Rettungswagens durch das Schlafzimmerfenster. Susi rafft ihre Kleidungsstücke zusammen.

»Wo kann ik mi ümträken?«

»Nebenan ist frei«, antwortet Tomke fahrig, schon auf dem Weg nach unten, den Helfern die Tür zu öffnen.

»Ik gor nu wech«, ruft Susi ihr hinterher. Mit einem letzten Blick auf Frank »Tschüß und allns goode.«

Monika nimmt nichts wahr. Sie sieht nur ihren Mann und tupft ihm mit dem nassen Waschlappen immer wieder über die Stirn. »Stirb bitte nicht«, flüstert sie.

Er schüttelt kaum merklich den Kopf und weist kraftlos mit der Hand auf die leere Betthälfte neben sich.

»Ich habe nicht …«, flüstert er angestrengt.
Monika nickt ihm beruhigend zu. Ihr steigen Tränen in die Augen:
»Ja, ich weiß. Ich weiß.«

Der Krankenwagen fährt bedächtig die Deichstraße entlang. Ohne Martinshorn. Nur das Blaulicht zieht seine Kreise. Als wäre keine Eile mehr von Nöten.

Anne und Tomke stehen in der Haustür und sehen dem Wagen hinterher.

»Der schafft das«, sagt Tomke mit Überzeugung, aber ihre Stimme zittert.

Anne nickt heftig. »Ja, bestimmt. Fahren wir hinterher?«

»Unbedingt. Wir können Monika nicht allein lassen. Außerdem muss sie von Wilhelmshaven wieder zurückkommen.«

Sie holen sich ihre Jacken und eilen in die Garage zum Auto. Anne öffnet die Beifahrertür. »Oh, eine Maus!«

Tomke lächelt müde. »Na wenigstens eine, die endlich vernünftig geworden ist.«

Sie kommt herum und schnappt den Käfig mit der panisch piepsenden Maus.

»Ich lass sie eben frei«, erklärt sie und verschwindet im Garten. An der Buchsbaumhecke setzt sie den Käfig ab und öffnet die Falltür. »Viel Glück und geh den Katzen aus dem Weg.«

Kapitel 20

Tomke und Anne und das schlechte Gewissen

Der Krankenhausparkplatz ist fast leer. Das wirkt gespenstisch vor dem langgestreckten Klinikkomplex mit den vielen Fenstern. Hier und da brennt ein Licht. In dem Zimmer liegt sicher jemand wach und wartet auf den Morgen.

Tomke und Anne gehen schweigend zum Eingang. Die Glastür ist geschlossen. Dahinter erkennt man im gedämpften Licht die Eingangshalle. Tomke geht noch einmal einen Schritt vor und zurück, aber die elektronische Schiebetür öffnet sich nicht.

»Hier«, sagt Anne und weist auf den Klingelknopf. Als sie ihn drückt, erklingt ein Summton und die Türen werden auseinander gezogen.

Tomke geht forsch voraus. Ihre Schritte hallen überlaut nach. Anne folgt ihr langsam und bemüht sich, leise aufzutreten. Die nächtliche Atmosphäre der Eingangshalle nimmt sie ungewollt gefangen. Die einladenden Sitzgruppen sind verwaist. Prächtige Grünpflanzen stehen im Halbdunkeln. Wie schlafende Oasen. Tagsüber werden sie Besuchern Schutz und Schatten spenden. Einen Augenblick scheinbare Privatsphäre. Fahrstühle. Keiner ist in Bewegung. Die roten Knöpfe leuchten wie wartend, um sofort jemanden befördern zu können. Alles erscheint wie ein ruhiges Luftholen vor dem nächsten Ansturm. Nichts erinnert hier an nächtliche Krankenhausszenen aus Filmen, in denen Ärzte und Schwestern Tragen mit blutenden Schwerverletzten im Laufschritt in den Operationssaal befördern.

Hinter einer Glasscheibe sitzt ein Mann. Er schiebt sie ein kleines Stück auf und sieht ihnen müde entgegen.

»Moin, wir gehören zu Herrn Habermann«, erklärt Tomke knapp. Der Mann wendet sich seinem Computer zu und nickt bestätigend.

»Ist gerade ins Haus gekommen und kommt gleich auf die Intensivstation.«

Er beugt sich vor und weist ihnen den Weg. »Da geradeaus, gleich wieder rechts, nächster Fahrstuhl, erste Etage und wieder links. Dort müssen Sie klingeln.«

Tomke nickt flüchtig dankend. Anne starrt den Mann noch immer verwirrt an. In ihrem Kopf schwirrt es. Sie hat kaum etwas von der schnell dahingeratterten Wegbeschreibung behalten. Nur »Intensivstation« ist bedrohlich deutlich in ihrem Bewusstsein hängen geblieben.

»Könnten Sie bitte noch einmal …« Bevor sie die Frage zu Ende formulieren kann, zieht Tomke sie resolut am Arm weiter.

»Nun komm. Ich weiß, wo das ist.«

Sie laufen schweigend einen langen Flur entlang. Überall Zimmer mit leerstehenden Sitznischen. An den Wänden hängen Bilder. Ein Künstler hat seine Fotografien ausgestellt. Momentaufnahmen aus Paris. Im Hochsommer. Als sie auf den Fahrstuhl warten, konzentriert sich Anne auf das Bild mit einer jungen Frau. Sie steht vor dem Eifelturm und spritzt sich zur Erfrischung Mineralwasser ins Gesicht. Die Tropfen werden von der Sonne reflektiert und glitzern wie fliegende Perlen.

Die Fahrstuhltüren öffnen sich. Tomke und Anne sehen sich in der Spiegelwand im Fahrstuhlinneren entgegen. Beide unnatürlich blass mit geröteten Augen. Annes schwarze Kleidung und Tomkes farbloser Parka unterstreichen den Eindruck, dass sie zu einem Kondolenzbesuch unterwegs sind. Erschreckt schauen sie zur Seite und starren wie gebannt auf den elektronischen Etagenanzeiger. Eins.

Die Tür öffnet sich wieder. Sie geben sich einen Ruck und verlassen den Fahrstuhl. Es riecht penetrant nach Desinfektionsmittel. Kaum hat Anne den Geruch in der Nase, muss sie heftig niesen. Sie gehen nach links und stehen vor einer breiten Tür aus Blindglas. Daneben ein Schild mit roten Buchstaben: Intensivstation – Kein Eintritt. Besucher bitte klingeln!

Sie bleiben unschlüssig stehen. Tomke ringt sich durch und drückt den Knopf. Es dauert eine gefühlte Ewigkeit, bis ein Schatten hinter der Scheibe sichtbar wird. Die Tür wird geöffnet und ein junger Mann im grünen Zweiteiler steht vor ihnen. Er sieht abgehetzt aus, aber er bemüht sich um ein professionell freundliches Lächeln.

»Moin, wir gehören zu Herrn Habermann«, sagt Tomke wieder ihren Spruch auf.

»Sind Sie Angehörige von ihm?«, fragt der Pfleger. Sein Blick ruht prüfend auf Anne, die mit tränenden Augen und Taschentuch vor der Nase dasteht und gerade versucht, ihre Niesattacke in den Griff zu bekommen.

»Nein, wir sind keine Angehörigen. Wir – wir sind Bekannte von Frau Habermann. Wir fahren sie«, erwidert Tomke unbeholfen.

»Dann nehmen Sie dort Platz.« Er weist auf eine Nische, die vor dem Intensivbereich im Dunkeln liegt.

»Sagen Sie bitte Frau Habermann, dass Tomke und Anne hier warten.«

Er nickt, schließt die Tür und entfernt sich eilig.

»Jetzt wissen wir immer noch nicht, wie es ihm geht«, bedauert Anne. »Wir hätten nachfragen sollen.«

Tomke winkt ab. »Ja, hätten wir. Aber wir hätten keine Antwort bekommen. Da sind die eigen. Wir müssen warten, bis Monika uns Bescheid sagt.«

Sie dreht sich um und verschwindet in der dunklen Sitzecke.

»Komm her«, fordert sie von dort Anne auf. Die zögert. »Gibt es hier denn keinen Lichtschalter?«

»Doch, gibt es. Aber lass ihn aus. Ich sitze nicht gerne im grellen Licht und warte«, erklärt Tomke.

Anne gehorcht und setzt sich neben sie. Es ist hier nicht so dunkel, wie sie befürchtet hat. Im sanften Dämmerlicht kann sie Stühle und einen kleinen Tisch mit Illustrierten erkennen. Von ihren Plätzen können sie gut den Eingang zur Intensivstation beobachten. Aber dort passiert nichts. Keine Silhouette, die sich ihr nähert. Kein Geräusch. Nur Stille.

Wie viele Menschen hier wohl mit bangem Herzen gewartet haben, schießt es Anne durch den Kopf. Wie viele Tränen, wieviel zerstörte Hoffnung, ausgelöschte Leben. Gravierende Veränderungen von einer Minute zur anderen.

»Meinst du, glaubst du, dass er stirbt?« Während Anne mit dünner Stimme die Frage stellt, ist ihr bewusst, wie kindisch sie ist. Woher soll Tomke die Antwort wissen.

»Keine Ahnung«, antwortet sie erwartungsgemäß. »Ausgesehen hat er jedenfalls wie Tod auf Latschen.« Tomke atmet tief durch. »Verdammt noch einmal, wie kann man von zwei Schlaftabletten einen Herzkasper bekommen? Erklär mir das mal?«

»Na ja, das werden wohl nicht nur die Tabletten gewesen sein. Sondern der Schock. Eine fremde nackte Frau neben ihm im Bett. Monikas Mann scheint irgendwie sehr – moralisch zu sein.«

Tomke fährt sich mit beiden Händen über ihren Stoppelkopf.

»Puh, Moral. Wer kann ahnen, dass der Mann so sensibel ist.«

Anne nickt beschämt.

Damit hat sie auch nicht gerechnet. Niemals. Sie hat sich so unbekümmert auf das gemeinsame Aushecken der Geschichte eingelassen. Es hat ihr Spaß gemacht. Ja, Spaß. Es war wie gutes Schreiben. Dabei hat sie völlig vergessen, hier geht es um das wirkliche Leben. Monikas und Franks Leben.

»Hätten wir dem Arzt nicht sagen sollen, dass er zwei Schlaftabletten intus hat?«, fragt Anne leise.

»Das fällt dir reichlich früh ein. Habe ich auch dran gedacht, aber das hätte uns nur in Teufels Küche gebracht und Frank nicht wirklich geholfen.«

Tomke rückt näher an Anne heran und lehnt sich an sie. Die Körperwärme der anderen zu spüren ist angenehm und tröstend.

Sie reden nicht mehr. Sie starren nur angespannt auf die Tür zur Intensivstation. Von Zeit zu Zeit nähert sich ein Schatten und beide Frauen richten sich auf. Aber jedes Mal entfernt er sich, ohne dass die Tür geöffnet wurde.

»Wenn er das hier überlebt, töne ich mein Haar wieder und lasse es auch wachsen«, verkündet

Tomke plötzlich feierlich. »Und Paul ist endgültig Vergangenheit!«

Anne greift gerührt nach ihrer Hand. So ein Versprechen würde sie auch gerne vorbringen. Ein richtiges Opfer. Ihr fällt dazu nur ein ebenbürtiges ein: Kees-Jan. Sie könnte hier und jetzt versprechen, ihn endgültig loszulassen, wenn Herr Habermann wieder gesund wird. Sie schluckt, versucht es. Sie bringt kein Wort über die Lippen. Was, wenn sie den Schwur nicht einhalten kann? Wenn sie zu schwach ist? Betroffen muss sie sich eingestehen, den Schwur will sie noch nicht leisten. Sie hat Angst, er könnte in Erfüllung gehen. Deshalb schweigt sie und hält nur Tomkes Hand. Wie lange? Zeitspannen sind, wenn man wartet, nicht einzuschätzen. Sie erscheinen immer endlos lang.

Die Mechanik der Glastür surrt. Anne und Tomke schrecken hoch. Monika verlässt allein den Intensivbereich und bleibt unschlüssig auf dem Flur stehen.

»Wir sind hier«, meldet sich Tomke mit heiserer Stimme. Sie springt hastig auf und kommt dabei ins Taumeln. Anne hakt sie fest unter. Gemeinsam eilen sie zu Monika. Erst hier, im grellen Deckenlicht der Flurbeleuchtung, können sie erkennen, wie verweint sie aussieht.

»Und? Wie geht es deinem Mann?«, fragt Tomke beherzt. Obwohl ihr bei Monikas Anblick sofort das Herz in die Hose gerutscht ist. Anne bringt keinen Ton heraus.

»Es ist kein Infarkt. Angina pectoris, sagen sie. Das ist zum Glück nur eine Voralarmstufe. Es ist wohl mal eine Auszeit fällig. Frank kommt durch.« Sie zögert. Dann sagt sie mit fester Stimme: »Und ich glaube, unsere Ehe auch.«

Kapitel 21

Monika und Frank
Geständnisse auf der Intensivstation

Sie haben Frank auf einer Trage die Treppe heruntergetragen. Vor der Haustür hieven sie sie auf ein fahrbares Gestell. Monika läuft dicht nebenher. Als sie ihn in den Krankenwagen schieben, will sie mit einsteigen. Jemand tippt ihr auf die Schulter. Es ist einer der Sanitäter. Monika ignoriert ihn. Sie will zu Frank. Da hält der junge Mann sie mit sanfter Gewalt am Oberarm fest.

»Kommen Sie bitte mit zu mir nach vorne. Das ist während der Fahrt sicherer. Unser Doc kümmert sich um Ihren Mann.«

Widerwillig folgt sie seiner Aufforderung und setzt sich auf den Beifahrersitz. Durch die Innenscheibe des Wagens kann sie nach hinten sehen. Der Arzt bemüht sich mit dem anderen Sanitäter um Frank. Sie haben ihn verkabelt und an einen kleinen Monitor angeschlossen. Sie kann darauf seine Herzzacke sehen, aber nicht sein Gesicht. Verzweifelt wendet sie sich ab und sieht nach vorn.

Sie fahren langsam, ohne Martinshorn. Nur das bläuliche Alarmlicht kreist. Es wird in den Fensterscheiben der anliegenden Häuser reflektiert.

Die Küstenstraße ist um drei Uhr morgens leer. Die windschiefen Bäume stehen wie Wächter am Straßenrand Spalier. Immer wieder dreht Monika sich um und sieht nach hinten. Frank liegt anscheinend ganz ruhig da. Der Arzt sitzt neben ihm. Frank schläft, tröstet sich Monika. Er hat etwas zur Beruhigung bekommen. Er schläft.

Der Sanitäter neben ihr lächelt ihr aufmunternd zu. »Machen Sie sich keine Sorgen. Der Doc meint, das ist kein Herzinfarkt. Außerdem ist Ihr Mann kreislaufstabil.«

Kein Infarkt. Wie will er das so schnell wissen. Erfahrungswerte. Oder er hat es auf dem Monitor erkannt. Sicher. Kreislaufstabil. Das hört sich gut an. Fast wie gesund. Aber so hat Frank nicht ausgesehen. Sie muss sich mit ihm aussprechen. Sie würde es nie verwinden, wenn er so sterben würde. In diesem Durcheinander der ungeklärten Gefühle.

»Ich muss dringend mit meinem Mann sprechen«, erklärt sie und hantiert an ihrem Sicherheitsgurt. Als könnte sie während der Fahrt nach hinten gelassen werden.

»Das können Sie gleich im Krankenhaus«, antwortet der Sani geduldig. Hoffentlich, denkt Monika und setzt sich wieder gerade hin. Kreislaufstabil, wiederholt sie in Gedanken und starrt auf die nächtliche Landstraße. Kein Infarkt. Warum dauert die verdammte Fahrt so lange? Sie hat den Weg viel kürzer in Erinnerung.

»Können Sie nicht schneller fahren?«

Der junge Mann lächelt, ohne eine Antwort zu geben. Anscheinend ist er Ungeduld und hilflose Fragen gewohnt.

Endlich erreichen sie Wilhelmshaven und das Krankenhaus. Sie fahren an dem Portal vorbei hinter das Gebäude. Ambulanz. Die Buchstaben leuchten im Scheinwerferlicht des Wagens auf. Ihr Fahrer springt nach draußen, öffnet ihr im Vorbeigehen die Tür und eilt zu seinen Kollegen. Monika will hinterher stürmen, aber ihre Beine gehorchen ihr nicht. Nur langsam schafft sie es, einen Fuß nach dem anderen aus dem Wagen zu setzen. Das ist so mühevoll, als wären durch die kurze Fahrt ihre Gliedmaßen versteift.

Vor der Ambulanz parken noch zwei andere Krankenwagen. Ihre Hintertüren sind weit geöffnet. Die Innenräume sind leer. Sanitäter stehen rauchend um einen Außenaschenbecher.

»Moin«, grüßen sie ihre gerade angekommenen Kollegen. »Crash auf der A29. Zwei Polytraumen. Gaby wird sich freuen, wenn ihr auch noch Kundschaft bringt. Die sind noch am Saubermachen.«

Monikas Beine werden plötzlich butterweich und drohen ihr wegzuknicken. Sie muss sich für einen Augenblick am Wagen festhalten.

»Alles okay?«, fragt sie einer der Sanis.

»Ja, alles okay«, bestätigt Monika. Dabei kämpft sie gegen eine aufkommende Übelkeit, die wie eine riesige Kralle ihren Magen umschließt, um dessen Inhalt nach oben zu befördern. Sie schluckt tapfer dagegen an. Bloß keine Schwäche zeigen. Nicht jetzt. Auf keinen Fall erbrechen und schon gar nicht in Ohnmacht fallen. Sonst werden sie dir verbieten, bei Frank zu bleiben und du kannst heute nicht mehr mit ihm reden. Aber ich muss. Monika lässt die Karosserie des Krankenwagens los und stellt sich zur Bestätigung ihrer Worte aufrecht hin. Vorsichtig stakst sie um den Wagen herum nach hinten.

Sie haben Frank mit seiner Trage wieder auf das fahrbare Gestell geschoben. Sein Mundbereich ist von einer Maske verdeckt, die mit einer Pipeline verbunden ist. Sauerstoff, erkennt Monika besorgt. Er braucht also Sauerstoff. Seine Augen hält er geschlossen. Ist er überhaupt bei Bewusstsein? Monika steht neben ihm und mag ihn nicht ansprechen. Da flattern seine Augenlider und er sieht sie an. Monika verzieht ihr Gesicht auf Kommando zu einem Lächeln. Einem zuversichtlichen, wie sie hofft.

»Ich komme mit. Ich lasse dich nicht allein«, flüstert sie ihm zu. Es klingt wie eine Beschwörungsformel und soll auch eine sein. Sie greift nach seiner Hand und läuft dicht neben der Trage her.

Der Empfangsschalter in der Ambulanz liegt verwaist im Dämmerlicht einer Notbeleuchtung. Nur zwei halbgeleerte Tassen und ein paar achtlos hingeworfene Ordner weisen darauf hin, dass hier normalerweise Betrieb ist.

Die Sanis schieben langsamer weiter. Der Notarzt geht voran und schiebt eine Metalltür auf. Bevor sie die Trage hineinrollen können, versperrt ihnen eine Schwester den Weg. Eine üppig gebaute Vierzigerin. Ihr Gesicht ist puterrot. Auf ihrer Stirn stehen Schweißperlen. Einige davon sind so schwer, dass sie ihr jeden Moment in die Augen zu tropfen drohen. Mit einer ungeduldigen Bewegung wischt sie sie mit dem Unterarm fort. In der anderen Hand hält sie so etwas wie einen Wischmopp. Ihre dunkelbraunen Augen funkeln die Neuankömmlinge empört an. »Wir haben abgemeldet. Dicker Verkehrsunfall. Pennt eure Zentrale? Hier könnt ihr jedenfalls nicht rein. Der Schockraum schwimmt noch«, schimpft sie aufgebracht. Ihr Blick trifft Monika und wird weicher.

»Tut mir leid. Aber hier herrscht gerade Land unter.«

Sie gönnt Frank ein aufmunterndes Lächeln. »Sie kommen gleich auf die Intensiv. Dort werden Sie versorgt. Alles Gute.«

Sie dreht sich um und schiebt die Tür hinter sich zu.

Intensiv, kann Monika nur denken und folgt wie betäubt dem kleinen Trupp in einen Fahrstuhl.

»Sie kommen nur auf die Intensivstation, weil das EKG-Gerät im Schockraum gerade vers… –

nicht einsatzfähig ist. Machen Sie sich keine Sorgen«, tröstet der Notarzt Frank, während sie in die erste Etage fahren.

Keine Sorgen machen, denkt Monika. Kreislaufstabil. Warum haben sie ihn dann überhaupt mit ins Krankenhaus genommen?

Als sie aus dem Fahrstuhl kommen, stehen sie fast unmittelbar vor einer Wand aus Milchglas. Intensivstation – Kein Zutritt – Besucher bitte klingeln, steht mit roten Buchstaben in Augenhöhe. Der Arzt gibt einen Zahlencode ein und die Glaswand teilt sich. Sie fahren in einen Vorraum. Noch einmal eine Tür. Dieses Mal genügt ein Knopfdruck, um sie zu öffnen.

Dahinter empfängt sie gedämpftes Licht. Überall Wände aus Glas. Irritierend viele Geräte und blinkende Signale. Die Menschen in den Betten sind kaum zu erkennen. Das wirkt unheimlich und bedrohlich. Dieses Territorium betritt niemand freiwillig. Eine junge Frau und ein Mann kommen ihnen entgegen. Beide tragen grüne Hosenanzüge.

»Toll, jetzt übernehmen wir schon die Arbeit von der Ambulanz«, murrt der Mann den Notarzt an. Dann begrüßt er übergangslos freundlich Frank mit Handschlag. »Moin, ich bin Pfleger Jürgens.«

Er nickt Monika zu. »Sie müssen, bitte, draußen warten. Wir rufen Sie später rein.«

Monika bleibt stocksteif stehen. »Nein, ich bleibe bei meinem Mann.«

Für einen Augenblick sieht es so aus, als würde Pfleger Jürgens aus der Haut fahren. Dann zuckt er resigniert die Schultern.

»Meinetwegen. Heut ist hier sowieso ein einziges Tohuwabohu. Kommen Sie mit.«

Frank wurde ganz an das Ende der Station in ein kleines Zimmer geschoben. Sie haben die Jalousien an den Glaswänden heruntergelassen. Für den Sichtschutz war Monika dankbar. Die Maßnahme verstärkte dazu ihre verzweifelte Hoffnung: Frank gehört nicht zu den Schwerstkranken, die ständig beobachtet werden müssen. Er wird wieder gesund.

Sie haben bei ihm ein EKG geschrieben und Blut abgenommen. Kurze Zeit später bestätigte die diensthabende Ärztin die Anfangsdiagnose des Notarztes. Frank hat keinen Herzinfarkt. Aber für zwei, drei Tage sollte er zum Durchchecken im Krankenhaus bleiben. Nicht hier auf der Intensiv. Auf einer Normalstation. Dorthin würde er so schnell wie möglich verlegt. Die Ärztin hat Frank noch einmal eindringlich angesehen und gefragt, ob er eine akute Stresssituation gehabt hätte?

Er hat nur hilflos mit den Schultern gezuckt. Die Ärztin hatte schon ihre Papiere zusammengerafft und wollte gehen, da hat er kaum hörbar geantwortet. »Ich dachte, ich hätte meine Frau verloren.«

Sein Blick suchte Monikas. Der schossen sofort Tränen in die Augen.

»Okay.« Die Ärztin musste sich räuspern. »Sie können noch eine Viertelstunde bei Ihrem Mann bleiben. Aber dann muss ich Sie ernsthaft bitten, sich zu verabschieden. Ihr Mann braucht Ruhe.«

Nun sitzt Monika auf einem Stuhl neben Franks Bett. Sie sind allein in dem kleinen Glaszimmer mit den zugezogenen Fenstern. Jetzt würde sie etwas für einen freien Blick geben. Sie wollte ihm so viel erzählen, so vieles fragen und nun fehlen ihr die Worte.

»Und?«, unterbricht Frank die beklemmende Stille. »Habe ich dich verloren?«

Monika schießt das Blut ins Gesicht, aber sie sieht Frank endlich in die Augen. »Um Haaresbreite.«

Er hebt seine Hand und lässt sie wieder auf die Bettdecke zurückfallen. Seine Handfläche zeigt nach oben. Monika legt ihre hinein und er umschließt sie sanft.

Ein wunderbarer Augenblick der Nähe. Sie will ihn in sich aufnehmen und speichern. Frank wird leben. Nur das zählt. Alles andere erscheint ihr wie in einen Nebenraum gesperrt. Gerade nicht wichtig. Sie werden genügend Zeit haben, sich auszusprechen.

Da hört sie Frank mit gepresster Stimme fragen: »Wie ist diese Frau in mein Bett gekommen?«

Monika sieht ihn perplex an. Die Susi-Geschichte hat sie schon fast vergessen.

»Ich habe sie dafür bezahlt«, antwortet sie ruhig.

»Du? Bezahlt? Warum?«

»Das war – das sollte ein Denkzettel für dich sein. Eine Revanche, weil du mir einen Detektiv auf den Hals gehetzt hast.«

Frank hebt seinen Kopf und lässt ihn wieder auf das flache Kissen zurücksinken.

»Also, doch. Du wusstest es. Du hast alles längst durchschaut«, flüstert er resigniert.

»Nein, Frank. Falsch. Ich hatte überhaupt nichts durchschaut. Das ist genau das Problem gewesen.«

»Aber, warum dann diese – diese Nackte?«

Monika gibt sich einen Ruck. Sie will jetzt nicht mehr ausweichen. Sie muss bei der Wahrheit bleiben. Keine faulen Tricks mehr.

»Ich habe es erst gestern Nachmittag erfahren. Im Hafen hast du mir deinen Rucksack gegeben. Da habe ich zufällig Eriks Visitenkarte gefunden. Als du geschlafen hast, da habe ich ihn angerufen und zur Rede gestellt.«

Frank stößt wie eine überlastete Dampflokomotive die Luft aus.

»Wie kommt der dazu, dir das zu erzählen?«

»Ich habe ihn massiv unter Druck gesetzt.«

Frank sieht sie ungläubig an.

»Und danach – ich war völlig vor den Kopf geschlagen. Wie konntest du mir das antun und mich bespitzeln lassen. Ich war so unglaublich wütend. Ich musste etwas unternehmen, sonst wäre ich geplatzt, verstehst du.«

»Aber dann gleich so was Schrilles.« Frank betrachtet Monika so eindringlich, als sähe er sie zum ersten Mal.

»Nun lebe ich seit mehr als zwei Jahrzehnten mit dir zusammen und habe anscheinend nicht die geringste Ahnung, wie du tickst. Auf so eine Idee zu kommen. Wo hast du diese Dame eigentlich auf die Schnelle hergezaubert? Ehrlich, das hätte ich dir im Leben nicht zugetraut.«

Ein winziges Lächeln umspielt seine Lippen.

Dieser Ansatz von Bewunderung bringt sie in Rage. Sie erinnert sich, warum diese Komödie überhaupt zustande gekommen ist. Wie verletzt sie war. »Ach, den Mumm hast du mir nicht zugetraut. Aber dass ich auf den Strich gehe – schon!« Ihre Stimme klingt härter als beabsichtigt.

Franks Lächeln erlischt. Er weicht erschrocken ihrem Blick aus und fixiert den Infusionsständer.

»Ich weiß selbst nicht mehr, wie ich das glauben konnte.« Er sucht verzweifelt nach Worten. Sie hilft ihm nicht. Wartet.

»Im Nachhinein ist der Verdacht natürlich absolut lächerlich. Hinterher ist man immer schlauer«, beginnt Frank leise. »Aber als der Brief für dich kam, handgeschrieben von einem Verehrer, einem glühend verliebten Freier. Das war – ich kann das kaum noch beschreiben. Erst war es nur der Hauch eines Verdachtes, ein verrückter Gedanke. Aber einmal angefangen darüber nachzudenken, konnte ich nicht wieder aufhören. Und je länger ich darüber nachgegrübelt habe, desto logischer erschienen mir die Zusammenhänge. Du warst so fremd, ganz anders in der letzten Zeit. Weit von mir entfernt. Dazu ungewöhnlich oft allein unterwegs. Das passte alles. Ich musste mir einfach Gewissheit verschaffen.«

»Und warum hast du mich nicht einfach gefragt?«

Frank schluckt und sieht Monika wieder an. Sie kann erkennen, wie viel Überwindung ihm das Geständnis kostet.

»Ich hatte eine Scheißangst vor deiner Antwort. Ich hätte Konsequenzen ziehen müssen. Konsequenzen, die – die ich nicht ziehen wollte.«

»Du meinst, du wärst mit mir zusammen geblieben, wenn Erik herausgefunden hätte, dass ich wirklich in einem Bordell arbeite?«

Monika starrt Frank ungläubig an.

»Nein. Doch. Ach, ich weiß nicht. Ehrlich, ich weiß es nicht. Ich wollte Zeit gewinnen. Erst einmal in Ruhe eine Lösung suchen. Aber das Wichtigste: ich wollte dich nicht verlieren.«

Monika sieht ihn ernst an.

»Das wäre fast so richtig schief gegangen.«

»Das ist mir jetzt auch klar.«

Frank umschließt ihre Hand fester.

Monika antwortet nicht. Sie sieht ihn nur an und erwidert seinen suchenden Blick. Versinkt in seine Augen, die ihr so vertraut sind. Umrahmt von vielen kleinen Fältchen. Sie hat das Gefühl, sie kennt jedes einzelne. Das ist ihr Mann. Sie nickt ihm langsam zu und denkt: Das ist dir klar. Wirklich? Nein, das ist es nicht. Und das ist auch gut so. Völlig unnötig, dir jetzt noch zu beichten, wohin sich meine Gefühle verirrt hatten. Dass für eine kurze Zeit unser gemeinsames Leben in Gefahr war. In großer Gefahr. Ich habe mich fast verlaufen. Ich war schon sehr weit entfernt und ich weiß nicht, ob ich zurückgefunden hätte. Aber nun. Nun ist das nicht mehr wichtig. Ich habe in den letzten Stunden gespürt, wie viel du mir bedeutest. Ich will dich nicht verlieren. Ich liebe dich. Das ist die einzige Wahrheit, die jetzt noch von Bedeutung ist.

Monika beugt sich zu ihm herunter und haucht ihm einen Kuss auf den Mund. Bevor sie das Zimmer verlässt, lächelt sie ihm noch einmal zu.

Kapitel 22

Anne

Anne zieht sich mitten im Zimmer aus. Ihre Kleidungsstücke lässt sie dabei achtlos auf den Boden gleiten. Im Badezimmer schlüpft sie in ihren Pyjama und putzt sich nur nachlässig die Zähne. Dabei gönnt sie sich im Spiegel keinen Blick. Gerötete Augen und eine überdimensionale Nase könnten ihr womöglich die gute Laune verderben. Sie stellt sich mit einem Glas Wasser in der Hand an das breite Zimmerfenster. Sie fühlt sich wie berauscht. Als hätte sie gerade die letzten Zeilen eines Manuskriptes geschrieben und kann es zur Seite legen, sich wieder für das nächste öffnen.

Das nächtliche Intermezzo in der Frühstückspension ist glimpflich ausgegangen. Mehr noch. Es besteht eine Chance auf ein Happyend. Monika hat auf der Rückfahrt Zuversicht ausgestrahlt. Nicht euphorisch überdreht. Sie war still und deshalb überzeugend. Die Hoffnung für ihre Zukunft passt zu der einsetzenden Morgendämmerung. Man kann im wahrsten Sinne des Wortes einen Silberstreifen am Horizont erkennen. Anne lächelt zufrieden und verfällt übergangslos in ein herzhaftes Gähnen. Sie trinkt das Wasser und verwirft die Idee, den Sonnenaufgang weiter zu beobachten. Schlafen. Erst einmal schlafen. Sie rekelt sich behaglich in dem Bett zurecht. Die Übermüdung wirkt wie ein angenehmer Schwips. Sie muss ohne Grund lachen. Dabei spürt sie, wie sie in die erste Schlafphase fällt. Ein penetrant schriller Klingelton unterbricht ihr wohliges Wegsacken. Anne sitzt kerzengerade mit wild klopfendem Herzen im Bett und versucht, das Geräusch zu orten. Es klingelt wieder und wieder, bis Anne endlich den Zusammenhang begreift. Das Telefon in ihrem Zimmer klingelt. Der nächste Gedanke: Lisette! Nur Lisette hat ihre Durchwahlnummer. Anne springt so schnell auf, dass ihr schwindelig wird. Sie muss sich an der Sessellehne festhalten. Mit der anderen Hand hangelt sie schon nach dem Hörer.

»Lisette?«, keucht sie atemlos.

»Nein, ich bin's.«

Anne hält den Hörer von sich weg und starrt ihn entgeistert an. »Hallo, Anne! Hörst du mich? Ich bin's!«, hört sie die vertraute Stimme rufen.

Ja, ich höre dich, denkt Anne. Und ich weiß auch, wer du bist.

»Kees-Jan, bist du das?«

»Ja, lebend. Was man so lebend nennt.« Er lacht unfroh.

Anne lässt sich in den Sessel fallen. Kees-Jan ist dafür bekannt, sie zu den unmöglichsten Zeiten anzurufen. Das ist es nicht, was sie verwirrt. Aber seine Stimme klingt anders. In ihr schwingt eine verhaltene Traurigkeit. Und er hat sie noch nie woanders als zu Hause angerufen. Woher hat er eigentlich diese Telefonnummer? Von Lisette? Natürlich, nur ihre Tochter kennt sie. Anne ist schlagartig hellwach. »Ist etwas mit Lisette?«

»Nein, keine Sorge. Sie ist okay. Ich bin das Sorgenkind. Hast du Zeit für mich? Bitte, du bist die Einzige, mit der ich reden kann.«

Verwundert stellt sie fest, seine Worte finden kein Echo in ihrem Herzen. Dabei hat er die ganz wichtigen Worte: Du bist die Einzige, gerade ausgesprochen. Im Gegenteil. Sein sanfter, einschmeichelnder Singsang mit dem geliebten niederländischen Akzent geht ihr auf die Nerven. Ich bin übermüdet, diagnostiziert sich Anne. Das sollte sie ihm sagen. Ich habe eine total verrückte Nacht hinter mir. Ich habe durch einen schrägen Spaß fast einen Mann umgebracht. Fast. Wir haben großes Glück gehabt. Mehr als Verstand, wie man so schön sagt, und die Geschichte hat sich zum Allerbesten gewendet. Stell dir vor, ich habe eine Ehe gerettet. Jetzt muss ich schlafen. Ich bin hundemüde. Ruf mich in ein paar Stunden noch einmal an, wenn du willst. Das würde sie ihm gerne sagen. Das sollte sie ihm sagen, sich freundlich verabschieden und auflegen. Sie schafft es nicht.

»Erzähl«, fordert sie ihn auf.

Kees-Jan atmet schwer durch, als bräuchte er eine weitere Ermutigung, um ihr sein Herz auszuschütten. Dabei wird ihn nichts davon abhalten, gleich ungeniert einen Seelenstriptease hinzulegen. Er weiß, Anne hat ein offenes Ohr für ihn. Jederzeit. Sein schüchtern wirkendes, ja devotes Werben um ihre Aufmerksamkeit, ist geheuchelt. Vielleicht auch nicht. Vielleicht ist er schlicht und einfach so.

Ihre kühlen Überlegungen lassen Anne frösteln. Wieso kann sie den geliebten Mann mit so viel Abstand betrachten? Wie einen Fremden. Und das, während sie seine Stimme hört, die sie normalerweise in eine Art Hypnose versetzt. Schlafentzug? Nein, es ist mehr. Etwas hat sich verändert. Sind es am Ende ihre Gefühle für ihn? So plötzlich? Kaum anzunehmen. Und doch. Der Mut, den Monika bewiesen hat, ist ihr unter die Haut gegangen. Sie hätte einfach so weiterleben können, als wäre nichts geschehen. Aber das konnte sie nicht und das wollte sie nicht. Sie ist aufs Ganze gegangen. Sie wollte ihren Mann aufrütteln. Auf die Gefahr hin, ihn zu verlieren. Die Courage hat Anne nie aufgebracht. Sie hat sich mit einer lauen Freundschaft zufrieden gegeben. Diesem kümmerlichen Rest ihrer großen Liebe. Den hat sie nie aufs Spiel gesetzt. Diese kleine Pflanze der Hoffnung hat sie am Leben gehalten und gleichzeitig ihr Weitergehen verhindert.

Anne hat sich nicht einmal ernsthaft mit Kees-Jan gestritten. Immer nur im Ansatz. Sie hat sofort einen Rückzieher gemacht, wenn er gekränkt reagierte. Selbst damals, als sie ihn mit Lisette verlassen hatte. Was heißt verlassen? Sie hatte inständig gehofft, er würde um sie kämpfen. Sie bitten, zu bleiben. Aber er ließ sie sang- und klanglos gehen. Als hätten sie nur ein schönes Wochenende in Amsterdam verbracht und nicht drei Jahre zusammengelebt und ein Kind miteinander.

Und sie? Sie hätte ihm am liebsten seinen alten, sorgsam gepflegten Volvo mit Farbe beschmiert. Einer wasserfesten. Das hätte ihr Kees-Jan nie verziehen, und es hätte einen richtigen Schlussstrich gegeben. Nicht das elende Warten auf ein paar Brocken Aufmerksamkeit.

»Ich möchte dich wiedersehen«, hört sie seine zärtliche Stimme. Anne schrickt hoch. Was hat er ihr erzählt? Sie hat ihm nicht zugehört. Dabei waren seine Worte für sie doch immer kleine Kostbarkeiten, die sie begierig in sich aufnahm.

»Mich wiedersehen«, wiederholt Anne ungläubig. Seine Bitte erscheint ihr zu unwirklich. Es ist genau der Wunschtext, den sie ihm in ihren Träumen in den Mund gelegt hat. Sie kalkuliert ein, sich verhört zu haben.

»Ja, das möchte ich«, antwortet er mit feierlichem Ernst. »Anne. Ich war ein Idiot, befürchte ich. Du warst schon immer die Klügere von uns beiden.

Oder gibt es inzwischen einen anderen Mann in deinem Leben?«

»Nein«, rutscht es ihr viel zu schnell heraus. Zu spät beißt sie sich ärgerlich auf die Unterlippe. »Aber, das kommt jetzt doch sehr – ach, ich weiß nicht.«

Kees-Jan lacht leise. Für dieses Lachen wäre sie stehlen gegangen.

»Lass dir Zeit, Anne. Du sollst nur wissen, dass ich auf dich warte. Hier in unserem Hausboot.«

Sie bleibt ihm eine Antwort schuldig. Sie kann sich nur mit zitternder Stimme verabschieden. Wie betäubt bleibt sie auf dem Sessel sitzen und starrt aus dem Fenster. Es ist jetzt hell. Aber der Himmel zeigt sich nicht strahlend blau wie am Vortag. Schwere Wolken türmen sich bis zum Horizont. Eine von ihnen öffnet gerade ihre Schleusen. Wind peitscht Regentropfen gegen die Fensterscheibe. Anne duckt sich unwillkürlich, als könnte sie von ihnen getroffen werden.

»Ich warte auf dich in unserem Hausboot.«

Um dieses Versprechen von ihm zu hören, hat sie Kerzen auf ihrer Fensterbank angezündet. Jeden Abend. Jahrelang. »Unser Hausboot«, hat er gesagt. Wie oft hat sie ihn das schon im Geist sagen lassen und sich dabei glücklich gefühlt. Und nun? Nun packt sie nicht in fliegender Eile ihre Klamotten und reist zu ihm. Sie ist müde und zu verwirrt und irgendwo ist ihr schmerzlich bewusst: Seine Bitte kommt zu spät.

Kapitel 23

Tomke und der Mann ohne Hund

Was für eine Nacht! Tomke drückt den Rücken fest gegen den Türrahmen und schließt die Augen. Und was für ein Glück!

Tomke Heinrich, du hättest eine frische Witwe mit nach Hause bringen können. Nur weil du es nicht lassen kannst und deine Nase in fremde Angelegenheiten steckst.

Stimmt, aber es ist gutgegangen. Herr Habermann hat den Schock überlebt. Mehr noch. Der Schock hatte anscheinend eine heilende Wirkung. Alles eingefädelt durch ihr feines, kleines Komplott. Mitausgeheckt von Linda Loretta. Dass die sich so spontan darauf eingelassen hat, erscheint Tomke im Nachhinein wie ein kleines Wunder. Sie hat mit ihrer Lieblingsautorin zusammen eine Ehe gerettet. Jawohl, da ist sie sich sicher. Die Ehe der Habermanns hat Hoffnung auf Zukunft.

Monika hat auf der Rückfahrt nicht viel geredet. Eigentlich hat sie gar nichts mehr gesagt. Aber sie war entspannt. Sie war nicht mehr dieses unsichere, selbstzweiflerische Frauchen. Sie wusste wieder, zu wem sie gehört. Das würde Tomke auch gerne wissen. Sie löst sich vom Türrahmen und geht ins Badezimmer. Im Spiegel begegnet sie ihrem übermüdeten Gesicht. Sie streckt sich die Zunge heraus. Ja, schlafen wäre jetzt das Vernünftigste. Aber sie würde nicht in den Schlaf kommen. Das ist ihr klar. Spätestens, wenn sie in der Waagerechten zu liegen käme, wäre sie wieder hellwach.

Die grauen Stoppeln sind schon nachgewachsen. Kann nicht angehen, in zwei Tagen. Aber der schneeweiße Nachwuchs beweist ihr das Gegenteil. Bevor sie lange ins Grübeln kommt, wird sie ein Versprechen einlösen. Sie wird sich ihr Haar wieder färben. Mit routinierten Handgriffen mixt sie sich ihre altvertraute Tönung *Rote Kastanie* zusammen und verteilt sie auf ihrem Haar. Das geht Ratz Fatz. Ein eindeutiger Vorteil dieser Haarlänge. Den sie nicht lange genießen wird. Der zweite Teil ihres Versprechens lautet, es wieder wachsen zu lassen. Und der dritte Schwur. Tomke sieht sich fest in die Augen. Paul ade. Für immer und ewig. Das war ein gewagtes Versprechen. Ein sehr gewagtes. Man sollte auf seine Worte immer gut aufpassen, wenn man in Gefahr ist. Das ist mal sicher. Aber versprochen ist versprochen. Der Schwur beruht nicht auf irgendwas, sondern auf nicht weniger als Herrn Habermanns Leben.

Draußen klappen Wagentüren. Die Brötchen werden schon geliefert. Tomke zieht sich eine Jacke über. Sie wird die Tüte gleich reinholen. Wer weiß, vielleicht kann sie später doch noch einmal schlafen.

Als sie die Haustür öffnet, zieht sie den Kopf ein.

Der Wind hat zugenommen und weht ihr ungemütlich kühl entgegen. Er kommt von der Landseite. Wetterwechsel. Der Frühling beendet hiermit sein Gastspiel. Die Wetterfrösche haben orakelt, es soll so ekelig bleiben. Schade. Auf so ein Schmuddelwetter ist sie nicht scharf. Wieder das Anklöttern von dicken Jacken und Mützen. Das fällt umso schwerer, nachdem sie ein paar Tage mit kurzärmligen Oberteilen nach draußen konnte. Wieder weiß, wie es ist, wenn einem die Sonne auf die nackte Haut scheint und die Helligkeit gute Laune macht. Das Frühlingsintermezzo hat nicht ausgereicht, um ein Sonnendepot anzulegen. Das wird kein lauschiger Tanz in den Mai. Die werden morgen nasse Füße bekommen.

Tomke holt die Brötchentüte und gleich noch das Jever´sche Blatt aus dem Zeitungskasten. In dem Augenblick kommt der Mann mit Hund vorbei. So nah sind sie sich noch nie begegnet. Dabei erscheint er ihr schon wie ein alter Bekannter.

Sie sieht ihm gerade in die Augen. Sie haben ein warmes Hellbraun.

»Guten Morgen«, grüßt er sie freundlich.

»Moin«, erwidert Tomke und schaut suchend die Straße entlang.

»Wo ist er denn?«

Der Mann schaut sie irritiert an. »Wen meinen Sie?«

Tomke sieht ihn verwundert an. Begriffsstutzig hätte sie ihn nicht eingeschätzt. »Na, Ihr Hund.«

Jetzt lacht der Mann. Ein leises, sympathisches Lachen. Er fährt sich mit der Hand durch sein volles Haar.

»Ich habe keinen Hund.«

»Ich dachte nur, weil sie so regelmäßig hier langgehen. Hier unten auf der Straße«, haspelt Tomke. »So kann man sich irren.«

Im gleichen Moment ärgert sie sich. Was erzählst du da, Tomke Heinrich. Der muss denken, du hast nichts Besseres zu tun, als am Fenster zu stehen und Badegästen hinterherzugaffen. Sie will sich schon wegdrehen, als er sagt: »Sie haben da nicht unrecht. Ich hatte einen. Mein Hund ist gestorben. Erst vor ein paar Wochen. Nun zieht mich die Macht der Gewohnheit vor die Tür. Ich gehe, wenn Sie so wollen, ohne ihn weiter Gassi.«

Er zögert. »Für einen neuen bin ich noch nicht wieder bereit.«

Tomke nickt ihm verständnisvoll zu und murmelt: »Ich auch nicht.«

Sie übersieht das interessierte Aufblitzen in seinen Augen und geht langsam zurück in ihre Pension.

»… kumm bi de Nacht
kumm bi de Nacht
segg mi was leevs.«

ENDE
Für's Erste ☺

Ich bedanke mich bei Annette Petersen aus dem wilden Westen, Claudia Rabenstein aus dem Wangerland, Domi Lösche aus der Frühstückspension Minsen (Wangerland), Alex aus dem Wachtelstieg, meiner Mittwochsfreundin, Walter und René und meiner akribisch gegenlesenden und doch nichts kaputtmachenden Lektorin Claudia Senghaas.

Weitere Romane finden Sie auf den folgenden Seiten und im Internet: www.gmeiner-verlag.de

Sigrid Hunold-Reime
Janssenhaus
978-3-8392-1123-6

»So facettenreich wie das Leben!«
Nordwest-Zeitung

Emma von Odenwald, 31-jährige Köchin aus Hannover und immer noch Single, fühlt sich gegenüber ihren erfolgreichen, glücklich verheirateten Eltern als Versagerin. Auch äußerlich hat sie mit ihnen keinerlei Ähnlichkeit. »Manchmal denke ich, dass ich ihnen ins Nest gelegt worden bin!«

Wie Recht Emma mit ihrer Vermutung hat, bringt kurze Zeit später ein Gentest zu Tage. Als sie ihre Eltern damit konfrontiert, nennen diese ihr widerstrebend eine Adresse in Ostfriesland und gestehen, dass es keine legale Adoption war. Emma macht sich auf die Suche nach ihrer Herkunft und stößt dabei auf ein Meer aus Lügen und Verstrickungen …

GMEINER

Wir machen's spannend

Sigrid Hunold-Reime
Schattenmorellen
978-3-8392-1021-5

»Spannend!« *HNA*

Die 71-jährige Martha will frühmorgens die reifen Schattenmorellen in ihrem Garten im Cuxhavener Stadtteil Stickenbüttel ernten. Sie wird von einem Gewitter überrascht und fällt vom Baum. Mit gebrochenem Arm und einer Gehirnerschütterung wird Martha ins Krankenhaus eingeliefert. An den Unfall kann sie sich nicht mehr erinnern. Dafür umso besser an eine schicksalhafte Sommernacht vor 54 Jahren. Damals wütete auch ein Gewitter und es gab unter der Schattenmorelle einen Toten. Im Krankenhaus trifft sie die 48-jährige Eva, die als junges Mädchen ihre Nachbarin war. Für beide Frauen wird der Krankenhausaufenthalt eine harte Auseinandersetzung mit der Vergangenheit. Dabei übersehen sie fast die tödlichen Gefahren der Gegenwart …

GMEINER

Wir machen's spannend

Emma Conrad
Süß ist der Tod
978-3-8392-1486-2

»Miss Marple meets Bridget Jones!«

Eigentlich sollte die Journalistin Constanze Freitag den Inhaber eines Steuerberatungsbüros nur interviewen, doch Dietmar Molitor stirbt gleich im Anschluss an ihr Gespräch an einer vergifteten Praline. Aus dem Unternehmerporträt wird ein Ermittlungsauftrag. Die Liste der Verdächtigen ist lang. Während Constanze und die Polizei noch im Dunkeln tappen, geschieht ein zweiter Mord. Und dann nimmt der Fall eine überraschende Wendung ...

Silke Porath
Mops mit Mama
978-3-8392-1489-3

»Der dritte Mops-Roman
von Silke Porath – zum Bellen komisch!«

Tanja bekommt am selben Tag zwei schlechte Nachrichten. Die erste: Sie ist schwanger. Die zweite: Ihr Freund Arne, der als Tierarzt arbeitet, nimmt einen Forschungsauftrag im bolivianischen Urwald an. Sechs Monate lang wird er Fledermäuse beobachten. Ihre Mitbewohner sind für sie da – als Freunde und als potenzielle Ersatzväter. Die beiden überbieten sich bald in Fürsorge um die schwangere Tanja. Auch Mops Earl und sein Sohn Mudel mischen kräftig mit.

GMEINER

Wir machen's spannend

Unsere Lesermagazine

2 x jährlich das Neueste aus der Gmeiner-Bibliothek

24 x 35 cm, 32 S., farbig; inkl. Büchermagazin »nicht nur« für Frauen

10 x 18 cm, 16 S., farbig

Alle Lesermagazine erhalten Sie in Ihrer Buchhandlung oder unter www.gmeiner-verlag.de.

GmeinerNewsletter

Neues aus der Welt der Gmeiner-Romane

Haben Sie schon unsere GmeinerNewsletter abonniert?

Monatlich erhalten Sie per E-Mail aktuelle Informationen aus der Welt der Krimis, der historischen Romane und der Frauenromane: Buchtipps, Berichte über Autoren und ihre Arbeit, Veranstaltungshinweise, neue Literaturseiten im Internet und interessante Neuigkeiten.

Die Anmeldung zu den GmeinerNewslettern ist ganz einfach. Direkt auf der Homepage des Gmeiner-Verlags (www.gmeiner-verlag.de) finden Sie das entsprechende Anmeldeformular.

Ihre Meinung ist gefragt!

Mitmachen und gewinnen

Wir möchten Ihnen mit unseren Romanen immer beste Unterhaltung bieten. Sie können uns dabei unterstützen, indem Sie uns Ihre Meinung zu den Gmeiner-Romanen sagen! Senden Sie eine E-Mail an gewinnspiel@gmeiner-verlag.de und teilen Sie uns mit, welches Buch Sie gelesen haben und wie es Ihnen gefallen hat. Alle Einsendungen nehmen automatisch am großen Jahresgewinnspiel mit attraktiven Buchpreisen teil.

GMEINER

Wir machen's spannend